스푸트니크의 연인

スプートニクの恋人 sputnik sweetheart

스푸트니크의 연인

무라카미 하루키 장편소설

임홍빈 옮김

문학사상

스푸트니크

1957년 10월 4일, 소련은 카자흐공화국의 바이코누르 우주기지에서 세계 최초의 인공위성 스푸트니크호를 쏘아 올렸다. 직경 58센티미터, 무게 83.6킬로그램인 이 인공위성은 96분 12초에 한 바퀴씩 지구를 돌았다.

그다음 달 3일에는 라이카라는 개를 태운 스푸트니크2호를 쏘아 올리는 데 성공했다. 라이카는 우주 공간으로 나간 최초의 생물이 되었지만, 그 위성은 회수되지 못하고 우주에서의 생물 연구를 위한 희생으로 기록되었다.

— 『크로니크 세계전사』(고단샤)에서

1

스물두 살의 봄, 스미레는 난생처음 사랑에 빠졌다. 광활한 들판을 가로지르며 돌진하는 회오리바람처럼 격렬한 사랑이었다. 그것은 지나가는 땅 위의 형태가 있는 모든 사물을 남김없이 짓밟고, 모조리 하늘로 휘감아 올리며 아무 목적도 없이 산산조각 내고 철저하게 두들겨 부쉈다. 그리고 고삐를 추호도 늦추지 않고 바다를 가로질러 앙코르와트를 무자비하게 무너뜨리고, 가련한 한 무리의 호랑이들과 함께 인도의 숲을 뜨거운 열로 태워버렸으며, 페르시아 사막의 모래폭풍이 되어 어느 곳엔가 있는 이국적인 성곽 도시를 모래 속에 통째로 묻어버렸다. 그것은 멋지고 기념비적인 사랑이었다. 사랑에 빠진 상대는 스미레보다 열일곱 살 연상으로, 결혼한 사람이었다. 거기에 덧붙인다면 여성이었다. 그것이 모든 것이 시작된 장소이자 (거의) 모든 것이 끝난 장소였다.

스미레는 그 무렵, 전업 작가가 되기 위해 말 그대로 안간 힘을 쓰고 있었다. 이 세상에서 인생의 선택지가 어느 정도 많이 존재하지만 소설가가 되는 것 외에 그녀가 나아갈 길은 없었다. 그 결의는 지토세(홋카이도 남단의 산악지대:옮긴이)의 바위처럼 타협의 여지가 없는 단단한 것이었다. 그녀라는 존재와 문학적 신념 사이에는 머리카락 한 올만큼도 비집고 들어갈 틈이 없었다.

스미레는 가나가와현 공립고등학교를 졸업하고 도쿄도에 있는 작은 사립대학 문예과에 진학했다. 하지만 그곳은 아무리 생각해도 그녀의 취향에 맞는 학교가 아니었다. 그 대학의 비모험적이며 미적지근하고 실용에 맞지 않는(물론 그녀 입장에서 실용에 맞지 않는다는 것이지만) 면모에 그녀는 마음속으로부터 실망하게 되었다. 주변에 있는 학생 대부분은 어쩔 수 없이 지루하고 평범한 이류들이었다(사실을 말하자면 나도 그중 한 명이었다). 그런 이유로 스미레는 3학년이 되기 전에 재빨리 자퇴서를 제출하고 학교 밖으로 사라졌다. 이런 곳에 있어봤자 시간 낭비라는 결론에 도달한 것이다. 아마도 그 말 그대로일 것이라고 나도 생각한다. 하지만 굳이 평범한 일반론을 펼치자면 우리의 불완전한 인생에는 낭비도 어느 정도 필요하다. 만약 불완전한 인생에서 모든 낭비가 사라져버린다면 불완전함마저도 없어져버리게 되는 것이다.

한마디로 말하면 그녀는 어쩔 수 없는 로맨티시스트이자 고집스럽고 냉소적인, 좋은 말로 표현하자면 세상 물정 모르는 여자였다. 일단 말문이 터지면 끝없이 수다를 떨지만 마음이 맞지 않는 상대와는(즉 세상을 구성하는 대다수 사람들과는) 입도 벙긋하지 않았다. 담배를 지나치게 많이 피웠고, 전철을 타면 꼭 차표를 잃어버렸다. 뭔가를 생각해내면 밥 먹는 것조차 잊는 경향이 있고, 옛날 이탈리아 영화에 나오는 전쟁고아처럼 비쩍 마른 모습에 눈빛만 번뜩였다. 사진이 있다면 말로 설명하는 것보다 훨씬 나을 테지만 아쉽게도 사진이 한 장도 없다. 그녀는 사진 찍는 것을 극단적으로 혐오했고, '젊은 예술가의 초상'을 후세에 남기고 싶다는 희망도 특별히 갖지 않았다. 만약 당시 스미레의 모습을 찍은 사진이 있다면 그것은 분명 인간이 지닐 수 있는 어떤 종류의 특질에 대한 구하기 힘든 기록이 될 것이다.

이야기의 앞뒤가 바뀌었지만 스미레가 사랑에 빠진 상대 여성의 이름은 '뮤'였다. 모든 사람들이 그녀를 그 애칭으로 불렀다. 본명은 모른다(본명을 몰랐던 탓에 나는 나중에 눈앞이 꽤나 캄캄해지게 되지만 그건 한참 지난 뒤의 일이다). 국적으로 말하자면 한국인이지만 이십대 중반에 결심을 하고서 공부하기까지 한국어는 한마디도 하지 못했다. 일본에서 태어나 자랐고 프랑스 음악원에 유학한 덕에 일본어 외에도 프랑스어와 영어를 유창하게 구사했다. 늘 세련된 차림새를 했고 작지만 값비싼 장신구를 아무렇지도 않게 몸에 걸치고, 12기통의 짙은 감청색 재규어를 타고 다녔다.

뮤와 처음 만났을 때, 스미레는 잭 케루악의 소설 이야기를 했다. 당시 그녀는 케루악의 소설 세계에 빠져 있었다. 그녀는 정기적으로 문학적 우상을 바꾸었는데, 그 당시의 대상은 다소 '철 지난' 케루악이었다. 항상 웃옷 주머니에 『길 위에서』나 『외로운 여행자』를 꽂고 다니며 틈날 때마다 책장을 넘겼다. 그리고 마음에 드는 구절이 있으면 거기에 연필로 표시하고 반가운 경문이라도 본 듯이 외웠다. 그중에서도 그녀가 가장 마음에 든 것은 『외로운 여행자』에 나오는 산불 감시원 이야기였다. 높은 산꼭대기의 고립된 오두막에서 케루악은 산불 감시원으로 외톨이가 되어 3개월을 보냈다.

스미레는 그중 한 구절을 인용했다.

사람은 인생에서 한 번쯤은 황야로 들어가 건강하면서도 어느 정도는 지루하기까지 한 고독과 절망을 경험해야 한다. 자기가 오직 자신의 육체에 의존하고 있다는 사실을 발견한 뒤에 스스로의 진실한, 숨겨져 있는 힘을 깨달아야 한다.

"어때? 근사하지 않아?" 그녀가 내게 말했다. "매일 산꼭대기에 서서 360도로 주위를 휘익 둘러보고 어느 산에서도 검은 연기가 피어오르지 않는다는 사실을 확인한다. 하루 종일 해야 할 일은 그것뿐. 그다음에는 책을 읽고 소설을 쓰는 거야. 밤이 되면 커다란 털북숭이 곰이 오두막 주변을 어슬렁어슬렁 배회한다. 그거야말로 내가 정말로 추구하고 있는 인생이야. 거기에 비하면 대학의 문예과 따윈 쓴 오이 꼭지 같아."

"문제는 누구든 언젠가는 산에서 내려와야 한다는 거야" 하고 나는 말했다. 하지만 그녀는 늘 그렇듯 나의 현실적이고 평범한 견해에는 마음이 동하지 않는 것 같았다.

어떻게 하면 케루악 소설의 등장인물처럼 지나칠 정도로 와일드하고 쿨해질 수 있을까, 하고 스미레는 진지하게 고민했다. 두 손을 주머니에 찔러 넣고, 머리카락을 일부러 헝클어뜨린 모습으로 눈이 특별히 나쁘지 않은데도 디지 길레스피(미국의 재즈 트럼펫 연주자:옮긴이)처럼 검은색 셀룰로이드 테 안경을 걸치고 덧없이 하늘을 노려봤다. 대개는 중

11

고 옷 가게에서 산 듯한 큼지막한 트위드 재킷을 입고 투박한 워크부츠를 신고 있었다. 만약 얼굴 어딘가에서 수염이 자랄 수 있다면 틀림없이 길렀을 것이다.

스미레는 일반적인 의미에서는 대단한 미인이라고 할 수 없었다. 뺨이 홀쭉하고 입은 옆으로 약간 넓은 편이었다. 코는 작고 약간 위로 향해 있었다. 표정이 풍부하고 유머를 좋아했지만 소리 내어 웃는 경우는 거의 없었다. 키가 작았고, 기분이 좋을 때에도 반항적인 말투를 사용했다. 립스틱이나 아이펜슬 따윈 태어나서 한 번도 써본 적이 없는 것 같았다. 브래지어에 사이즈가 있다는 사실조차 알고 있는지 의심이 들 정도였다. 그렇지만 스미레에겐 사람의 마음을 끄는 뭔가 특별한 것이 있었다. 그것이 어떻게 특별한 것인지 말로는 설명할 수 없었다. 하지만 그녀의 눈동자를 들여다보면 그 반영反映은 언제나 그곳에 있었다.

역시 단념하는 게 좋겠다고 생각했지만, 나는 스미레에게 사랑을 느끼고 있었다. 처음 말을 나누었을 때부터 강하게 마음이 끌렸고, 그것은 나중에 돌이킬 수 없을 것 같은 감정으로 조금씩 변해갔다. 내겐 오랜 기간 스미레라는 존재밖에 없었다. 당연한 말이지만 나는 몇 번이나 그런 기분을 그녀에게 전하려고 했다. 하지만 스미레 앞에 서면 왜 그런지

나의 감정을 정당한 의미를 지닌 언어로 바꿀 수 없었다. 다만 그건 결과적으로 내게 다행스러운 일이었는지도 모른다. 설사 내가 제대로 마음을 전할 수 있었다 해도 스미레는 틀림없이 웃어넘기고 말았을 테니까.

나는 스미레와 '친구'로서 사귀는 동안 두세 명의 여성과 사귀었다(숫자를 제대로 기억하지 못하는 것이 아니라 세는 방법에 따라 두 명이 되기도 하고 세 명이 되기도 하기 때문이다). 한두 번 함께 잠을 잔 상대까지 포함한다면 그 리스트는 좀 더 늘어난다. 그녀들과 몸을 섞고 있는 동안에도 나는 자주 스미레를 생각했다,라고 할까. 머리 한구석에는 많든 적든 늘 스미레의 모습이 새겨져 있었다. 내가 안고 있는 여자가 사실은 스미레라고 상상하기도 했다. 물론 그것이 올바른 행동은 아닐 것이다. 하지만 바르고 바르지 않고를 따지기 이전에 그렇게 하지 않을 수 없었다.

스미레와 뮤의 만남으로 이야기를 돌리자.

뮤는 잭 케루악이라는 이름은 들어서 알고 있었고, 작가라는 사실도 어렴풋이 기억하고 있었다. 그러나 어떤 작가였는지는 확실하게 기억하고 있지 않았다.

"케루악, 케루악… 그 사람 혹시 스푸트니크로 불린 사람 아닌가요?"

스미레는 그 말을 제대로 이해할 수 없었다. 그녀는 나이프와 포크를 허공에서 멈춘 채 잠시 생각했다.

"스푸트니크? 스푸트니크라면 1950년대에 처음으로 우주를 비행한 소련의 인공위성일걸요. 잭 케루악은 미국의 소설가인데… 아, 확실히 시대적으로는 겹치긴 하지만."

"그러니까 당시엔 그런 종류의 작품을 쓰는 소설가들을 그런 이름으로 불렀던 것 같은데?"라고 뮤가 말했다. 그러고는 특수한 형태를 한 기억의 항아리 바닥을 더듬듯 손가락 끝으로 테이블을 둥글게 문질렀다.

"스푸트니크…?"

"그런 문학 부류의 이름 말이에요. 흔히 무슨 무슨 파라고 말하잖아요. 그래요, 꼭 시라카바파(1910년대에 인도주의 문학을 추구했던 작가들:옮긴이)처럼."

스미레는 그제야 겨우 뭔가를 생각해냈다.

"비트니크."

뮤는 냅킨으로 입가를 가볍게 닦았다.

"비트니크, 스푸트니크… 난 그런 용어를 항상 잊어버려요. 겐무(14세기 고다이고 천황의 연호:옮긴이)의 중흥이니, 라팔로조약(1922년 독일과 소련 사이에 맺어진 우호조약:옮긴이)이니, 어쨌든 오래전에 일어난 일이잖아요."

시간의 흐름을 암시하는 듯한 가벼운 침묵이 잠시 이어

졌다.

"라팔로조약?" 하고 스미레는 물었다.

뮤는 미소를 지었다. 서랍 어딘가 깊숙한 곳에 있다가 오랜만에 밖으로 꺼낸 듯한, 그리움이 물씬 풍기는 친밀한 미소였다. 가느다란 눈이 매력적이었다. 그러고 나서 뮤는 손을 뻗어 가늘고 긴 다섯 개의 손가락으로 스미레의 헝클어진 머리카락을 조금 더 헝클어뜨렸다. 인위적인 구석이 없고 지극히 자연스러운 동작이었기 때문에 스미레는 자기도 모르게 끌려들어가 웃고 말았다.

스미레는 그 이후 뮤를 마음속으로 '스푸트니크의 연인'이라고 부르게 되었다. 스미레는 그 말의 울림을 사랑했다. 그것은 그녀에게 강아지 라이카를 떠올리게 했다. 우주의 어둠 속을 소리 없이 가로지르고 있는 인공위성. 작은 창문 밖을 내다보고 있는 개의 윤기 있는 검은 눈동자 한 쌍. 그 끝없는 우주적인 고독의 한가운데에서 개는 도대체 무엇을 보고 있었던 것일까?

그 스푸트니크 이야기가 나온 것은 아카사카에 있는 고급 호텔에서 치러진 스미레의 사촌 언니 결혼식 피로연에서였다. 특별히 친하게 지내는 언니도 아니었고(오히려 싫어했다),

누군가의 피로연에 참석하는 것은 스미레에게 고문과도 같은 일이었지만, 이때만큼은 사정이 있어서 도저히 빠져나올 수가 없었다. 그녀와 뮤는 같은 테이블의 옆자리에 앉아 있었다. 뮤는 그다지 많은 사정을 이야기하지 않았는데, 아마 스미레의 사촌 언니가 음대 입학시험을 봤을 때 피아노를 가르쳤거나 혹은 무슨 도움을 준 적이 있는 것 같았다. 특별히 오랫동안 친하게 교제를 한 것 같지는 않았지만 사촌 언니 쪽에서 고마움을 느끼고 있는 듯했다.

뮤가 머리카락을 건드린 순간, 거의 반사적이라 해도 좋을 정도로 빠르게 스미레는 사랑에 빠져버렸다. 넓은 들판을 가로지르고 있을 때 갑자기 벼락이라도 맞은 것처럼. 그것은 어쩌면 예술적 계시에 가까운 것이었음에 틀림없다. 그렇기 때문에 상대가 우연히도 여성이라는 사실 따윈 그 시점의 스미레에게 전혀 문제가 되지 않았다.

내가 아는 한, 스미레에겐 연인이라고 부를 만한 상대가 없었다. 고등학교 시절에는 남자 친구가 몇 명 있었다고 했다. 함께 영화를 보러 가거나 수영하러 가는 그런 상대였다. 하지만 어떤 관계든 특별히 깊은 사이는 아니었을 거라고 나는 상상한다. 언제나 변함없이 스미레의 두뇌 속 공간 대부분을 차지하고 있었던 것은 소설가가 되고 싶다는 뜨거운 일념뿐이었고, 상대가 누구든 강하게 마음이 끌린 경우는 없었던 듯했다. 만약 그녀가 고교 시절에 성행위(혹은 그와 비슷한 것)를 경험했다 해도 그것은 성욕이나 애정 때문이 아니라 다분히 문학적인 호기심 때문이었을 것이다.

"솔직히 말해서 난 성욕이란 걸 잘 이해할 수 없어."

스미레는 언젠가(대학을 그만두기 얼마 전이었다고 생각한다) 바나나 다이키리 칵테일을 다섯 잔이나 마셔서 꽤 취해 있었다. 그때 그녀는 대단히 언짢은 표정으로 내게 그렇게 속마음을 털어놓았다.

"그 구성 요소 같은 거 말이야. 당신은 어떻게 생각해, 그런 점에 대해?"

"성욕이란 건 이해하는 게 아니야." 나는 여느 때처럼 온당한 의견을 말했다. "그건 단순히 그 자리에 있는 거야."

그렇게 말하자 스미레는 뭔가 신기한 동력에 의해 작동하는 기계라도 보듯이 잠시 내 얼굴을 분석했다. 그러고 나서 흥미를 잃은 듯 천장을 올려다봤다. 이야기는 거기서 끝났다. 나와 그런 이야기를 나눠봤자 소용없다고 생각했을 것이다.

스미레는 지가사키에서 태어났다. 집이 해안에서 아주 가까운 곳에 있어서, 가끔씩 모래가 뒤섞인 바람이 창문 유리에 부딪쳐 건조한 소리를 냈다. 아버지는 요코하마 시내에서 치과를 운영하고 있는 매우 핸섬한 사람이었다. 특히 콧날이 「백색 공포Spellbound」를 찍었던 시절의 그레고리 펙을 방불케 했다. 유감스럽게도(라고 그녀는 말했다) 스미레는 그 코를 물려받지 못했다. 그녀의 남동생도 물려받지 못했다. 그 아름다운 코를 만들어낸 유전자는 어디로 사라져버린 건지 이상하다고 스미레는 가끔 생각하곤 했다. 만약 유전이라는 강의 바닥 어딘가에 매몰되었다면 그것은 문화적 손실이라고 말해야 할지도 모른다. 그 정도로 멋진 코였다.

당연한 일이지만 스미레의 유별나게 핸섬한 아버지는 요코하마를 둘러싼 지역에 살고 있는, 이빨에 뭔가 장애가 있는 여성들 사이에서 신화적인 인기를 얻고 있었다. 진료실에서 그는 모자를 깊숙이 눌러쓰고 커다란 마스크를 착용했다. 환자에게 보이는 것은 그의 눈 한 쌍과 귀 한 쌍뿐이었다. 그런데도 그가 잘생긴 남자라는 사실은 감출 수가 없었다. 아름다운 코는 늠름하게 또 섹시하게 마스크를 부풀렸고, 그것을 본 대부분의 여성 환자들은 얼굴을 붉히며 눈 깜짝할 사이에(의료보험이 적용되지 않았음에도) 사랑에 빠졌다.

스미레의 어머니는 서른한 살의 젊은 나이에 세상을 떠났다. 심장에 선천적으로 구조적인 결함이 있었다. 어머니가 죽었을 때, 스미레는 아직 만 세 살도 되지 않은 나이였

다. 어머니에 대해 스미레가 기억하는 것은 어렴풋한 살냄
새뿐이었다. 어머니의 사진은 겨우 몇 장만 남아 있었다. 결
혼식 기념사진과 스미레를 낳은 직후에 찍은 스냅사진이
었다. 스미레는 낡은 앨범을 꺼내어 몇 번이나 그 사진을 들
여다봤다. 겉모습에 국한해 지극히 조심스럽게 표현하자면
스미레의 어머니는 '인상이 엷은' 사람이었다. 작은 몸집과
평범한 헤어스타일에 목을 비틀어버리고 싶은 기분이 들
만큼 어울리지 않는 옷을 입고 기분 나쁜 미소를 얼굴에 띠
고 있었다. 그대로 뒷걸음치면 등 뒤의 벽과 일체가 되어버
릴 것처럼 보였다. 스미레는 어머니의 얼굴을 머릿속에 새
겨두려고 노력했다. 그렇게 하면 언젠가 꿈속에서 어머니
를 만나는 게 가능해질지도 모른다. 손을 잡는다든지 이야
기를 나누는 것도 가능할지 모른다. 하지만 잘되지 않았다.
일단 기억해도 곧 잊어버리고 말 것 같은 얼굴이었기 때문
이다. 꿈속에서는커녕 대낮에 외길에서 스쳐 지나가도 눈
치챌 수 없을 만큼.

  아버지는 죽은 어머니와의 추억을 이야기한 적이 거의 없
었다. 원래 어떤 문제에 대해 많은 말을 하지 않는 사람이었
고, 거기에 덧붙여 생활의 모든 면에서 정서적인 표현(마치
그것이 구내 감염증의 일종이기라도 한 듯)을 피하는 경향이 있었
다. 스미레 역시 죽은 어머니에 대해 아버지에게 뭔가를 물

어본 기억이 없었다. 딱 한 번, 어렸을 때 어떤 기회가 있어 "엄마는 어떤 사람이었어요?" 하고 물어본 적이 있었다. 그녀는 그때의 대화를 선명하게 기억하고 있었다.

아버지는 고개를 돌리고 잠시 생각에 잠겨 있다가 이렇게 말했다. "기억력이 무척 뛰어나고 글씨를 잘 쓰는 사람이었다."

기묘한 종류의 인물 묘사다. 내 생각이지만, 그는 그때 어린 딸의 마음에 깊이 남을 수 있는 말을 했다. 그녀가 그것을 열원熱源으로 삼아 스스로를 따뜻하게 데워나갈 수 있는 자양분이 넘치는 말을. 이 태양계의 제3행성에 놓인, 다분히 근거가 불확실한 그녀의 인생을 그럭저럭 지탱해주는 축이 되고 기둥도 되는 말을. 스미레는 새하얀 노트의 첫 페이지를 활짝 펼쳐놓고 조용히 기다리고 있었다. 하지만 유감스럽게도(역시 이렇게 말해야 할 것 같다) 스미레의 핸섬한 아버지는 그런 말을 해줄 수 있는 사람이 아니었다.

스미레가 여섯 살이 되었을 때, 아버지는 재혼했고 2년 뒤에 남동생이 태어났다. 새어머니도 미인은 아니었다. 게다가 특별히 기억력이 좋지도 않았고 글씨를 잘 쓴다고도 할 수 없었다. 그러나 친절하고 공정한 사람이었다. 자동으로 그녀의 의붓딸이 된 어린 스미레에게 그것은 두말할 필요도 없는 행운이었다. 아니, 행운이라는 말은 정확한 표현이 아니다. 그녀를 고른 것은 어디까지나 아버지였기 때문이다. 그는 아버지로서는 약간 문제가 있었지만 반려자를 선택하는 데는 일관되게 총명하고 현실적이었다.

새어머니는 스미레가 기나긴 사춘기를 지나는 동안 흔들림 없이 사랑해줬고, 그녀가 대학을 그만두고 소설 쓰는 일에 집중하겠다고 선언했을 때도, 물론 나름대로 의견은 있었지만 그녀의 의지를 기본적으로 존중해줬다. 스미레가 어린 시절부터 열심히 책 읽는 것을 기뻐하며 격려해준 사람도 새어머니였다.

새어머니는 많은 시간을 들여 아버지를 설득해 스미레가 스물여덟 살이 될 때까지는 어느 정도의 생활비를 대주겠다는 약속을 받아내게 해줬다. 그때까지 능력을 갖추지 못한다면 그 이후에는 혼자서 생활을 꾸려나가라는 것이었다. 만약 새어머니의 도움이 없었다면 스미레는 아마 무일푼으로, 또한 필요한 양의 사회적 상식과 평형감각을 익히지 못한 채로 현실이라는 다소 유머 감각이 결핍된(물론 지구가 사람을 웃기고 즐겁게 만들어주기 위해 태양의 주위를 공전하고 있는 것은 아니다) 황야에 내팽개쳐졌을 것이다. 어쩌면 스미레의 입장에서는 그쪽이 더 바람직한 결과였을지도 모르지만.

스미레가 '스푸트니크의 연인'과 만난 것은 대학에 자퇴서를 제출한 후 2년쯤 지났을 때였다.

그녀는 기치조지의 방 한 칸짜리 아파트를 빌려 최소한의 가구와 최대한의 책과 함께 생활하고 있었다. 오전에 일어나서 오후에는 산속을 헤매는 행자처럼 이노카시라공원을 산책했다. 날씨가 좋으면 공원 벤치에 앉아 빵을 먹고 쉴 새 없이 담배를 피우며 책을 읽었다. 비가 내리거나 추운 날에는 클래식 음악을 크게 틀어놓는 고풍스러운 커피숍에 들어가 낡은 소파에 몸을 묻고 언짢은 표정을 지은 채 슈베르트 교향곡이나 바흐 칸타타를 들으며 책을 읽었다. 저녁이 되면 맥주 한 병을 마시고 슈퍼마켓에서 산 음식으로 적당히 끼니를 때웠다.

밤 열 시가 되면 그녀는 책상 앞에 앉는다. 뜨거운 커피를 가득 담은 포트와 커다란 머그컵(내가 생일 선물로 사준 것이다. 스너프킨[핀란드 동화 『무민』에 나오는 무민의 친구 : 옮긴이]의 그림이 그려져 있다)과 말보로 담뱃갑과 유리 재떨이가 앞에 놓여 있다. 물론 워드프로세서가 있고, 하나의 키가 하나의 문자를 표시하고 있다.

그곳에는 깊은 정적이 있다. 머리는 겨울 밤하늘처럼 맑다. 북두칠성도, 북극성도 정해진 장소에서 당연한 빛을 뿌리고 있다. 그리고 그녀에게는 써야 할 것이 많이 있다. 해야 할 이야기가 많다. 어딘가에 올바른 출구 같은 것을 하나 만들어주면 그곳으로부터 뜨거운 상념과 아이디어가 마그마처럼 분출되어 지적이고 참신한 작품이 잇달아 태어날 것이다. 사람들은 '보기 드문 재능을 가진 대형 신인'의 갑작스러운 등장에 눈을 크게 뜰 것이다. 신문의 문화면에는 쿨한 미소를 머금은 스미레의 사진이 실리고 편집자들은 그녀의 아파트를 앞다투어 방문할 것이다.

하지만 아쉽게도 그런 일은 일어나지 않았다. 사실, 스미레는 시작과 끝이 있는 작품을 단 하나도 완성할 수 없었다.

솔직히 말하면 그녀는 얼마든지 막힘없는 글을 쓸 수 있었다. 글을 쓸 수 없다는 고민은 스미레와는 인연이 없었다. 그녀는 머릿속에 있는 모든 내용을 차례차례 문장으로 옮겨 적을 수 있었다. 문제는 오히려 지나치게 많이 쓴다는 점이었다. 물론 너무 많이 썼을 땐 쓸데없는 부분을 삭제하면 되지만 이야기가 그리 간단하지는 않다. 자기가 쓴 문장이 전체적으로 보아 필요한 것인지, 불필요한 것인지를 올바르게 판단할 수 없었기 때문이다. 다음 날이 되어 출력한 내용을 다시 읽어보면 모든 문장이 한 줄도 빠져서는 안 될 것처럼 보이기도 했고, 경우에 따라서는 모든 문장이 없어도 괜찮을 것처럼 보였다. 어떤 때는 절망감에 휩싸여 눈앞에 있는 모든 원고를 찢어버린 적도 있었다. 만약 겨울밤이고 방 안에 난로가 있었다면 푸치니의 오페라 「라 보엠」처럼 꽤 따뜻해졌을 테지만 그녀의 단칸방에 물론 난로 같은 건 없었다. 난로는커녕 전화기조차 없었다. 아니, 자기 몸을 비춰 볼 수 있는 거울도 없었다.

주말이 되면 스미레는 다 써낸 원고를 품에 안고 내 아파트를 찾아왔다. 물론 학살을 모면한 운 좋은 원고들에 국한된 것이지만 그래도 상당한 분량이었다. 스미레에게 자기가 쓴 원고를 보여줄 수 있는 상대는 이 넓은 세상에 나 한 사람밖에 없었다.

대학에서는 내가 2학년 위고 전공도 다르기 때문에 만날 기회가 거의 없었지만, 우연한 일로 친하게 이야기를 나누게 되었다. 5월 연휴가 끝난 월요일, 나는 대학 정문 근처 버스 정류장에서 헌책방에서 발견한 폴 니장(사르트르, 보부아르 등에게 영향을 준 프랑스 소설가:옮긴이)의 소설을 읽고 있었는데, 옆에 서 있던 키 작은 여자아이가 발돋움을 하는 듯한 모양새로 책을 들여다보며 요즘 같은 시대에 왜 니장의 소설을 읽고 있냐고 질문했다. 반쯤은 시비를 거는 말투였다. 뭔가를 발로 차버리고 싶지만 적당한 대상이 없기 때문에 할 수 없이 내게 질문을 던지는 듯했다. 적어도 내겐 그런 느낌이 들었다.

나와 스미레는 말하자면 닮은꼴이었다. 둘 다 마치 숨을 쉬는 것과 같을 만큼 자연스럽게 열심히 책을 읽었다. 틈이 나면 조용한 장소에 앉아 언제까지고 혼자 책장을 넘겼다. 일본 소설이든 외국 소설이든, 새로운 것이든 오래된 것이든, 전위적인 것이든 베스트셀러든, 어느 정도 지적 흥분을 일으키는 것이라면 무엇이든 손에 들고 읽었다. 도서관을 찾아가거나 간다의 헌책방 거리에 가면 하루 종일 즐겁게 시간을 보낼 수 있었다. 나는 나 자신을 제외하고 그토록 깊고 폭넓게 소설을 열렬히 읽는 사람을 만난 적이 없었고, 그 것은 그녀도 마찬가지였다.

그녀가 대학을 그만둔 것과 같은 시기에 나도 졸업했는데, 스미레는 그후에도 한 달에 두세 번은 나한테 놀러 왔다. 내가 그녀의 집을 방문하는 경우도 가끔 있었지만, 그곳은 둘이 있기에는 너무 좁기 때문에 그녀가 우리 집을 방문하는 경우가 훨씬 많았다. 얼굴을 맞대면 역시 소설 이야기를 하고 책을 교환했다. 나는 또 그녀를 위해 저녁을 자주 만들었다. 요리를 만드는 것이 힘들지는 않았고, 스미레는 직접 요리를 할 바에야 아무것도 먹지 않는 쪽을 선택하는 인간이었다. 그 보답으로 스미레는 아르바이트를 하는 곳에서 여러 가지 물건을 자주 가져다줬다. 제약회사 창고에서 아르바이트를 했을 때는 콘돔을 여섯 다스나 가져다줬다. 아마 아직도 서랍 안에 남아 있을 것이다.

스미레가 당시에 쓰고 있던 소설(또는 그 단편)은 그녀가 생각하는 만큼 형편없는 것은 아니었다. 그녀는 문장을 쓰는 일에 아직 충분히 익숙하지 않았고, 때로 그 문체가 다른 취미와 질병을 갖고 있는 완고한 부인들 몇 명이 한자리에 모여 변변히 말도 하지 못하면서 만들어낸 수예품처럼 보이는 것도 있었다. 그리고 그런 경향은 원래 그녀 내부에 존재하는 조울증적인 기질 때문에 어떤 때는 수습할 수 없는 지경으로까지 가기도 했다. 게다가 공교롭게도 당시 스미레는 19세기적으로 장대한 '전체소설'을 쓰는 일밖에는 흥미가 없어서, 거기에 영혼과 운명을 둘러싼 모든 일과 현상을 빈틈없이 채워 넣으려 했다.

그러나 몇 가지 문제점을 안고 있으면서도 그녀가 쓰는 문장에는 독특한 신선함이 있었고, 자신의 내부에 있는 뭔가 중요한 사실을 정직하게 쓰고자 하는 진지한 마음가짐이 느껴졌다. 적어도 그녀의 스타일은 누군가를 모방한 것이 아니었고, 손끝으로만 잔재주를 부려 완성시킨 것도 아니었다. 그녀 글의 그런 점이 나는 좋았다. 거기에 존재하는 꾸밈없는 힘을 다듬어 아담한 틀 안에 채워 넣는 것은 올바른 일이 아닐 것이다. 그녀에겐 아직 이곳저곳 기웃거릴 수 있는 시간이 충분히 있다. 서두를 필요는 없다. 속담에도 있듯이 대기만성이라지 않는가.

"내 머릿속엔 쓰고 싶은 것들이 꽉 들어차 있어. 마치 무엇이 들어 있는지 모르는 창고처럼." 스미레는 말했다. "여러 종류의 이미지, 정경, 조각난 언어, 사람들의 모습. 내 머릿속에 있을 때는 모든 것이 눈부시게 빛나고 생기가 넘쳐. 그것들이 '글로 써줘!' 하고 외치는 소리가 들려. 거기서부터 멋진 이야기가 시작될 것처럼 생각돼. 어딘가 새로운 장소로 갈 수 있을 것 같은 느낌이 들고. 하지만 막상 책상 앞에 앉아서 문장으로 써보면 뭔가 중요한 것을 잃어버렸다는 사실을 깨닫게 돼. 수정은 결정을 이루지 못하고 돌멩이인 채로 끝나버리고 말지. 난 어디에도 갈 수 없어."

스미레는 얼굴을 찡그리고 250개쯤 되는 작은 돌을 주워 연못 안에 던졌다.

"내겐 원래 뭔가가 결핍되어 있는지도 몰라. 소설가가 되기 위해 갖춰야만 하는, 뭔가 대단히 중요한 것이."

잠시 깊은 침묵이 흘렀다. 아무래도 그녀는 내게 평소와 같은 평범한 의견을 요구하고 있는 듯했다.

"옛날 중국의 한 도시에는 높은 성벽이 둘러쳐져 있었고, 성벽에는 몇 개의 크고 멋진 문이 있었어." 나는 잠시 생각한 뒤에 말했다. "문은 중요한 의미를 가진 것으로 여겨졌어. 사람이 드나드는 문일 뿐 아니라 거기에 마을의 영혼 같은 것이 깃들어 있다고 믿었거든. 아니면 깃들어 있어야 한다고. 마치 중세 유럽 사람들이 교회와 광장을 마을의 심장으로 간주했던 것처럼. 그래서 중국에는 지금도 멋진 문이 수없이 남아 있지. 옛날 중국 사람들이 어떻게 마을의 문을 만들었는지 알아?"

"몰라." 스미레는 고개를 저었다.

"사람들은 수레를 끌고 옛 싸움터로 가서 그곳에 흩어져 있거나 묻혀 있는 백골을 모을 수 있는 만큼 끌어모았어. 역사가 깊은 나라니까 싸움터는 얼마든지 있었지. 그리고 마을 입구에 그 뼈들을 집어넣은 아주 커다란 문을 만들었어. 혼령을 위로함으로써 죽은 전사들이 마을을 지켜주길 바랐기 때문이지. 하지만 그것만으로는 불충분했어. 문이 완성되면 그들은 살아 있는 개를 몇 마리 끌고 와서 단검으로 목을 베었어. 그리고 아직 따뜻한 피를 문에 뿌렸어. 바짝 마른 뼈와 새로운 피가 서로 섞이고, 그럼으로써 비로소 옛 혼령이 주술적인 힘을 갖게 된다, 그렇게 생각했던 거야."

스미레는 잠자코 다음 이야기를 기다렸다.

"소설을 쓰는 것도 그것과 비슷해. 뼈를 잔뜩 모아 와서 아무리 멋진 문을 만들어봤자 그것만으로는 살아 있는 소설이 되지 않아. 이야기라는 것은 어떤 의미에서는 이 세상 것이 아닌 거야. 진짜 이야기에는 이 세상과 저세상을 연결해줄 수 있는 주술적인 세례가 필요해."

"결국 나도 어디선가 개를 한 마리 찾아서 끌고 와야 한다는 거야?"

나는 고개를 끄덕였다.

"그리고 따뜻한 피를 흘려 넣어야 해."

"그렇겠지."

스미레는 입술을 깨물고 잠시 생각에 잠겼다. 불쌍한 작은 돌멩이를 다시 몇 개 연못 안에 던져넣었다.

"가능하면 동물은 죽이고 싶지 않아."

"물론 비유적인 의미야"라고 나는 말했다. "정말로 개를 죽일 필요는 없어."

우리는 여느 때처럼 이노카시라공원 벤치에 나란히 앉아 있었다. 스미레가 가장 좋아하는 벤치였다. 우리 앞에는 연못이 펼쳐져 있었다. 바람은 없었다. 수면 위로 떨어진 나뭇잎은 마치 거기에 찰싹 달라붙은 것 같은 형태로 떠 있었다. 약간 떨어진 장소에서는 누군가가 모닥불을 피우고 있었다. 공기에는 가을 끝자락의 냄새가 뒤섞여 먼 곳의 소리가 묘하게 깨끗이 들려왔다.

"너한테 필요한 건 시간과 경험이야. 난 그렇게 생각해."

"시간과 경험?" 스미레는 하늘을 올려다봤다. "시간은 지금도 계속 흘러가고 있어. 경험? 경험 이야기 같은 건 하지 마. 자랑은 아니지만 나한테 성욕 같은 건 없어. 성욕이 없는 작가에게 도대체 어떤 것이 경험이 될 수 있겠어? 그건 식욕이 없는 요리사와 똑같잖아."

"네 성욕의 행방에 대해서는 할 말이 없어. 그건 어딘가 구석진 곳에 숨어 있을지도 몰라. 멀리 여행을 떠났는데 돌아오는 걸 잊고 있는지도 모르지. 하지만 사랑에 빠진다는 건 이치에 닿지 않는 거야. 그건 어딘지도 모르는 곳에서 갑자기 찾아와 너를 사로잡아버릴지도 몰라. 내일이라도 당장."

스미레는 하늘에서 내 얼굴로 시선을 돌렸다.

"들판의 회오리바람처럼?"

"그렇게 말할 수도 있지."

그녀는 잠시 들판의 회오리바람을 상상했다.

"그런데 들판의 회오리바람을 실제로 본 적 있어?"

"없어"라고 나는 대답했다. 무사시노에서는 진짜 회오리바람을 볼 기회가 거의 없다(고맙게도,라고 말해야 할 것이다).

그로부터 반년이 지난 어느 날, 내가 예언한 대로 갑작스럽고 이치에 닿지 않게 그녀는 들판의 회오리바람처럼 격렬한 사랑에 빠졌다. 열일곱 살 연상의 기혼 여성과. 그 '스푸트니크의 연인'과.

뮤와 스미레는 피로연 테이블에서 옆자리에 앉게 됐을 때, 세상 사람들이 일반적으로 그렇게 하듯 우선 이름을 밝혔다. 스미레는 스미레(일본어로 '제비꽃':옮긴이)라는 이름을 싫어했기 때문에 가능하면 그것을 아무에게도 가르쳐주지 않으려 했다. 하지만 상대가 이름을 물어보면 예의상 대답하지 않을 수 없었다.

아버지의 말에 따르면 이름을 지어준 사람은 돌아가신 어머니였다. 그녀는 「제비꽃」이라는 모차르트의 가곡을 매우 좋아해서 딸이 생기면 그 이름을 지어주겠다고 오래전부터 마음먹고 있었다. 거실의 레코드 선반에 『모차르트 가곡집』이 있어서(어머니가 듣고 있었던 것이 틀림없다), 어린 시절 스미레는 그 무거운 LP를 조심스럽게 턴테이블 위에 올려놓고 「제비꽃」이라는 제목의 가곡을 되풀이해서 들었다. 엘리자베트 슈바르츠코프의 노래와 발터 기제킹의 피아노 반주. 노래 내용은 알 수 없었다. 그러나 그 얌전한 곡조로 볼 때 분명히 들판에 핀 제비꽃의 아름다움을 노래한 것이 틀림

없었다. 스미레는 그 풍경을 상상하며 깊은 사랑을 느꼈다.

그런데 중학생 때 학교 도서관에서 일본어로 번역된 가사를 보고 스미레는 충격을 받았다. 가사의 내용은 들판에 핀 한 떨기 청초한 제비꽃이 어딘가에서 나타난, 무신경한 양치기 딸에 의해 어이없게 짓밟혀버린다는 것이었다. 그녀는 자기가 짓밟은 꽃의 존재조차 눈치채지 못한다. 괴테의 시라고 했는데, 거기에는 구원도 없고 교훈도 없었다.

"어째서 어머니는 그런 지독한 노래의 제목을 내 이름으로 지어줬을까요?" 하고 스미레는 얼굴을 찡그리며 말했다.

뮤는 무릎 위의 냅킨을 정돈하면서 중립적인 미소를 입가에 띠고 스미레의 얼굴을 바라봤다. 그녀는 무척 깊은 색깔의 눈동자 한 쌍을 가지고 있었다. 여러 가지 색깔이 뒤섞인 그 눈동자는 탁한 기운도, 어두움도 없었다.

"당신은 그 곡이 아름답다고 생각하나요?"

"그래요. 곡 자체는… 아름답다고 생각해요."

"나라면 음악이 아름답다는 것만으로 만족할 수 있을 것 같아요. 이 세상에서 멋지고 아름다운 것만을 손에 넣는 것은 무리일 테니까. 당신 어머니는 가사 따윈 신경 쓰이지 않을 정도로 그 가곡이 좋았던 거예요. 그리고 그런 얼굴만 하고 있으면 얼마 지나지 않아 주름이 생겨 되돌릴 수 없게 될 거예요."

스미레는 찡그린 얼굴을 원래대로 되돌렸다.

"그럴지도 모르지만, 어쨌든 실망했어요. 그렇잖아요? 내 이름은 어머니가 나한테 남겨준 단 하나의 유품이에요. 물론 나 자신을 제외했을 경우지만 말이에요."

"어쨌든 제비꽃이라니 멋진 이름이잖아요. 난 마음에 드는데." 뮤는 그렇게 말하고 약간 다른 각도에서 사물을 관찰해보겠다는 듯이 가볍게 고개를 갸웃거렸다. "그런데 당신 아버지는 여기에 와 계신가요?"

스미레는 주위를 둘러보고 아버지의 모습을 발견했다. 넓은 연회장이었지만 키가 큰 탓에 아버지를 찾기란 어렵지 않았다. 그는 두 좌석 너머의 테이블에서 옆얼굴을 이쪽으로 향한 채 모닝코트를 차려입은 성실해 보이는 작은 몸집의 노인과 이야기하고 있었다. 입가에는 차가운 빙산조차 마음을 터놓을 듯한 온화한 미소가 떠올라 있었다. 샹들리에 불빛을 받아 단정한 콧날이 로코코 시대 그림의 실루엣처럼 부드럽게 부각되어 보였는데, 그 아름다움에는 늘 보아 익숙해진 스미레조차 새삼스럽게 감탄하지 않을 수 없었다. 그녀의 아버지는 이런 공식 모임에 딱 맞는 인상인 것이다. 그가 있는 것만으로도 장내의 분위기가 화려해진다. 커다란 꽃병에 꽂혀 있는 생화나 새까만 리무진과 마찬가지로.

스미레의 아버지 모습을 보고 뮤는 잠깐 동안 말을 잃었다. 그녀가 숨을 들이쉬는 소리가 스미레의 귀에 닿았다. 부드러운 아침의 자연광으로 소중한 사람의 잠을 깨우기 위해 벨벳 커튼을 살며시 끌어당길 때와 같은 소리였다. 오페라글라스라도 건네줘야 하나, 하고 스미레는 생각했다. 하지만 그녀는 아버지의 용모에 대한 사람들의(특히 중년 여성의) 극적인 반응에 익숙해져 있었다. 아름다움이란 무엇일까, 어떤 가치가 있는 것일까, 스미레는 늘 궁금했다. 하지만 아무도 그 대답을 가르쳐주지 않았다. 다만 부동의 효능이 있을 뿐이었다.

"저렇게 핸섬한 아버지가 있다는 건 어떤 기분일까요?" 뮤가 물었다. "단지 호기심 때문에 물어보는 것뿐이지만요."

스미레는 한숨을 내쉬고(지금까지 몇 번이나 같은 질문을 받았을 것이다) 말했다. "특별히 기분이 좋을 건 없어요. 모두 마음속으로 이렇게 생각하죠. 정말 핸섬한 사람이야, 멋져. 하지만 그에 비해 딸은 별 볼 일 없네. 이런 걸 두고 격세유전이라고 하나."

뮤는 스미레 쪽으로 고개를 돌리고 조용히 턱을 끌어당기고 나서 그녀의 얼굴을 봤다. 미술관에서 마음에 드는 그림을 발견하고 그 자리에 멈춰 서서 바라볼 때처럼.

"만약 지금까지 당신이 정말 그렇게 느끼고 있었다면 그건 잘못이에요. 당신은 무척 아름다운 사람이에요. 아버지에게 뒤지지 않을 정도로." 뮤는 그렇게 말하고 손을 뻗어 매우 자연스럽게, 테이블 위에 있는 스미레의 손을 가볍게 만졌다. "당신이 얼마나 매력적인지, 당신 자신도 모르진 않을걸요."

스미레의 얼굴이 뜨거워졌다. 가슴속에서는 마치 나무다리 위를 달려가는 미친 말의 발굽처럼 심장이 큰 소리를 내며 뛰고 있었다.

그러고 나서 스미레와 뮤는 둘만의 대화에 몰두했다. 주변의 일은 눈에 들어오지 않았다. 화려한 피로연이었다. 다양한 사람들이 자리에서 일어나 축사를 했고(스미레의 아버지도 축사를 할 것이었다), 나오는 요리도 결코 나쁘지 않았다. 하지만 무엇 하나 기억에 남아 있지 않다. 고기를 먹었는지 생선을 먹었는지, 예법에 맞게 포크와 나이프를 사용해서 식사했는지, 아니면 손으로 집어 들고 접시를 핥아먹었는지 좀체 기억나지 않는다.

두 사람은 음악 이야기를 했다. 스미레는 클래식 음악 팬으로 어려서부터 아버지의 레코드 컬렉션을 찾아 들었다. 음악에 대한 두 사람의 기호에는 공통점이 많았다. 둘 다 피아노 음악을 좋아했는데, 그중에서도 베토벤의 피아노 소나타 32번을 음악사상 가장 중요한 피아노 음악이라고 평가했다. 그리고 빌헬름 박하우스가 데카에서 남긴 녹음이 그 기준이 될 만한 해석이자 비교할 대상이 없는 훌륭한 연주라고 믿고 있었다. 게다가 얼마나 즐겁고 생동감이 넘치는 연주인가!

블라디미르 호로비츠의 모노 녹음 시대의 쇼팽 곡은, 특히 스케르초는 그야말로 스릴이 넘친다. 프리드리히 굴다가 치는 드뷔시 전주곡은 유머가 넘치고 아름다우며, 기제킹이 연주하는 그리그는 사랑스럽다. 스뱌토슬라프 리흐테르의 프로코피예프 연주는 그 사려 깊은 유보와 순간적인 조형의 뛰어난 깊이 때문에 어떤 것이라도 주의 깊게 들을 가치가 있다. 반다 란도프스카가 연주하는 모차르트의 피아노 소나타는 온화하고 섬세한 배려가 가득 차 있는데 어째서 과소평가받고 있는 것일까.

"당신은 지금 무슨 일을 하고 있죠?" 음악 이야기가 일단락되자 뮤가 물었다.

대학을 그만두고 가끔씩 간단한 단기 아르바이트를 하면서 소설을 쓰고 있다고 스미레는 설명했다. 어떤 소설을 쓰고 있냐고 뮤가 물었다. 한마디로 설명하기 어렵다고 스미레는 대답했다. 그렇다면 독자 입장에서는 어떤 타입의 소설을 좋아하냐고 뮤가 물었다. 일일이 예를 들자면 한이 없지만 최근에는 잭 케루악을 자주 읽는다고 스미레는 대답했다. 그래서 '스푸트니크' 이야기가 나왔던 것이다.

뮤는 시간을 때우기 위해 읽는 아주 가벼운 작품을 제외하면 소설을 거의 읽지 않았다. 소설은 꾸며낸 이야기라는 의식을 아무래도 머리에서 떨쳐버릴 수 없어서 등장인물에게 감정이입이 되지 않는다고 그녀는 말했다. 오래전부터 그랬다. 따라서 그녀가 읽는 것은 사실을 사실로 기술한 책에 국한되었다. 그것도 일 때문에 필요한 것들이 대부분이었다.

어떤 일을 하고 있냐고 스미레는 질문했다.

"주로 외국 관계"라고 뮤가 말했다. "아버지가 경영하고 있던 무역회사를 13년 전쯤에 맏이인 내가 물려받았어요. 난 피아니스트가 되기 위한 공부를 하고 있었지만 아버지가 암으로 돌아가셨고, 어머니는 몸이 약한 데다 일본어도 서툴렀고, 남동생은 아직 고등학생이었기 때문에 일단 내가 책임자가 되어 회사 일을 보게 되었죠. 우리 회사에 생계를 의지하고 있는 친척도 몇 명 있었기 때문에 간단히 회사를 접을 수는 없었어요."

그녀는 거기서 구두점을 찍듯 짧은 한숨을 쉬었다.

"아버지 회사는 원래 한국에서 건어물이나 약초를 수입하는 것이 주된 업무였지만, 지금은 좀 더 넓은 범위의 물품들을 취급하고 있어요. 컴퓨터 부품 같은 것도요. 회사는 지금도 내 명의로 되어 있지만 실무를 남편과 남동생이 이어받았기 때문에 내가 항상 회사에 얼굴을 내밀 필요는 없어요. 난 회사와는 별도로 개인적인 일에 전념하고 있죠."

"예를 들면요?"

"주로 와인 수입. 가끔 음악 관계의 일정 조정과 일본과 유럽 사이를 오가기. 그런 거래는 개인적인 인맥에 의해 결정되는 경우가 많아요. 그래서 나 혼자서도 일류 상사 같은 곳과 대등하게 일을 처리해나갈 수 있죠. 다만, 그런 개인적인 네트워크를 만들고 유지하는 데는 나름대로 수고와 시간이 걸려요. 당연한 일이지만…." 그러고 나서 그녀는 뭔가 생각났다는 듯 얼굴을 들었다. "그런데 당신, 영어 할 줄 알아요?"

"회화는 그다지 자신 없어요. 그저 그래요. 읽는 건 좋아하지만."

"컴퓨터는 사용할 줄 알아요?"

"자세히는 모르지만 워드프로세서는 익숙하니까 조금만 공부하면 가능할 거예요."

"자동차 운전은 어때요?"

스미레는 고개를 저었다. 대학에 들어간 해에 아버지의

볼보 왜건을 차고에 넣으려다가 뒷문을 기둥에 부딪쳐서 망가뜨린 이후로 거의 핸들을 잡지 않았다.

"그럼 기호와 상징의 차이를 200자 이내로 설명할 수 있어요?"

스미레는 무릎 위의 냅킨을 집어 들어 입가를 살짝 닦고 다시 무릎 위에 올려놓았다. 상대가 바라고 있는 것을 제대로 이해할 수 없었다.

"기호와 상징이요?"

"특별한 의미는 없어요. 예를 들자면 그런 거죠."

스미레는 다시 고개를 저었다. "짐작도 못 하겠어요."

뮤가 미소를 지었다. "괜찮다면 가르쳐줬으면 해요. 당신에겐 어떤 현실적인 능력이 있는지, 즉 어떤 것을 자신 있게 할 수 있는지 말이에요. 소설을 많이 읽고 음악을 많이 듣는 것 외에."

스미레는 나이프와 포크를 접시 위에 조용히 내려놓고 테이블 위에 떠 있는 익명의 공간을 노려보며 자기 자신에 대해 생각해봤다.

"자신 있는 것보다는 할 수 없는 일을 늘어놓는 쪽이 빠르겠네요. 요리는 못 하고 청소도 못 해요. 물건 정리도 못 하고 잘 잃어버려요. 음악을 좋아하지만 노래는 지독한 음치고, 손재주가 없어서 못 하나도 제대로 박을 줄 몰라요. 방

향감각이 엉망이라 오른쪽과 왼쪽을 항상 착각해요. 화가
나면 물건을 부수는 경향이 있어요. 접시나 연필이나 자명
종 같은 거요. 나중에 후회하지만 도저히 억제할 수 없어요.
저축은 전혀 없고, 까닭 없이 사람을 가리고, 친구도 거의
없어요."

　스미레는 거기서 나지막이 한숨을 내쉰 다음 다시 말을 이
었다.

　"하지만 워드프로세서라면 보지도 않고 문장을 빨리 칠
수 있어요. 운동은 그다지 잘하지 못하지만 유행성 이하선
염을 제외하면 태어나서 지금까지 큰 병에 걸려본 적이 없
어요. 그리고 시간관념만큼은 꽤 철저해서 만날 약속에는
늦지 않아요. 음식도 가리는 게 전혀 없고요. 텔레비전은 보
지 않아요. 가끔씩 시시한 자랑을 하는 경우가 있지만 변명
은 하지 않는 편이에요. 한 달에 한 번 정도 어깨가 결려 잠
을 잘 수 없을 때도 있지만 그걸 제외하면 잠은 잘 자요. 생
리는 가벼운 편. 충치는 한 개도 없어요. 스페인어를 꽤 하는
편이에요."

　뮤가 얼굴을 들었다. "스페인어를 할 줄 알아요?"

　스미레는 고교 시절 멕시코시티에 상사원으로 주재 중이
던 작은아버지 집에 한 달 동안 머무른 적이 있었다. 좋은
기회라는 생각에 스페인어를 집중적으로 공부해 몸에 익혔

다. 대학에서도 스페인어 수업을 들었다.

뮤는 와인 잔의 다리를 손가락 사이에 끼우고 기계 나사를 돌리듯 가볍게 돌리고 있었다.

"어때요, 내 밑에서 잠시 일해볼 생각 없어요?"

"일이요?" 어떤 표정을 지어야 좋을지 판단이 서지 않았기 때문에 스미레는 일단 여느 때처럼 언짢은 듯한 표정을 유지했다. "난 이 세상에 태어난 이후 지금까지 제대로 일해본 경험이 단 한 번도 없고, 전화를 받는 방법조차 잘 몰라요. 아침 열 시 이전 전철은 타지 않기로 마음먹고 있고, 이야기를 나눠봐서 알겠지만 존댓말도 제대로 쓸 줄 몰라요."

"그런 건 문제가 아니에요." 뮤가 간단히 말했다. "내일 점심쯤에 시간 비어 있어요?"

스미레는 반사적으로 고개를 끄덕였다. 새삼스럽게 생각해볼 것도 없이 비어 있는 시간은 그녀의 주요 자산이었다.

"그럼 둘이서 점심이라도 해요. 근처 가게에 조용한 자리를 하나 예약해둘 테니까."

뮤는 그렇게 말하고 웨이터가 새 잔에 따라준 레드와인을 허공에 들어 올리고 주의 깊게 바라보다가 향기를 확인한 후, 조용히 첫 모금을 입에 머금었다. 그 일련의 동작은 내성적인 피아니스트가 오랜 세월에 걸쳐 갈고닦은 짤막한 카덴차를 연상시키는 우아함을 자동으로 드러내며 이어졌다.

"자세한 내용은 그때 천천히 이야기하기로 해요. 오늘은 일에 신경 쓰지 않고 느긋하게 쉬고 싶어요. 어디 것인지 모르겠지만 이 보르도, 나쁘지 않군요."

스미레는 언짢은 듯한 표정을 풀고 솔직하게 뮤에게 물어봤다. "하지만 우리는 조금 전에 만났을 뿐이고, 나에 대해 아직 아무것도 모르잖아요?"

"그래요. 아무것도 모를지도 모르죠"라고 뮤는 인정했다.

"그런데 어떻게 내가 도움이 된다는 걸 알 수 있죠?"

뮤는 잔 속의 와인을 가볍게 회전시켰다.

"난 전부터 사람을 얼굴로 판단하고 있어요." 그녀가 말했다. "즉 난 당신의 얼굴과 표정이 마음에 들었어요, 무척."

주위의 공기가 갑자기 엷어진 듯한 느낌이 들었다. 두 개의 유두가 속옷 안에서 딱딱하게 굳어지는 게 느껴졌다. 스미레는 손을 뻗어 반쯤은 기계적으로 물잔을 집어 들고 남아 있던 물을 단숨에 들이켰다. 맹금류 같은 표정의 웨이터가 재빨리 등 뒤로 다가와 빈 잔에 얼음물을 채웠다. 달그락거리며 얼음이 맞부딪치는 소리가 스미레의 혼란스러운 머릿속에서 동굴에 갇힌 도둑의 신음 소리처럼 메아리쳤다.

난 역시 이 사람에게 사랑을 느끼고 있는 거야, 스미레는 그렇게 확신했다. 틀림없다(얼음은 언제나 차갑고, 장미는 언제나 붉다). 그리고 이 사랑은 나를 어디론가 끌고 가려 하고 있다. 하지만 그 강한 흐름에서 몸을 빼내는 건 이제 어려울 것 같다. 내게는 선택의 여지가 조금도 없기 때문이다. 내가 끌려가는 곳은 지금까지 한 번도 본 적이 없는 특별한 세계일지도 모른다. 그곳은 어쩌면 위험한 장소일지도 모른다. 그곳에 숨어 있는 것들이 나에게 깊고 치명적인 상처를 입힐지도 모른다. 나는 지금 지니고 있는 모든 것을 잃어버릴지도 모른다. 하지만 이제 뒤로 물러설 수 없다. 눈앞에 있는 흐름에 그대로 몸을 맡길 수밖에 없다. 설사 나라는 인간이 그곳에서 불에 타 사라져버린다 해도.

그녀의 예감은―물론 지금에 와서야 알게 된 것이지만―120퍼센트 정확했다.

2

　스미레가 전화를 걸어온 것은 결혼식이 있은 지 정확히 2주일 뒤인 일요일 새벽이었다. 나는 물론 묵직한 모루처럼 곯아떨어져 있었다. 그 전주에 내가 맡은 회의가 하나 있었고 거기에 필요한(하지만 그다지 의미는 없는) 서류를 준비하기 위해 잠자는 시간을 줄여야 했기 때문에 주말에는 마음껏 늦잠을 잘 작정이었다. 그런데 전화벨이 울렸다. 그것도 새벽에.

　"자고 있었어?" 하고 스미레가 살피는 듯한 목소리로 물었다.

　"응" 하고 나는 낮은 목소리로 웅얼거렸다. 그리고 반사적으로 머리맡의 자명종에 눈을 돌렸다. 커다란 바늘에 야광 도료가 분명히 칠해져 있을 텐데 왠지 숫자를 제대로 읽을 수 없었다. 망막에 비친 이미지와 그것을 받아들여 분석하는 뇌의 부위가 서로 맞물리지 않은 것이다. 할머니가 바늘에 실을 꿰지 못하는 것처럼. 내가 간신히 이해할 수 있었던 것은 일찍이 스콧 피츠제럴드가 '영혼의 어둠'이라고 불렀던 시각에 가까운 듯 주위가 아직 칠흑처럼 어둡다는 것 정도였다.

"이제 곧 날이 밝을 거야."

"응" 하고 나는 힘없이 말했다.

"우리 집 근처에는 아직도 닭을 키우는 사람이 있어. 분명 오키나와 반환 전부터 그곳에 자리 잡고 있는 닭일 거야. 그 닭이 곧 울어댈 거야. 아마 30분 정도 뒤에. 난 이 시간이 하루 중에서 가장 마음에 들어. 새까만 밤이 동쪽부터 서서히 밝아오고, 뭔가 복수라도 하듯이 닭이 기세 좋게 울기 시작하는 때. 자기 집 근처에도 닭이 있어?"

나는 전화기 이쪽에서 희미하게 고개를 저었다.

"공원 근처에 있는 공중전화로 전화하는 거야."

"응" 하고 나는 말했다.

그녀의 아파트에서 200미터 정도 떨어진 곳에 공중전화 부스가 있다. 스미레는 전화기가 없기 때문에 늘 그곳까지 걸어가서 전화를 건다. 지극히 평범한 전화 부스다.

"있잖아, 이 시간에 전화를 거는 건 확실히 실례라고 생각해. 진심이야. 아직 닭조차 울지 않은 시간에. 불쌍한 달님이 동쪽 하늘 구석에서 오래 사용해 낡은 콩팥처럼 덩그러니 떠 있는 시간에. 하지만 난 당신한테 전화를 걸기 위해 어두운 밤길을 터벅터벅 걸어 이곳까지 왔어. 사촌 언니 결혼식에서 받은 전화카드를 작은 손에 움켜쥐고 말이야. 결혼한 두 사람이 손을 맞잡고 있는 기념사진이 든 카드야. 그런 물건이 사람을 얼마나 우울하게 만드는지 당신도 알지? 양말도 오른쪽과 왼쪽이 다른 것을 신고 있어. 한쪽은 미키마우스 그림이 그려져 있고, 다른 한쪽은 무늬가 없는 모직 양말이야. 방 안이 엉망이라 어디에 무엇이 있는지 통 알 수가 없어. 창피한 말이지만 팬티도 형편없는 걸 입고 있어. 속옷 도둑조차 꽁무니를 뺄 것을. 이런 꼴로 길에서 살해라도 당한다면 내가 누구인지 밝혀내기 어려울 거야. 그래서 동정해달라는 말은 아니지만, 그 뭐야, 좀 더 제대로 된 말을 해줄 수는 없어? '응'이나 '그래' 같은 냉혹한 감탄사 말고 다른 말 말이야. 접속사라도 좋아. 그래, 예를 들면 '하지만', '그러나' 같은 말."

"하지만" 하고 나는 말했다. 너무 피곤해서 정말로 꿈을 꿀 기운조차 없었다.

"하지만?" 하고 그녀가 말했다. "그래, 좋아. 그래도 한 걸음 발전했으니까. 작은 걸음이긴 하지만."

"그런데 나한테 무슨 볼일이라도 있어?"

"아 그래, 당신한테 물어볼 게 하나 있어. 그래서 전화한 거야." 스미레가 말했다. 그러고는 가볍게 기침을 했다. "그러니까… 기호와 상징의 차이가 뭐야?"

내 머릿속을 어떤 행렬이 조용히 지나가는 것 같은 기묘한 느낌이 들었다.

"질문을 다시 한번 해봐."

그녀는 질문을 되풀이했다. 기호와 상징의 차이가 뭐야?

나는 침대에서 몸을 일으키고 수화기를 왼손에서 오른손으로 바꿔 잡았다. "그러니까 기호와 상징의 차이에 대해 알고 싶어서 전화했다는 거지? 일요일 새벽, 날이 밝기도 전에. 흐음…."

"네 시 십오 분이야." 그녀가 말했다. "신경 쓰여서 못 견디겠어. 기호와 상징의 차이가 대체 뭔지 말이야. 며칠 전 어떤 사람한테서 질문을 받았는데 줄곧 잊고 있다가, 잠을 자려고 옷을 벗는 순간 갑자기 생각이 났어. 그 뒤로 잠을 잘 수가 없는 거야. 당신은 설명할 수 있어? 기호와 상징의 차이를?"

"예를 들면…." 나는 천장을 올려다봤다. 어떤 문제에 대해 스미레에게 논리적으로 설명한다는 것은 온전한 정신일 때에도 매우 어려운 작업이다. "천황은 일본의 상징이야. 그건 이해하겠지?"

"대충."

"대충이 아니야. 일본 헌법에 그렇게 정해져 있어." 나는 일부러 냉정한 목소리로 말했다. "이론이나 의문이 있을지 모르지만 그걸 하나의 사실로 받아들이지 않으면 이야기를 진행할 수 없어."

"알았어. 받아들이면 되잖아."

"고마워. 다시 한번 말하는데 천황은 일본의 상징이야. 하지만 그건 천황과 일본이라는 나라가 동등한 가치를 지닌다는 의미는 아니야. 이해하겠어?"

"모르겠어."

"그러니까, 화살표는 일방통행인 거야. 천황은 일본의 상징이지만 일본은 천황의 상징이 아니라는 거야. 그건 이해하겠지?"

"이해할 것 같아."

"하지만 예를 들어 '천황은 일본의 기호다'라고 씌어 있다면 그 두 가지는 동등한 가치를 지닌다고 말하는 셈이 돼. 우리가 일본이라고 말할 때 그것은 즉 천황을 의미하고, 우리가 천황이라고 말할 때 그것은 즉 일본을 의미하는 거야. 덧붙여 설명하면 둘은 교환이 가능해지는 거야. a=b라고 말하는 것은 b=a라고 말하는 것과 같지. 간단히 말하면 그게 기호의 의미야."

"결국 당신이 하고 싶은 말은 천황과 일본을 바꿔버리겠다는 거야? 그런 게 가능해?"

"그게 아니야." 나는 수화기의 이쪽에서 세차게 고개를 저었다. "난 지금 상징과 기호의 차이를 알기 쉽게 설명하려는 것뿐이야. 천황과 일본을 정말로 바꿀 생각은 없어. 단순히 설명을 위한 순서일 뿐이라고."

"흐음" 하고 그녀가 말했다. "하지만 그것으로 어떻게든 이해는 할 수 있게 됐어. 이미지로서. 요컨대 일방통행과 상호통행의 차이네."

"전문가는 좀 더 정확한 설명을 할 수 있을지 몰라. 하지만 아주 알기 쉽게 정의를 내린다면 그런 의미라고 생각해."

"항상 느끼는 바지만 당신은 뭔가를 설명하는 데는 선수야."

"그게 내 일이잖아." 내 말은 너무 평범해서 표정을 잃고 있었다. "너도 초등학교 선생님이 돼봐. 여러 종류의 터무니없는 질문을 받게 되지. 어째서 지구는 사각형이 아니죠? 오징어 다리는 왜 여덟 개가 아니고 열 개죠? 이런 질문 말이야. 하지만 그럭저럭 대답을 할 수 있게 돼."

"그래. 당신은 틀림없이 좋은 선생님이 될 거야."

"그럴까?" 그럴까?

"그런데 오징어 다리는 왜 여덟 개가 아니고 열 개야?"

"이제 좀 자자. 나 정말 피곤해. 이렇게 수화기를 들고 있긴 해도 무너져 내리는 돌담을 혼자서 떠받치고 있는 기분이야."

"그게…." 스미레가 그렇게 말하고 미묘한 간격을 두었다. 페테르부르크행 기차가 달려오기 전에 늙은 건널목 관리인이 건널목을 차단하듯. "이런 말을 하려니까 바보 같은 기분이 들지만 솔직히 말해서 나, 사랑에 빠졌어."

"응?" 나는 수화기를 움켜쥔 손을 오른쪽에서 왼쪽으로 바꿨다. 수화기에서 스미레의 숨소리가 들려왔다. 어떻게 대답해야 좋을지 알 수 없었다. 어떻게 대답해야 좋을지 알 수 없을 때 흔히 그렇게 하듯 나는 엉뚱하게 예상한 것을 말했다. "나는 아니겠지?"

"당신은 아니야"라고 스미레가 말했다. 싸구려 라이터로 담배에 불을 붙이는 소리가 들렸다. "오늘, 시간 있어? 만나서 이야기 좀 하고 싶은데."

"그러니까 네가 나 말고 누군가와 사랑에 빠졌다는 것에 대해서?"

"그래." 스미레가 말했다. "내가 격렬한 사랑에 빠졌다는 것에 대해서."

나는 어깨와 목 사이에 수화기를 끼우고 상체를 폈다. "저녁때라면 시간 있어."

"다섯 시에 그곳으로 갈게"라고 스미레가 말했다. 그러고는 생각났다는 듯 덧붙였다. "정말 고마워."

"뭐에 대해?"

"날이 밝지도 않은 새벽에 내 질문에 친절히 대답해준 것에 대해."

나는 애매하게 대답하고 전화를 끊은 다음 머리맡의 전등을 껐다. 아직도 캄캄했다. 잠을 자기 전에 스미레가 내게 '고맙다'고 말한 적이 지금까지 한 번이라도 있었는지 생각해 봤다. 한 번 정도는 있었을지 모르지만 기억이 나지 않았다.

스미레는 다섯 시가 조금 못 되어 내 아파트로 찾아왔다. 그녀가 스미레라는 사실을 첫눈에는 알아보지 못했다. 그녀가 스타일을 완전히 바꾸었기 때문이다. 머리카락을 시원한 쇼트커트로 정리했다. 이마에 늘어진 앞 머리카락에는 가위 흔적이 아직도 남아 있는 듯했다. 네이비블루의 반팔 원피스 위에 얇은 카디건을 걸쳤고, 구두는 굽 높이가 중간 정도인 검정 에나멜 하이힐이었고 스타킹까지 신고 있었다. 스타킹? 나는 여성의 의상에 대해서는 잘 모르지만 그녀가 몸에 걸치고 있는 것이 어느 것이든 값비싼 제품들이라는 사실 정도는 알 수 있었다. 스미레는 보통 때보다 아름답고 세련되어 보였다. 새로운 그녀의 복장은 어색하기는커녕 오히려 매우 익숙해 보였다. 하지만 어느 쪽이 좋으냐 하면, 나는 엉망진창의 몰골을 하고 있던 예전의 스미레가 더 좋았다. 물론 모든 것은 기호의 문제다.

"나쁘지 않은데." 나는 머리끝부터 발끝까지 그녀를 한 차례 관찰한 뒤에 입을 열었다. "잭 케루악이 어떻게 느낄지 모르겠지만."

스미레는 보통 때보다 훨씬 기품 있는 미소를 지어 보였다. "잠깐 산책이라도 하지 않을래?"

어깨를 나란히 하고 역 쪽을 향해 대학가를 걷다가 도중에 자주 들르는 커피숍으로 들어가 커피를 마셨다. 스미레는 여느 때처럼 커피와 함께 몽블랑을 주문했다. 4월도 끝 무렵에 가까운, 맑게 갠 일요일 저녁이었다. 크로커스와 튤립이 꽃집 앞에 진열되어 있었다. 싱그러운 바람이 젊은 여자들의 스커트 자락을 부드럽게 흔들며 새잎을 피운 나무들이 발산하는 상큼한 향기를 실어 왔다.

나는 머리 뒤로 손깍지를 끼고 스미레가 느리면서도 열심히 몽블랑을 먹는 모습을 바라봤다. 커피숍 천장의 작은 스피커에서는 아스트루드 지우베르투의 오래된 보사노바 곡이 흘러나오고 있었다. "나를 아루안다로 데려다주세요"라고 그녀는 노래하고 있었다. 눈을 감으면 컵과 컵받침이 달그락거리며 부딪치는 소리가 먼 곳의 파도 소리처럼 들려왔다. 아루안다는 어떤 곳일까?

"아직도 졸려?"

"아니. 이제 졸립지 않아." 나는 눈을 뜨고 말했다.

"몸은 괜찮아?"

"괜찮아. 초봄의 몰다우강처럼."

스미레는 비어버린 몽블랑 접시를 잠시 바라보더니, 얼굴을 들고 나를 봤다.

"내가 왜 이런 옷을 입고 있는지 이상하다고 생각하고 있지?"

"뭐 그렇지."

"돈을 주고 산 게 아니야. 나한테 그렇게 큰돈이 있을 리 없잖아. 여기엔 여러 가지 사정이 있어."

"그 사정에 대해 조금 상상해봐도 괜찮겠어?"

"말해줘."

"네가 그 볼품없는 잭 케루악적인 모습으로 어딘가의 세면장에서 담배를 피워 문 채 손을 씻고 있는데 키 155센티미터 정도의 날씬한 여자가 하악하악 숨을 몰아쉬면서 뛰어들어와, '부탁이에요. 미안하지만 나랑 옷을 바꿔 입을 수 없겠어요? 사정은 설명할 수 없지만 나쁜 사람들에게 쫓기고 있어요. 변장하고 도망가고 싶은데 마침 우린 체격이 딱 맞는 것 같아요'라고 말한 거야. 홍콩 영화에서 본 적이 있어."

스미레가 웃었다. "그 상대는 구두 사이즈가 22이고 원피스 사이즈는 7이었겠지? 우연하게도."

"그리고 그 자리에서 미키마우스 팬티까지 교환한 거야."

"미키마우스는 팬티가 아니라 양말이야."

"어느 쪽이든."

"흐음" 하고 스미레가 말했다. "하지만 상당히 비슷해."

"어느 정도나?"

그녀가 테이블 위로 상체를 내밀었다. "이야기가 꽤 긴데 듣고 싶어?"

"듣고 싶든 아니든 넌 그 이야기를 하기 위해 일부러 나를 찾아온 거잖아. 아무리 긴 이야기라도 상관없으니까 말해봐. 본 줄거리 외에 서곡과 '요정의 춤'이 있다면 그것도 함께 말해."

그래서 그녀는 이야기를 시작했다. 사촌 언니의 결혼식, 뮤와 함께 아오야마에 있는 레스토랑에서 먹은 점심. 정말 긴 이야기였다.

3

결혼식 다음 날인 일요일에는 비가 내렸다. 비는 한밤중이 지나 내리기 시작해서, 날이 밝을 때까지 쉬지 않고 계속 내렸다. 봄날의 대지를 검게 적시고 그 아래에 깃들어 있는 이름 없는 생물들을 조용히 고무시키는 살갑고 부드러운 비였다.

스미레는 뮤와 다시 만날 수 있다는 생각을 하자 가슴이 두근거려 아무것도 손에 잡히지 않았다. 마치 언덕 꼭대기에서 불어오는 바람을 맞으며 서 있는 듯한 기분이었다. 책상 앞에 앉아 담배에 불을 붙이고 여느 때처럼 워드프로세서의 스위치를 켰지만, 아무리 화면을 노려봐도 단 한 줄의 문장도 떠오르지 않았다. 그것은 스미레에게 거의 있을 수 없는 일이었다. 단념하고 스위치를 끈 다음, 그녀는 좁은 방 바닥에 드러누워 불을 붙이지 않은 담배를 입에 문 채 두서없는 생각에 잠겼다.

뮤와 둘이서 다시 이야기를 나눌 수 있다는 것만으로 이렇게 가슴이 두근거리고 있다. 만약 뮤와 아무 일 없이 그대로 헤어졌다면 마음이 꽤나 아팠을 게 틀림없다. 이것은 아름답고 세련된 연상의 여성에 대한 동경일까? 아니, 그렇지 않을 거야,라고 스미레는 부정한다. 나는 그 사람 옆에서 그 몸 어딘가를 만져보길 바라고 있다. 그것은 단순한 '동경'과는 약간 다른 것이다.

스미레는 깊은 한숨을 쉬고 잠시 천장을 바라보다가 담배에 불을 붙였다. 생각해보면 묘한 일이다. 스물두 살이 되어 처음으로 진지한 사랑에 빠졌는데, 그 상대가 하필이면 여자라니.

뮤가 정해준 레스토랑은 오모테산도역에서 걸어서 10분 정도 거리에 있었다. 처음 가는 사람은 찾기도 어렵고, 들어가기도 어려운 곳이었다. 가게 이름도 한 번 들은 것만으로는 기억할 수 없었다. 입구에서 뮤의 이름을 대자 2층의 작은 방으로 안내를 받았다. 뮤는 이미 자리에 앉아 얼음이 들어 있는 페리에를 마시면서 요리에 관해 웨이터와 열심히 이야기를 나누고 있었다.

그녀는 감색 폴로셔츠 위에 같은 색의 면 스웨터를 입고 장식이 없는 가느다란 은색 머리핀을 꽂고 있었다. 바지는 흰색의 날씬한 진이었다. 테이블 구석에는 화려한 파란색 선글라스가 놓여 있었다. 의자 위에는 스쿼시 라켓과 미소니가 디자인한 비닐 스포츠백이 있었다. 아마 오전에 스쿼시를 몇 게임 하고 돌아가는 길인 듯했다. 뺨에는 아직 핑크색의 홍조가 희미하게 남아 있었다. 스미레는 그녀가 체육관 샤워장에 들어가 이국적인 냄새가 물씬 풍기는 비누로 온몸의 땀을 씻어내고 있는 모습을 상상했다.

평상시처럼 헤링본 무늬의 상의에 카키색 바지를 입고 머리카락을 고아처럼 헝클어뜨린 스미레가 방으로 들어서자 뮤는 메뉴판에서 얼굴을 들고 눈부시게 미소를 지었다.

"음식은 가리지 않는다고 지난번에 말했죠? 그렇다면 내가 적당히 요리를 선택해도 괜찮겠죠?"

물론이죠,라고 스미레는 말했다.

뮤는 두 사람을 위해 같은 음식을 선택했다. 메인 요리는 신선한 흰 살 생선을 숯불로 굽고 버섯이 들어간 그린소스를 약간 첨가한 것이었다. 생선은 적당히 잘 구워져서 칼집이 선명하게 드러나 보였다. 불에 그슬린 자국이 예술적이라고 해도 좋을 정도로 단정하고 아름다운 설득력을 지니고 있었다. 호박 경단 몇 개와 멋지게 배치된 엔다이브 샐러드가 옆에 있었다. 디저트는 크렘 브륄레였는데 스미레 혼자만 먹었다. 뮤는 그것에는 눈길도 주지 않았다. 마지막으로 에스프레소가 나왔다. 이 사람이 식사에 꽤 신경을 쓰고 있구나, 하고 스미레는 추측했다. 뮤의 목은 마치 식물의 줄기처럼 가늘고 몸에는 군살의 기미조차 없었다. 다이어트를 할 필요가 없어 보였지만, 아마도 그녀는 지금 자신이 가지고 있는 것을 한 치의 타협도 없이 지켜내려는 결의에 차 있는 듯했다. 언덕의 요새에 틀어박혀 있던 스파르타인처럼.

두 사람은 요리를 먹으며 이것저것 두서없는 이야기를 나누었다. 뮤는 스미레의 성장 과정에 대해 알고 싶어 했고, 스미레는 질문에 정직하게 대답했다. 아버지에 대해, 어머니에 대해, 다니던 학교에 대해(모두 좋아할 수 없는 것들이었다), 작문 콩쿠르에서 받은 상품에 대해(자전거와 백과사전), 대학을 그만둔 경위와 현재의 생활에 대해. 특별히 스릴 있는 인생은 아니었다. 하지만 뮤는 스미레의 신상 이야기에 열심히 귀를 기울였다. 마치 한 번도 가본 적이 없는, 흥미로운 풍습을 가지고 있는 나라의 이야기를 듣는 것처럼.

스미레도 뮤에 대해 알고 싶은 것이 산더미처럼 많았다. 하지만 뮤는 자신에 대해 이야기하는 것을 그다지 좋아하지 않는 듯했다. "내 신상 이야기 따위야 아무려면 어때요." 그녀는 상냥한 목소리로 말했다. "그보다 당신 이야기를 더 듣고 싶어요."

식사가 끝났을 때, 스미레가 뮤에 대해 알게 된 내용은 별로 없었다. 아버지가 자신의 출신지인 한국 북부의 작은 마을에 일본에서 번 돈을 많이 기부해 마을 사람들을 위한 몇 개의 훌륭한 시설을 지었고, 그 덕분에 지금도 마을 광장에는 그녀 아버지의 동상이 세워져 있다는 것 정도였다.

"산속의 작은 마을이에요. 겨울이었던 탓도 있지만 보기만 해도 한기가 느껴지는 곳이었죠. 바위투성이의 벌거숭이 산, 굽은 나무들. 어릴 적에 아버지를 따라 가본 적이 있어요. 그 동상 제막식 때요. 마을에는 친척들이 많이 있어서 눈물을 흘리며 우리를 끌어안아줬어요. 하지만 그들이 무슨 말을 하고 있는지 알아들을 수 없어서 그저 두렵게만 느껴졌던 기억이 나요. 나한테 그곳은 눈에 익지 않은 다른 나라의 마을에 불과했던 거죠."

어떤 동상이었냐고 스미레는 질문했다. 그녀가 아는 사람들 가운데 동상이 된 사람은 한 명도 없었다.

"평범한 동상이에요. 기본적인 것이라고 말하면 될까. 전 세계 어디에나 있는 그런 것. 하지만 내 아버지가 동상이 된다는 건 기묘한 일이에요. 당신도 만약 지가사키역 앞 광장에 아버지 동상이 세워진다면 이상한 기분이 들겠죠? 우리 아버지는 키가 작은 사람인데도, 동상이 되니 당당한 거인처럼 보였어요. 그때 생각했죠. 이 세상에는 눈에 보이는 것이 그대로 맞는 것은 아니라고. 그때는 겨우 다섯 살 정도였지만."

내 아버지는 동상이 되는 쪽이 오히려 안정되어 보일지도 모르겠다고 스미레는 마음속으로 생각했다. 아버지는 살아 있는 사람이라기엔 용모가 너무 뛰어나니까.

"어제 한 이야기를 계속하고 싶은데." 에스프레소가 두 잔째 나왔을 때 뮤가 말했다. "어때요. 내 밑에서 일해볼 마음이 있어요?"

담배를 피우고 싶었지만 재떨이가 보이지 않았다. 스미레는 포기하고 차가운 페리에를 한 모금 들이켰다.

스미레는 솔직하게 말했다. "일을 한다고 하면 구체적으로 무슨 일을 해야 하나요? 전에도 말했지만 단순한 육체노동을 제외하면 난 단 한 번도 제대로 일한 경험이 없어요. 그리고 일할 때 입을 옷 한 벌도 없고, 결혼식에 입고 갔던 옷도 아는 사람에게 빌린 것이었어요."

뮤는 표정을 바꾸지 않은 채 고개를 끄덕였다. 스미레의 대답은 그녀가 예상한 범위 안에 있는 듯했다.

"당신이 어떤 사람인지는 이야기를 나누는 동안에 대강 알았고, 내가 시켜봤으면 하는 일을 문제없이 처리할 수 있을 거라고 판단했어요. 뒷일은 그다지 중요하지 않아요. 중요한 건 당신이 나와 함께 일을 하고 싶은가 아닌가 하는 문제뿐이죠. 예스인지 노인지 단순하게 생각하면 돼요."

스미레는 주의 깊게 단어를 골라가면서 대답했다. "그렇게 말씀해주시니 고맙기는 하지만, 지금 나한테 가장 중요한 문제는 누가 뭐라든 소설을 쓰는 거예요. 그 때문에 대학도 그만두었고…."

뮤는 테이블 너머로 곧장 시선을 던져 스미레를 바라봤다. 그녀의 조용한 시선을 피부로 느끼자 스미레의 얼굴이 뜨거워졌다.

"내 생각을 솔직하게 말해도 될까요?" 뮤가 물었다.

"물론이에요, 무엇이든."

"당신을 기분 나쁘게 만들 수도 있는데."

스미레는 상관없다는 표시로 입술을 굳게 다물고 상대의 눈을 바라봤다.

"지금 상태로 볼 때, 아무리 많은 시간을 들여도 당신은 제대로 된 소설을 쓸 수 없다고 생각해요." 뮤가 부드럽게, 하지만 단호한 목소리로 말했다. "당신에겐 재능이 있어요. 틀림없이 언젠가는 훌륭한 작품을 쓸 수 있을 거예요. 이건 겉치레로 하는 말이 아니라 진심으로 그렇게 생각해요. 난 당신 마음속에 있는 그런 자연적인 힘의 존재를 느낄 수 있어요. 하지만 지금의 당신은 아직 준비가 되어 있지 않아요. 그 문을 열기 위한 충분한 힘이 갖춰져 있지 않아요. 스스로 그런 생각을 해본 적은 없나요?"

"시간과 경험"이라고 스미레는 요약해서 말했다.

뮤가 미소를 지었다. "어쨌든 지금은 나와 함께 지내도록 해요. 그쪽이 좋을 거예요. 그리고 만약 그때가 되었다고 느낀다면 염려할 필요 없이 모든 것을 내버리고 마음 내키는 대로 소설을 쓰면 돼요. 당신은 원래 약삭빠른 성격이 아니고 뭔가 대단한 일을 제대로 내놓을 때까지 보통 사람보다 시간이 더 걸리는 타입이에요. 그러니까 스물여덟 살이 되어도 아직 싹수가 보이지 않아 부모님의 원조가 끊어져 빈털터리가 된다면 그것도 나쁘지 않겠죠. 배는 고플지 모르지만 소설가에겐 그런 힘도 필요하지 않겠어요?"

스미레는 대꾸하려고 입을 열었지만 목소리가 제대로 나오지 않았다. 그래서 잠자코 고개만 끄덕였다.

뮤가 테이블 한가운데로 오른손을 뻗었다. "당신도 손을 내밀어봐요."

스미레가 오른손을 내밀자, 뮤가 그 손을 감싸듯이 잡았다. 따뜻하고 매끄러운 손바닥이었다. "그렇게 걱정할 만한 일은 아니니까 인상 펴요. 당신과 난 잘해낼 수 있을 거예요."

스미레는 침을 삼켰다. 그리고 얼굴 근육을 약간 풀었다. 뮤가 정면으로 바라보자 자기라는 존재가 점점 작게 쪼그라드는 기분이 들었다. 이러다가 뜨거운 햇볕 아래에 놓여 있는 얼음처럼 사라져버릴 것만 같았다.

"다음 주부터 일주일에 세 번, 내 사무실로 와요. 월요일과 수요일과 금요일에. 아침 열 시에 나와서 오후 네 시에 돌아가면 돼요. 그러면 러시아워를 피할 수 있겠죠? 급료는 그렇게 많이 줄 수 없지만, 일 자체는 대단한 게 아니니까 한가한 시간에는 책을 읽어도 상관없어요. 다만, 일주일에 두 번은 이탈리아어 개인 교습을 받도록 해요. 스페인어를 할 줄 안다면 이탈리아어를 배우는 건 그리 어렵지 않을 거예요. 그리고 영어 회화와 자동차 운전도 짬을 내서 익혀둬요. 그건 할 수 있죠?"

"할 수 있을 것 같아요"라고 스미레는 대답했다. 하지만 그 목소리는 누군가 알지 못하는 사람이 어딘가 다른 방에서 자기 대신 발음하고 있는 것처럼 들렸다. 설령 어떤 부탁을 받아도, 어떤 명령을 받아도 지금의 나라면 주저 없이 예스라고 대답해버릴 것이다. 뮤는 손을 잡은 채 스미레를 뚫어지게 바라보고 있었다. 뮤의 새까만 눈동자에 비치고 있는 자신의 선명한 모습을 스미레는 눈으로 볼 수 있었다. 그것은 거울 너머로 빨려 들어간 자신의 영혼처럼 보였다. 스미레는 그 모습에서 사랑을 느끼는 동시에 깊은 두려움도 느꼈다.

뮤가 미소를 짓자 눈가에 매력적인 주름이 생겼다. "우리 집으로 가요. 당신한테 보여주고 싶은 게 있으니까."

4

대학에 입학해서 처음 맞은 여름방학에 혼자 호쿠리쿠로 홀쩍 여행을 떠났다가 역시 혼자 여행하고 있는 여덟 살 연상의 여성과 전철 안에서 알게 되어 하룻밤을 함께 보낸 적이 있다. 마치 『산시로』(나쓰메 소세키의 장편소설:옮긴이) 첫머리에 나오는 이야기 같다고 그때는 생각했다.

그녀는 도쿄의 은행에서 외환을 취급하는 일을 하고 있다고 했다. 휴가를 받으면 항상 책 몇 권을 챙겨서 혼자 여행한다고 했다. "누군가와 함께 여행하면 정신만 피곤할 뿐이에요." 그녀는 그렇게 말했다. 꽤 매력적인 분위기를 풍기는 여자였는데 어째서 나처럼 나약하고 말수가 적은 열여덟 살짜리 학생에게 흥미를 가졌는지 이유는 알 수 없다. 하지만 그녀는 맞은편 좌석에 앉아 나와 이야기를 나누며 느긋하게 쉬고 있는 듯했다. 자주 소리 내어 웃었다. 나도 드물게 편한 마음으로 여러 가지 이야기를 할 수 있었다. 둘 다 우연히도 가나자와역에서 같이 내리게 되었다. "묵을 곳은 있나요?" 하고 묻기에 없다고 대답하자(나는 그 당시 숙소 예약이란 걸 한 적이 없다), 호텔 방을 잡아놓았으니 함께 투숙하는 게 좋겠다고 그녀는 말했다. "신경 쓰지 않아도 돼요. 한 명이든 두 명이든 지불하는 요금은 같으니까."

내가 긴장한 탓에 첫 섹스는 순조롭지 못했다. 나는 그 점에 대해 사과했다.

"그런 건 일일이 사과할 필요 없어요." 그녀가 말했다. "상당히 예의 바른 사람이네."

그녀는 샤워를 마친 뒤 목욕 가운을 몸에 두르고 냉장고에서 차가운 캔 맥주를 두 개 꺼내 내게 한 개를 권했다.

맥주를 절반쯤 마신 뒤, 그녀가 문득 생각났다는 듯이 말을 꺼냈다. "당신, 운전할 줄 알아요?"

할 줄 안다고 나는 대답했다.

"꽤 잘하는 편인가요?"

"면허를 딴 지 얼마 되지 않아 그렇게 잘하지는 못합니다. 보통입니다."

그녀는 미소를 지었다. "나도 그래요. 스스로는 꽤 잘한다고 생각하는데 주위 사람들은 좀처럼 그렇게 말해주지 않죠. 그러니까 아마 보통일 거예요. 하지만 당신 주위엔 운전을 아주 잘하는 사람이 몇 사람쯤은 있겠죠?"

"네, 있습니다."

"반대로 그다지 잘 못하는 사람도 있겠죠?"

나는 고개를 끄덕였다. 그녀는 조용히 맥주를 다시 한 모금 마시고 잠시 생각에 잠겼다.

"그런 건 어느 정도는 천성적으로 타고나는 것인지도 모르죠. 재능이라고 불러도 좋을까. 손재주가 뛰어난 사람이 있는가 하면 그렇지 않은 사람도 있고… 하지만 그와 동시에 우리 주변에는 배려심이 깊은 사람도 있고 그렇지 않은 사람도 있죠. 그렇죠?"

나는 다시 고개를 끄덕였다.

"그래서 말인데 잠깐 생각해봐요. 만약 당신이 누군가와 함께 자동차를 몰고 긴 여행을 한다고 쳐요. 때때로 운전을 교대하면서. 그런 경우에 당신은 상대로 어떤 타입을 선택할까요. 운전은 잘하지만 배려심이 없는 사람과 운전은 잘 못하지만 배려심이 깊은 사람 중에서."

"후자입니다."

"나도 같아요"라고 그녀가 말했다. "섹스도 그와 같은 게 아닐까요. 능숙하다든가, 서투르다든가, 재주가 있다든가, 없다든가 그런 건 그다지 중요하지 않아요. 난 그렇게 생각해요. 깊이 배려해준다… 그게 가장 중요하죠. 마음을 안정시키고 여러 가지 상황에 주의 깊게 귀를 기울이는 것."

"귀를 기울인다고요?"

그녀는 미소를 지을 뿐 아무 말도 하지 않았다.

잠시 후 두 번째 섹스를 했을 때, 이번에는 매우 부드러워서 마음이 서로 통하고 있는 듯했다. 주의 깊게 귀를 기울인다는 것이 어떤 의미인지 조금은 알 듯한 기분이 들었다. 섹스가 정말로 잘되었을 때 여성이 어떤 반응을 보이는가를 눈으로 본 것도 그때가 처음이었다.

다음 날, 아침 식사를 함께한 뒤에 우리는 각각 다른 방향으로 헤어졌다. 그녀는 그녀의 여행을 계속했고, 나는 나의 여행을 계속했다. 두 달 뒤에 직장 동료와 결혼할 예정이라고 헤어질 때 그녀는 말했다. "정말 좋은 사람이에요. 5년 동안 사귀었는데 이제야 결혼하게 됐어요. 그래서 앞으로 얼마간은 혼자 여행할 수 없을 것 같아요. 이게 아마도 마지막이겠죠."

나는 아직 젊으니까 그런 종류의 화려한 사건은 내 인생에서 자주 일어날 거라고 생각했다. 그러나 그렇지 않다는 사실을 깨달은 것은 훨씬 나중이 되어서였다.

오래전에 어떤 계기로 그 이야기를 스미레에게 한 적이 있었다. 왜 그런 이야기를 하게 되었는지는 잘 기억나지 않는다. 어쩌면 성욕의 존재에 대한 이야기를 나눌 때였는지도 모른다. 나는 정면으로 질문을 받으면 대부분 정직하게 대답해버리는 성격이다.

"그 이야기의 포인트는 어디에 있는 거야?" 스미레는 그 때 이렇게 물었다.

"배려심 깊은 사람이 된다는 게 이야기의 포인트야"라고 나는 대답했다. "처음부터 이거다, 저거다 하고 결정하는 게 아니라 상황에 따라 솔직하게 귀를 기울이는 것, 마음과 머리를 늘 열어두는 것 말이야."

"흐음." 스미레는 가볍게 소리를 냈다. 그녀는 나의 그 사소한 성적 모험의 에피소드를 머릿속에서 되새김질하고 있는 듯했다. 자기 소설 속에 멋지게 써넣을 수 없을까 하고 생각하고 있었을지도 모른다.

"어쨌든 당신은 꽤 여러 가지 체험을 한 것 같아."

"여러 가지 체험을 하지는 않았어." 나는 부드럽게 항의했다. "우연히 그런 체험을 했을 뿐이야."

그녀는 가볍게 손톱을 물어뜯으면서 잠시 이것저것 생각했다. "그런데 배려심이 깊은 사람이 되려면 어떻게 해야 하는 거야? 막상 어떤 일이 벌어졌을 때, '자, 지금 상대방을 배려해야 해. 귀를 기울여야 해' 하고 생각한다고 해서 갑자기 잘할 수 있게 되는 건 아니잖아. 좀 더 구체적으로 말해 줄 수 없어? 예를 들어서 말이야."

"우선 마음을 가라앉히는 거야. 예를 들면―수를 센다든가 해서."

"그 밖에는?"

"음, 여름날 오후 냉장고 안에 있는 오이를 생각하는 것도 좋겠지. 물론 예를 드는 것뿐이지만."

"혹시" 하고 잠시 사이를 둔 뒤 스미레가 말을 이었다. "당신은 항상 여름날 오후 냉장고 안에 있는 오이를 상상하면서 여자랑 섹스해?"

"항상 그렇지는 않아."

"그럼, 가끔은 그렇다는 거야?"

"그래, 가끔은." 나는 인정했다.

스미레는 얼굴을 찡그리고 몇 번 고개를 저었다. "당신, 보기와는 달리 이상한 사람이네."

"사람은 누구나 어딘가 이상해."

"그 레스토랑에서 뮤가 내 손을 잡고 눈을 들여다보고 있는 동안, 난 머릿속으로 계속 오이를 생각했어. '침착해야 해, 귀를 기울여야 해' 하면서."

"오이?"

"당신이 전에 들려준, 여름날 오후의 냉장고 안에 있는 차가운 오이 말이야. 잊어버렸어?"

"그러고 보니 그런 말을 한 적 있는 것 같아." 나는 기억을 되살려냈다. "그래서 조금 도움이 됐어?"

"그럭저럭."

"다행이네."

스미레는 본론으로 이야기를 돌렸다.

"뮤의 맨션은 레스토랑에서 걸어서 곧 닿는 곳에 있었어. 그리 크진 않았지만 멋진 방이었어. 볕이 잘 드는 베란다, 관엽식물이 담긴 화분, 이탈리아제 가죽 소파, 보스 스피커, 잘 갖춰진 판화, 주차장에 서 있는 재규어. 그곳에는 그녀 혼자 살고 있대. 남편과 함께 사는 집은 세타가야 어딘가에 있고. 주말이 되면 그녀는 그곳으로 돌아가지만 보통 때는 아오야마의 맨션에서 혼자 생활한대. 그 방에서 내가 뭘 봤을 것 같아?"

"유리 케이스에 들어 있는 마크 볼란(영국 록밴드 티렉스의 보컬리스트:옮긴이)이 애용하던 뱀가죽 샌들. 로큰롤 역사를 말할 때 빼놓을 수 없는 귀중한 유산이지. 그것도 비늘이 하나도 떨어지지 않고 흙이 닿지 않는 부분에 그의 사인이 들어 있는. 팬이라면 물어볼 필요조차 없는 거야."

스미레는 얼굴을 찡그리고 한숨을 내쉬었다. "시시한 농담을 연료로 해서 달리는 자동차가 발명된다면 당신은 꽤 멀리까지 갈 수 있을 거야."

"하지만 세상엔 지적 고갈이라는 게 있잖아." 나는 겸허하게 말했다.

"오케이, 그건 그렇고 이번에는 진지하게 생각해봐. 내가 그곳에서 뭘 봤을 것 같아? 만약 맞힌다면 여기 계산은 내가 할게."

나는 헛기침을 하고 말했다. "지금 네가 입고 있는 화려한 옷을 보여줬겠지. 그걸 입고 회사에 출근하라고."

"정답" 하고 스미레가 말했다. "그녀에겐 나랑 키가 비슷한 친구가 있는데, 그 여자도 부자라 옷을 많이 가지고 있대. 세상은 정말 이상해. 옷장에 더 이상 넣을 수 없을 정도로 많은 옷을 가진 사람이 있는가 하면, 나처럼 사람들의 눈을 피해가면서 좌우가 맞지 않는 양말을 신고 다니는 사람도 있으니까. 하지만 괜찮아, 그런 건. 어쨌든 그녀는 그 친구 집에 가서 나를 위해 '여분의' 옷을 한 아름 들고 와줬어. 자세히 보면 조금 유행이 지난 거라는 사실을 알 수 있지만 얼핏 봐선 잘 모르겠지?"

아무리 봐도 잘 모르겠다고 나는 말했다.

스미레는 만족한 듯이 미소를 지었다. "거짓말처럼 사이즈가 똑같아. 원피스, 블라우스, 스커트 모두. 허리 사이즈만 약간 크지만 벨트로 조이면 문제없을 정도야. 신발은 마침 뮤와 사이즈가 비슷해서 그녀가 신던 필요 없게 된 걸 몇 켤레 가져왔어. 하이힐, 로힐, 여름용 샌들. 모두 이탈리아 사

람 이름이 붙은 것들이야. 게다가 핸드백도. 그리고 화장품
도 약간."

"『제인 에어』같은 이야기구나."

　그렇게 해서 스미레는 일주일에 사흘씩 뮤의 사무실에 얼
굴을 내밀게 되었다. 그녀는 정장과 원피스를 입고 굽이 높
은 구두에 약간 화장까지 한 모습으로 전철을 타고 기치조
지에서 하라주쿠역까지 통근했다. 그녀가 오전에 전철을
탄다니, 나는 도저히 믿을 수 없었다.

　뮤는 아카사카의 회사에 있는 집무실과는 별도로 자기만
의 작은 사무실을 진구에 가지고 있었다. 그곳에는 뮤의 책
상과 어시스턴트(스미레의 직함이다)를 위한 책상이 있고 서
류를 보관하는 캐비닛, 팩스와 전화, 노트북이 있었다. 방
하나짜리 맨션으로 겨우 명색만 갖춘 작은 부엌과 욕실이
딸려 있었다. CD플레이어와 소형 스피커가 있고, 클래식
음악 CD가 열두 장 정도 놓여 있었다. 건물 3층에 자리 잡
고 있는데, 동쪽으로 난 창문 밖으로는 작은 공원이 보였다.
1층은 북유럽 수입 가구 전시장이었다. 대로에서 약간 들어
간 곳에 있기 때문에 거리의 소음이 거의 들리지 않았다.

　스미레는 사무실에 도착하면 꽃병의 물을 갈고 커피메이

커로 커피를 만들었다. 그런 뒤 부재중 전화 메시지를 듣고 노트북의 이메일을 체크했다. 메일이 들어와 있으면 출력해서 뮤의 책상 위에 나란히 놓아두었다. 대부분은 외국 회사나 에이전트로부터 온 메일로 거의 영어와 프랑스어였다. 우편물이 있으면 봉투를 뜯어 보고 필요 없을 게 분명한 것은 버렸다. 전화는 하루에 몇 통 정도 걸려왔는데, 외국에서 온 전화도 있었다. 스미레는 상대방의 이름과 전화번호와 용건을 듣고 메모해서 그것을 뮤의 휴대전화로 전달했다.

뮤는 대개 오후 한 시에서 두 시 사이 사무실에 얼굴을 내밀었다. 그리고 한 시간 정도 그곳에 있으면서 스미레에게 필요한 지시를 내리고 커피를 마시고 몇 통의 전화를 걸었다. 답장이 필요한 편지가 있으면 입으로 불러줬고 그걸 스미레가 워드프로세서에 입력해서 그대로 메일이나 팩스로 보냈다. 대부분 간단한 내용의 사무적인 편지였다. 그녀 자신을 위해 미용실이나 레스토랑, 스쿼시 코트를 예약하는 경우도 있었다. 그런 일을 한 차례 끝마치면 뮤는 잠시 동안 스미레와 한담을 나누고 다시 어딘가로 외출했다.

스미레는 혼자 사무실을 지키며 몇 시간 동안 사람과 대화를 나누지 않은 적도 있었지만 쓸쓸하다거나 지루하다고 생각하진 않았다. 그녀는 일주일에 두 번, 이탈리아어 레슨에서 배운 내용을 복습했다. 불규칙동사의 활용을 외우고 녹음기를 들으며 발음을 체크했다. 컴퓨터 기능에 대한 공부도 해서 간단한 문제는 스스로 처리할 수 있게 되었다. 하드디스크에 수록된 정보를 열어서 뮤가 손대고 있는 업무의 대략적인 아우트라인도 머리에 넣어두었다.

뮤가 하고 있는 업무는 대부분 결혼식에서 설명한 내용 그대로였다. 그녀는 외국(주로 프랑스)의 작은 와인 제조업자와 전속 계약을 맺고 와인을 수입해 도쿄의 레스토랑과 전문점에 도매로 넘겼다. 또 클래식 음악 연주자를 초빙하는 일에도 가끔씩 손을 댔다. 가장 잡다한 실무가 필요한 일은 그것을 전문으로 하는 대형 에이전트 사업으로, 그녀가 하고 있는 일은 기획과 첫 단계에서의 어레인지먼트였다. 뮤의 특기는 아직 그다지 이름이 알려지지 않은 젊고 유능한 연주자를 발굴해 일본으로 초청하는 것이었다.

그런 뮤의 '개인적인 사업'이 어느 정도의 이익을 올려주고 있는지, 거기까지는 몰랐다. 경리 관계의 디스크는 별도로 보관되고 있는 듯했고, 디스크 중에는 패스워드를 모르면 열 수 없는 것도 있었다. 어쨌든 스미레는 뮤와 만나 이야기를 나눌 수 있다는 것만으로도 즐거워서 견딜 수 없었고, 가슴이 두근거렸다. 저것이 뮤가 앉는 의자, 저것이 뮤가 사용하는 볼펜, 저것이 뮤가 커피를 마시는 머그잔이라는 식으로 생각했고, 뮤가 시키는 일이라면 아무리 사소한 것이라도 전력을 다했다.

　가끔 뮤의 권유로 둘이서 식사하는 경우가 있었다. 와인
을 다루는 일을 하기 때문에 유명한 레스토랑을 정기적으
로 돌면서 여러 가지 정보를 머릿속에 넣어둘 필요가 있었
다. 뮤는 늘 흰 살 생선을 먹었고(어쩌다 치킨을 주문하면 절반
정도를 남겼다), 디저트는 손도 대지 않았다. 와인 리스트를
자세히 검토한 뒤에 병째로 주문했는데, 자신은 한 잔밖에
마시지 않았다. "당신은 마시고 싶은 만큼 마셔요." 뮤는 그
렇게 말했지만 스미레로서는 아무래도 혼자서 한 병을 다
마실 수는 없었다. 그래서 값비싼 와인이 늘 절반 이상 남았
지만 뮤는 특별히 신경 쓰지 않았다.

　"둘이서 한 병을 주문하면 아깝잖아요. 반도 못 마시는
데." 언젠가 스미레는 뮤에게 그렇게 말해봤다.

　"괜찮아요, 그건." 뮤는 웃으며 말했다. "와인이란 건 말이
죠, 많이 남기면 남길수록 그 식당에서 일하는 사람들이 많
이 맛볼 수 있는 거예요. 소믈리에, 헤드웨이터를 비롯해 가
장 밑에서 물을 따르는 사람들까지 말이에요. 그렇게 해서
모두가 와인 맛을 알게 되는 거죠. 그러니까 고급 와인을 주
문해서 남기는 건 쓸모없는 일이 아니에요."

　뮤는 1986년산 메독의 빛깔을 확인한 뒤에 문체를 음미

하듯 여러 각도에서 정성스럽게 맛봤다.

 "어떤 것이든 다 그렇지만 결국 가장 도움이 되는 것은 자기 몸을 움직여서, 자기 돈을 쓰면서 배우는 거예요. 책에서 얻은 기성품 같은 지식이 아니라."

 스미레는 잔을 손에 쥐고 뮤를 흉내 내며 와인을 주의 깊게 입에 머금고 나서 목구멍 안으로 흘려 넣었다. 잠시 동안 입 안에 기분 좋은 풍미가 남았지만, 몇 초가 지나자 마치 여름날 나뭇잎에 맺혀 있던 아침 이슬이 증발할 때처럼 흔적도 없이 사라져버렸다. 그렇게 해서 혀가 다음 요리를 맛볼 수 있는 준비를 갖추는 것이다. 뮤와 둘이서 식사하고 대화를 나눌 때마다 뭔가 배울 점이 있었다. 그렇게 많은 것들을 자기가 모르고 있었다는 사실에 스미레는 놀라지 않을 수 없었다.

 "난 지금까지 나 자신 말고 누군가가 되어보고 싶다는 생각 따윈, 한 번도 해본 적이 없어요." 언젠가, 여느 때보다 약간 많이 와인을 마신 탓인지 스미레는 뮤에게 속마음을 털어놓은 적이 있었다. "하지만 당신처럼 될 수 있으면 좋겠다는 생각을 요즘 들어 가끔 해요."

 뮤는 잠시 숨을 멈췄다. 그러다가 생각을 고쳐먹은 듯 와인 잔을 손에 쥐고 입으로 가져갔다. 광선의 자연적인 작용으로 그녀의 눈동자가 순간 와인의 깊은 포도색으로 물들어가는 것처럼 보였다. 그 얼굴에는 평상시의 미묘한 표정이 사라지고 없었다.

"당신은 잘 모르겠지만…" 잔을 테이블에 내려놓으며 뮤는 부드러운 목소리로 말했다. "여기에 있는 나는 진정한 나가 아니에요. 지금으로부터 14년 전에 난 진정한 나의 절반이 되어버렸어요. 내가 온전한 나 자신이었을 때 당신을 만날 수 있었다면 얼마나 좋았을까, 하고 생각해요. 물론 지금 그런 생각을 해봐야 소용없는 일이지만."

스미레는 너무 놀라서 더 이상 말을 할 수 없었다. 당연히 그때 해야 할 질문도 할 기회를 놓쳐버렸다. 14년 전 그녀에게 대체 무슨 일이 일어났던 것일까? 어째서 '절반'이 되어버렸다는 것일까? '절반'이라는 말에는 대체 어떤 의미가 있는 것일까? 하지만 그런 수수께끼 같은 발언도 결과적으로는 뮤에 대한 스미레의 동경을 더욱 깊게 만들 뿐이었다. 이상한 사람이라고 스미레는 생각했다.

끊어졌다 이어지는 일상적인 대화를 통해 뮤에 관한 몇 가지 사실을 스미레는 알 수 있었다. 뮤의 남편은 다섯 살 연상의 일본인으로, 서울대학교 경제학과에 2년 동안 유학한 덕에 한국어를 유창하게 구사했다. 인품이 온후하고 일처리도 극히 유능해서 실질적으로는 그가 뮤 회사의 조타

수를 맡고 있었다. 한국인이 많은 회사이지만 그를 나쁘게 말하는 사람은 한 명도 없었다.

뮤는 어린 시절부터 피아노 연주에 뛰어났다. 십대 때는 청소년 음악가를 대상으로 한 몇 개의 콩쿠르에서 최우수 상을 받았다. 음대에 진학해 유명한 피아니스트의 지도를 받았고, 그의 추천으로 프랑스의 음악원에 유학했다. 슈만, 멘델스존 등의 후기 낭만파에서 프랑크, 라벨, 버르토크, 프로코피예프까지가 그녀 레퍼토리의 중심이었다. 예리하고 감각적인 음색과 터프하고 완벽한 테크닉이 그녀의 무기였다. 학창 시절부터 몇 차례 콘서트를 열어 평판도 좋았다. 콘서트 피아니스트로서의 장래가 그녀 앞에 활짝 펼쳐져 있는 것처럼 보였다. 그러나 유학 중에 아버지의 건강이 나빠져서 뮤는 피아노 뚜껑을 닫고 귀국했다. 그 이후 두 번 다시 건반에 손을 대지 않았다.

"어째서 그렇게 쉽게 피아노를 그만둘 수 있었죠?" 스미레는 안됐다는 말투로 질문을 던졌다. "굳이 말하고 싶지 않다면 하지 않아도 되지만, 뭐랄까 좀 이해하기 어려워서요. 당신은 피아니스트가 되기 위해 그때까지 줄곧 많은 것을 희생했잖아요?"

뮤는 조용한 목소리로 말했다. "내가 피아노를 위해 희생한 건 많은 것이 아니에요. 모든 것이죠. 내 성장 과정에 포함되어 있던 전부. 피아노는 나한테 내 살과 피를 모두 제물로 바칠 것을 요구했고, 그에 대해 난 노라고 말할 수 없었어요. 단 한 번도."

"피아노를 그만두게 되었을 때 아쉽다고 생각하지 않았어요? 한 발짝 앞에 성공이 있는데 말이에요."

뮤는 그 대답을 거꾸로 자신이 요구하는 듯 스미레의 눈을 뚫어지게 바라봤다. 깊고 정직한 시선이었다. 그 한 쌍의 눈동자 속에는 몇 개의 무언의 흐름이 급류 속 웅덩이처럼 서로 싸우고 있었다. 소용돌이치며 일어난 그 흐름들이 원상태로 가라앉을 때까지 약간의 시간이 걸렸다.

"쓸데없는 질문을 해서 미안해요" 하고 스미레는 사과했다.

"아니, 괜찮아요. 나도 아직은 제대로 설명할 수 없을 뿐이니까."

그 화제는 두 번 다시 두 사람 사이에서 거론되지 않았다.

뮤는 사무실을 금연으로 정해두었고, 자기 앞에서 담배를 피우는 것을 싫어했다. 그래서 일을 시작하고 얼마 지나지 않아 스미레는 담배를 끊을 결심을 했지만, 하루에 말보로를 두 갑씩 피웠던 그녀로서는 끊는 게 그리 쉽지 않았다. 그로부터 한 달 정도, 스미레는 북슬북슬한 꼬리를 잘린 동물처럼 정신적인 균형(물론 그것이 그녀를 특징짓는 자질이라고 말하기는 어렵지만)을 잃고 있었다. 당연한 일이지만 한밤중이면 내게 늘 전화를 걸었다.

"담배 생각밖에 안 나. 잠도 제대로 잘 수 없고, 잠들어도 기분 나쁜 꿈만 꿔. 게다가 변비까지 생겼다니까. 책도 읽을 수 없고 글은 단 한 줄도 쓸 수 없어."

"그건 금연할 때 누구나 겪는 현상이야. 많든 적든 일시적으로."

"남의 일이니까 간단히 말할 수 있는 거야. 당신은 세상에 태어나서 담배를 피워본 적이 한 번도 없잖아."

"남의 일에 간단하게라도 말할 수 있어야지. 그렇지 않다면 세상은 무척 음울하고 위험한 장소가 될걸. 이오시프 스탈린이 한 일을 생각해보면 잘 알 수 있을 거야."

수화기 저편에서 스미레는 오랫동안 잠자코 있었다. 동부전선의 망령들이 가져온 듯한 무거운 침묵이었다.

"여보세요."

스미레는 그제야 입을 열었다. "하지만 솔직히 말하면 내가 글을 쓸 수 없는 건 담배를 끊었기 때문만은 아닌지도 몰라. 물론 그게 하나의 이유라고는 생각하지만 그것 때문만은 아니야. 오히려 금연은 변명밖에 안 된다는 기분이 들어. '글을 쓸 수 없는 건 금연 탓이다, 그러니까 어쩔 수 없다'라는 식의 변명."

"그래서 쓸데없이 화가 난다는 거야?"

"뭐 그런 셈이지." 스미레는 드물게 솔직히 인정했다. "그
것도 단순히 쓸 수 없다는 문제가 아니야. 가장 힘든 건 글
을 쓴다는 행위 자체에 예전처럼 확신을 가질 수 없다는 거
야. 조금 전에 쓴 내용을 다시 읽어봐도 아무 재미가 없고,
무엇을 말하려고 했던 것인지 나조차 요점을 잡을 수가 없
어. 마치 금방 벗어놓은 더러운 양말이 방바닥에 뒹굴고 있
는 꼴을 멀리서 바라보고 있는 것 같은 그런 절박한 느낌이
들어. 그렇게 많은 시간과 에너지를 소비하면서 내가 고작
그따위 것을 썼다는 생각을 하면 살아 있다는 것이 싫어질
정도야."

"그럴 땐 새벽 세 시가 지난 한밤중에 전화해서 평화롭게
잠들어 있는 누군가를 상징적으로 두들겨 깨우는 게 좋아."

"저어, 자기가 지금 하고 있는 일이 올바른 것인지 아닌지
헛갈릴 때가 있어?"

"헛갈리지 않을 때가 훨씬 적지."

"정말?"

"정말."

스미레는 손톱으로 앞니를 톡톡 두드렸다. 스미레가 뭔가
를 생각하고 있을 때 나타나는 몇 가지 버릇 중 하나였다.

"사실 지금까지 난 그렇게 헛갈려본 적이 전혀 없었어. 나한테 자신감이 있다거나 재능을 확신하고 있었기 때문은 아니야. 나도 그 정도로 푼수는 아니라고. 내가 어정쩡하고 제멋대로라는 건 나도 잘 알아. 하지만 헛갈린 적은 없었어. 약간 차이는 있어도 대충 말하면 올바른 방향으로 나아가고 있다고 확신하고 있었거든."

"지금까지는 운이 좋았던 거야. 그저 단순히. 모내기를 할 시기에 때맞춰 큰비가 오는 식으로."

"그럴지도 모르지."

"하지만 최근에는 그렇지 않다는 거지?"

"그래. 최근에는 그렇지 않아. 가끔 내가 지금까지 쭉 잘못된 일을 해왔다는 느낌이 들어서 두려워. 한밤중에 생생한 꿈을 꾸다 문득 눈을 뜨고는 잠시 동안 도대체 어느 것이 현실인지 알 수 없는 경우가 있잖아─그런 느낌. 내 말, 이해하겠어?"

"이해할 수 있을 것 같아."

"난 이제 소설 같은 건 쓸 수 없을지도 몰라. 최근 들어 그런 생각을 자주 해. 난 쓸데없이 이곳저곳 어슬렁거리고 기웃거리는 세상 물정 모르는 멍청한 여자들 중 하나고, 자의식만 강해서 이룰 수 없는 꿈을 좇아다니고 있을 뿐이라고. 난 빨리 피아노 뚜껑을 닫고 무대에서 내려가야 할지도 몰

라. 더 늦기 전에."

"피아노 뚜껑을 닫는다고?"

"비유적인 의미야."

나는 수화기를 왼손에서 오른손으로 바꿔 쥐었다.

"나한테는 확신이 있어. 넌 없어도 나한테는 있다고. 넌 언
젠가 훌륭한 소설을 쓸 수 있을 거야. 네가 쓴 글을 읽어보면
알 수 있어."

"정말 그렇게 생각해?"

"진심으로 그렇게 생각해. 거짓말이 아니야." 나는 힘주어
말했다. "난 그런 것에는 거짓말을 하지 않아. 네가 지금까
지 쓴 문장 중엔 멋지고 인상적인 부분이 많아. 예를 들어,
네가 5월의 해변을 묘사하면 귓가에 바람 소리가 들리고 바
다 냄새가 나. 따뜻한 태양의 온기를 두 팔에 느낄 수 있어.
또 네가 담배 연기로 꽉 찬 좁은 방에 대해 쓴 걸 읽고 있으
면 정말로 숨이 막히고 눈이 아파. 그렇게 생명이 느껴지는
문장은 아무나 쓸 수 있는 게 아니야. 네 문장엔 그 자체로
호흡하고 움직이고 있는 듯한 자연스러운 흐름과 기운이
있어. 지금은 그것들이 아직 하나로 제대로 연결되고 있지
않을 뿐이야. 피아노 뚜껑을 닫을 필요는 없어."

스미레는 10초에서 15초 정도 조용히 있었다.

"그거, 위로나 단순한 격려 같은 건 아니지?"

"위로나 격려가 아니라 솔직한 사실이야."

"몰다우강처럼?"

"몰다우강처럼."

"고마워."

"천만에."

"당신이라는 사람은 가끔 대단히 상냥해질 때가 있어. 마치 크리스마스와 여름방학과 갓 태어난 강아지가 함께 있는 것처럼."

나는 누군가에게서 칭찬받을 때 늘 그렇듯 뭔가 알 수 없는 말을 나지막이 중얼거렸다.

"하지만 가끔 신경 쓰이는 게 있어." 스미레가 말했다. "당신도 이제 누군가 착실한 여자와 결혼해 나 같은 건 완전히 잊어버리겠지. 그럼 한밤중에 내 마음대로 전화 걸 수도 없게 될 거야. 그렇지?"

"할 말이 있으면, 밝을 때 하면 되잖아."

"낮에는 안 돼. 당신은 아무것도 몰라."

"너야말로 아무것도 몰라. 대부분의 세상 사람들은 해가 떠 있을 때 일하고 밤에는 전기를 끄고 잔다고."

나는 그렇게 항의했다. 하지만 호박밭 한가운데에서 누군가가 중얼거리는 목가적인 독백처럼 들렸다.

"얼마 전 신문에 실린 기사인데…" 스미레는 내 말을 완전히 무시하고 말했다. "레즈비언 여성은 천성적으로 귓속에 있는 어느 뼈의 모양이 보통 여성들과 결정적으로 다르대. 뭔가 까다로운 이름을 가진 작은 뼈였는데. 즉 레즈비언이란 건 후천적인 경향이 아니라 유전적인 자질이라는 거야. 미국 의사가 그걸 발견했대. 그 사람이 어떤 경위로 그런 걸 연구하게 됐는지 모르겠지만, 어쨌든 그 이후 난 귓속의 그 같잖은 뼈가 마음에 걸려서 못 견디겠어. 내 귓속의 그 뼈는 대체 어떤 모양을 하고 있을까 하고."

무슨 말을 해야 좋을지 몰라서 나는 잠자코 있었다. 프라이팬에 새 기름을 부었을 때 같은 침묵이 잠시 이어졌다.

"뮤에 대해 네가 느끼는 감정이 성욕인 게 틀림없어?"

"백 퍼센트 틀림없다고 생각해. 그녀 앞에 서면 귓속의 그 뼈가 달그락거리면서 소리를 내. 얇은 조개껍데기로 만든 풍경처럼. 그리고 난 그녀한테 강하게 안기길 바라. 모든 걸 맡겨버리고 싶다는 생각도 하고. 만약 그게 성욕이 아니라면 내 혈관에 흐르고 있는 건 토마토주스야."

"흐음." 나는 한숨을 쉬었다. 대꾸할 도리가 없었다.

"그런 식으로 생각하면 지금까지의 여러 가지 일들을 명쾌하게 설명할 수 있어. 어째서 남자와의 섹스에 흥미를 가질 수 없었는지. 어째서 남자에게서 아무런 감정도 느낄 수 없었는지. 어째서 난 다른 사람들과 어디가 다를까 하고 줄곧 생각해왔는지."

"내 의견을 말해도 괜찮을까?"

"물론."

"어떤 경우든 모든 걸 수월하게 설명할 수 있는 이유나 논리에는 반드시 함정이 있어. 내 경험으로는 그래. 누군가가 말한 것처럼 한 권의 책으로 모든 걸 설명할 수 있는 것이라면 설명할 수 없는 쪽이 더 나아. 즉 내가 하고 싶은 말은 결론을 내리려고 성급하게 서둘지 않는 게 좋다는 거야."

"기억해둘게"라고 스미레가 말했다. 그리고 뭐랄까, 당돌하게 전화를 끊었다.

나는 그녀가 수화기를 원래 자리에 돌려놓고 공중전화 부스를 나가는 모습을 떠올렸다. 시곗바늘은 세 시 반을 가리키고 있었다. 주방으로 가서 물을 한 잔 마시고 다시 침대에 파고들어 눈을 감았다. 하지만 잠은 쉽게 찾아들지 않았다. 창문 커튼을 여니 하얀 달이 영리한 고아처럼 과묵한 모습으로 하늘에 떠 있었다. 도저히 잠이 올 것 같지 않았다. 나는 커피를 진하게 뽑고 의자를 창가에 갖다놓은 뒤 그곳에 앉아 치즈를 얹은 크래커를 몇 조각 먹었다. 그리고 책을 읽으며 새벽이 오기를 기다렸다.

5

나 자신에 대한 이야기를 약간 할 생각이다.

물론 이건 스미레의 이야기이지 나의 이야기는 아니다. 하지만 내 눈을 통해 스미레라는 사람과 그녀의 이야기를 언급하는 것이니까 내가 누구인가에 대한 설명도 어느 정도는 필요할 것이다.

하지만 나 자신에 대해 이야기할 때, 나는 항상 가벼운 혼란에 휩싸이게 된다. '나란 무엇인가?'라는 명제에 따라다니는 고전적인 패러독스에 발목을 붙잡히기 때문이다. 순수한 정보량을 놓고 말한다면 나 이상으로 나에 대해 많은 이야기를 할 수 있는 사람은 이 세상 어디에도 없다. 그러나 내가 나 자신에 대해 이야기할 때, 거기서 언급되는 나는 필연적으로 말하는 사람으로서의 나에 의해(그 가치관과 감각의 척도와 관찰자로서의 능력과 여러 가지 현실적 이해관계에 의해) 취사 선택되고 규정되고 잘라내어지게 된다. 그렇다면 거기서 언급되는 '나'의 모습에는 어느 정도의 객관적 진실이 있을까? 나는 그 점이 무척 마음에 걸린다. 아니, 예전부터 줄곧 마음에 걸렸던 문제다.

세상 사람들 대부분은 그런 공포나 불안을 거의 느끼지 않는 것처럼 보인다. 사람들은 기회가 있으면 놀라울 정도로 솔직한 표현을 통해 자기 자신에 대해 말하려 한다. 예를 들면 "나는 바보라는 말을 들을 정도로 정직하고 개방적인 사람입니다"라든가 "나는 쉽게 상처받기 때문에 사람들과 유대 관계를 제대로 유지하지 못하는 사람입니다" 또는 "나는 상대의 마음을 간파하는 능력이 뛰어난 사람입니다" 같은 말을 입에 담는다. 하지만 나는 '상처받기 쉽다'는 사람이 다른 사람들의 마음에 쓸데없이 깊은 상처를 입히는 경우를 몇 번이나 봤다. '정직하고 개방적인' 사람이 자신도 깨닫지 못한 채 그럴듯한 변명과 거짓말을 늘어놓는 경우를 봤다. '사람의 마음을 간파하는 능력이 뛰어난' 사람이 속이 뻔히 보이는 아첨에 너무나 쉽게 속아 넘어가는 경우를 봤다. 그렇다면 우리는 실제로 자기 자신에 대해 도대체 무엇을 알고 있는 것일까?

그런 점을 생각하면 할수록 나는 나 자신에 대해 말하는 것을 (그럴 필요가 있을 때도) 보류하고 싶어졌다. 그보다는 오히려 나라는 존재 이외의 존재에 대해 조금이라도 더 많은 객관적 사실을 알고 싶다고 생각했다. 그리고 그런 개별적인 사항과 인물이 자신의 내부에서 어떤 위치를 차지하는 가 하는 분포, 또는 그것들을 포함한 나 자신의 균형감각을 통해 나라는 존재를 가능한 한 객관적으로 파악하고 싶다고 생각했다.

이것은 내가 십대 시절을 통해 스스로 내부에서 키워온 관점이며, 좀 더 크게 말하면 세계관이다. 장인이 팽팽하게 쳐놓은 실에 맞춰 벽돌을 정확하게 하나씩 쌓듯이 나는 이런 사고방식을 나의 내부에 쌓아 올려왔다. 논리적이라기보다는 경험적으로, 사유적이라기보다는 실무적으로. 하지만 이런 견해를 다른 사람에게 알기 쉽게 설명하기란 어렵다는 사실을 나는 여러 가지 국면을 통해 절실하게 배웠다.

아마도 그 때문인지 사춘기 중반의 어느 시점부터 나는 다른 사람과의 사이에 눈에 보이지 않는 경계선을 긋게 되었다. 어떤 사람에 대해서든 일정한 거리를 두고 그 거리가 줄어들지 않도록 하면서 상대방의 태도를 지켜보게 되었다. 사람들이 입에 담는 말을 곧이곧대로 받아들이지 않게 되었다. 내가 세상에 대한 유보 없는 정열을 발견하는 것은 책이나 음악에 한정되었다. 당연한 결과인지도 모르지만 나는 뭐랄까 고독한 인간이 되었다.

나는 지극히 평범한 가정에서 태어나 자랐다. 지나치게 평범해서 무슨 말부터 시작해야 좋을지 모를 정도다. 아버지는 지방 국립대학의 이학부를 나와 대기업 식품회사 연구소에서 근무하고 있었다. 취미는 골프로, 일요일에는 언제나 골프를 치러 다녔다. 어머니는 단카短歌에 열중해서 모임에 자주 나갔다. 신문의 단카 면에 이름이 실리면 그때부터 한동안은 기분이 좋았다. 청소를 좋아하고 요리를 싫어했다. 나와 다섯 살 차이가 나는 누나는 청소도, 요리도 싫어해서 그런 일은 누군가 다른 사람이 하는 것이라고 생각했다. 그렇기 때문에 내가 먹을 음식은 직접 만들어 먹게 되었다. 요리책을 사와서 어지간한 음식은 스스로 만들 수 있었다. 그런 짓을 하고 있는 아이는 나밖에 없었다.

내가 태어난 곳은 스기나미이지만, 어린 시절에 지바현 쓰다누마로 이사해서 그곳에서 자랐다. 주위는 비슷한 타입의 샐러리맨 가정뿐이었다. 누나는 학교 성적이 뛰어났는데, 1등을 하지 않으면 만족하지 못하는 성격으로 쓸데없는 짓은 전혀 하지 않았다. 기르는 개를 데리고 나가 산책하는 일조차 없었다. 누나는 도쿄대학교 법학부를 졸업하고 이듬해에 변호사 자격을 땄다. 남편은 능력 있는 경영 컨설턴트다. 요요기공원 근처에 방이 네 개 있는 산뜻한 맨션을 사서 살고 있는데, 방 안은 늘 돼지우리처럼 어지럽혀져 있다.

나는 누나와 달리 학교 공부에는 전혀 흥미를 갖지 못했고, 성적에도 관심이 없었다. 부모님의 꾸지람을 듣고 싶지 않았기 때문에 의무적으로 수업을 듣고, 최소한의 예습과 복습을 했을 뿐이다. 남는 시간에는 축구부 활동을 했고, 집으로 돌아오면 침대에 누워 뒹굴며 하릴없이 소설만 읽었다. 학원에도 가지 않았고 가정교사에게서 교습을 받아본 적도 없다. 그래도 학교 성적은 특별히 나쁘지 않았고 오히려 좋은 편이었다. 이 정도라면 입시 공부를 전혀 하지 않아도 어딘가 적당한 대학에 들어갈 수 있을 거라고 생각했고, 실제로 들어갔다.

대학에 들어가자 나는 작은 아파트를 빌려 혼자 생활하기 시작했지만, 쓰다누마의 집에 있었을 때도 가족과 사이좋게 이야기를 나눈 기억은 거의 없다. 한 지붕 아래서 생활하는 부모님과 누나가 어떤 사람들인지, 그들이 인생에서 무엇을 추구하고 있는지 나는 거의 이해할 수 없었고, 그들 역시 내가 어떤 인간인지, 인생에서 무엇을 추구하고 있는지 거의 이해할 수 없었을 거라고 생각한다. 그러나 사실을 말하자면, 내가 인생에서 무엇을 추구하고 있는지는 나 자신도 잘 몰랐다. 소설을 읽는 건 유별나게 좋아했지만 소설가를 지망할 정도의 글재주가 있다고는 생각할 수 없었고, 그렇다고 해서 책 편집자나 비평가가 되기에는 호불호가 지나치게 분명했다. 소설은 내게 순수하고 개인적인 기쁨이었고 공부나 일과는 다른 장소에 고이 모셔두어야 할 존재였다. 그렇기 때문에 대학에서는 문학이 아닌 역사학을 전공했다. 특별히 역사에 관심을 갖고 있었던 것은 아니지만, 실제로 공부해보니 꽤 흥미 있는 학문이라는 사실을 알게 되었다. 그렇다고 해서 그대로 대학원에 진학해(사실 지도교수로부터 그런 권유를 받았지만) 역사학에 몸을 바치겠다는 마음은 들지 않았다. 나는 책을 읽고 어떤 문제에 대해 생각하는 것은 분명히 좋아했지만 결국 학자가 될 타입의 사람은 아니었다. 푸시킨의 시를 인용한다면 이런 식이다.

> 여러 나라들의 역사적 사건이
> 산더미처럼 쌓여 있는 것을
> 뒤지고 다닐 마음은 없었지만

(『예브게니 오네긴』)

일반 회사에 취직하여 언제 끝날지 모르는 치열한 경쟁에서 살아남아 고도자본주의 사회의 피라미드 경사면을 한 걸음씩 올라가겠다는 마음도 들지 않았다.

그런 이유로 나는, 말하자면 소거법적인 과정을 거쳐 교사가 되는 길을 선택했다. 학교는 내 아파트에서 전철로 몇 정거장 떨어진 곳에 있었다. 마침 작은아버지가 그 시의 교육위원회에 있었고 초등학교 교사가 되지 않겠냐고 권유했다. 교육과정에 문제가 있어서 처음에는 강사 자격이지만 단기간의 스쿨링으로 정식 교사 자격을 딸 수 있다고 했다. 나는 원래 교사가 되고 싶다는 생각은 해본 적이 없었다. 하지만 실제로 교사가 되어보니 이 일에 대해 예상했던 것 이상으로 깊은 경의와 애정을 품게 되었다. 아니, 그보다는 깊은 경의와 애정을 품고 있는 자신을 발견하게 되었다고 말하는 게 더 맞는 표현일지도 모른다.

나는 교단에 서서 초등학생들을 향해 세계와 생명과 언어에 대한 기본적인 사실을 이야기하고 가르쳤는데, 그것은 동시에 아이들의 눈과 의식을 통해 나 자신에게 세계와 생명과 언어에 대한 기본적인 사실을 새롭게 말하고 가르치는 것이기도 했다. 가르치는 방법에 따라서는 신선하고 깊이를 가진 작업이 될 수 있었다. 나는 또 학급의 학생들과 동료들 및 학부모들과도 꽤 양호한 관계를 유지할 수 있었다.

그러나 그렇다고 해도 역시 근본적인 의문은 남았다. 나는 무엇인가? 나는 무엇을 추구하며 어디로 가려고 하는 것인가?

스미레와 만나 이야기를 나눌 때, 나라는 인간의 존재를 가장 생생하게 느낄 수 있었다. 나는 내가 말하는 것 이상으로 그녀의 말에 열심히 귀를 기울였다. 그녀는 내게 여러 가지 질문을 했고, 그 질문의 답을 요구했다. 답을 얻지 못하면 불평을 했고, 그 답이 실제로 유효하지 않을 때는 화를 냈다. 그런 의미에서 그녀는 다른 많은 사람들과 달랐다. 스미레는 질문에 대한 나의 의견을 진심으로 요구했다. 따라서 나는 그녀의 질문에 확실히 답하게 되었고, 그런 과정을 통해 보다 많은 나의 모습을 그녀에게(그리고 동시에 나 자신에게도) 노출시키게 되었다.

나와 스미레는 얼굴을 맞대면 늘 오랫동안 이야기를 나누었다. 아무리 말해도 질리는 법이 없었고, 화제는 끝이 없었다. 우리는 다른 연인들보다도 열심히, 친밀하게 대화를 나누었다. 소설에 대해, 세계에 대해, 풍경에 대해, 언어에 대해.

그녀와 연인이 된다면 얼마나 멋있을까, 하고 나는 항상 생각했다. 내 피부 위로 그녀 피부의 온기를 느끼고 싶었다. 만약 가능하다면 그녀와 결혼해서 함께 생활하고 싶다는 생각까지 했다. 그러나 한편으로는 스미레가 내게 연애 감정이나 성적인 관심을 품고 있지 않다는 것도 틀림없는 사실이었다. 그녀가 내 아파트로 놀러 와 이야기를 나누다가 밤이 늦어 그대로 잠을 자게 되는 경우가 자주 있었다. 하지만 거기에 미묘한 암시 따윈 전혀 없었다. 새벽 두세 시가 되면 그녀는 하품을 하면서 침대로 파고들어 내 베개에 얼굴을 묻고 즉시 잠에 빠졌다. 나는 방바닥에 담요를 깔고 누웠지만 좀처럼 잠들지 못해 망상과 미혹과 자기혐오, 때로는 피하기 어려운 육체적 반응에 괴로워하면서 밖이 훤해질 때까지 그대로 밤을 새웠다.

그녀가 남성으로서의 내게 거의(어쩌면 전혀) 관심을 갖고 있지 않다는 사실을 받아들이는 것은 물론 쉬운 일이 아니었다. 스미레 앞에 있으면 가끔씩 예리한 칼로 몸이 도려내어지는 듯한 절실한 고통을 느꼈다. 그러나 설사 어떤 고통이 느껴진다고 해도 스미레와 함께 있는 시간은 내게 무엇보다도 귀중한 시간이었다. 그녀 앞에 있으면 고독이라는 기본적인 우울감을 일시적으로나마 잊을 수 있었다. 그녀는 내가 속해 있는 세계의 둘레를 넓혀서 심호흡을 할 수 있게 해줬다. 그런 것을 가능하게 할 수 있는 여자는 스미레뿐이었다.

그래서 나는 고통을 완화하고 위험을 회피하기 위해 다른 여자들과 육체적인 관계를 가지게 되었다. 그렇게 하면 스미레와의 사이에 성적인 긴장을 끼워 넣지 않을 수 있을 거라고 생각했기 때문이다. 나는 일반적인 의미에서 볼 때 여자에게 인기가 있는 편은 아니다. 그다지 남성적인 매력이 있는 것도 아니고 뭔가 특수한 재능을 가지고 있는 것도 아니다. 그러나 어떤 부류의 여자들은 무슨 까닭인지(그 까닭은 나 자신도 잘 모르겠지만) 내게 흥미를 갖고 자연스럽게 접근했다. 그런 기회를 자연스럽게 잡기만 한다면 성적인 관계를 갖는 것은 그리 어려운 일이 아니라는 사실을 어느 날나는 깨달았다. 거기서 정열이라고 부를 정도의 어떤 것을 찾을 수는 없었지만, 적어도 어떤 종류의 편안함은 있었다.

나는 다른 여성들과 성적인 관계를 가진다는 사실을 스미레에게 굳이 감추지 않았다. 자세히는 말하지 않았지만 대강의 내용을 그녀는 알고 있었다. 그래도 특별히 신경 쓰지는 않았다. 거기에 뭔가 문제가 있다고 한다면 상대 여성들이 모두 나보다 연상이고 남편이나 약혼자라든가 정해진 연인이 있다는 점이었다. 가장 최근의 상대는 내가 맡은 반학생의 어머니였다. 나는 그녀와 한 달에 두 번 정도 몰래만나 함께 잠을 잤다.

그런 짓을 하면 언젠가 목숨을 잃게 될지도 모른다고 스미레는 내게 한 번 충고했다. 아마 그렇게 될 거라고 나도생각했다. 하지만 나로서는 어쩔 수 없는 일이었다.

7월 초 토요일에 소풍을 갔다. 나는 우리 반 학생 서른다섯명을 이끌고 오쿠타마에 있는 산에 올라갔다. 소풍은 여느때처럼 활기에 찬 흥분으로 시작되어 수습할 수 없는 소동으로 끝을 맺었다. 산꼭대기에 도착해 보니 학생들 가운데 두 명이 도시락을 잊어버리고 가져오지 않은 사실을 알게 되었다. 주위에 매점 같은 건 없었다. 할 수 없이 나는 학교에서 지급한 김밥 도시락을 두 학생에게 절반씩 나눠 줬다. 내가 먹을 음식이 없어진 것이다. 누군가가 밀크 초콜릿을 나눠 줬는데 아침부터 저녁까지 내가 입에 넣은 음식은 그 것뿐이었다. 게다가 여학생 한 명이 더 이상 걸을 수 없다고 투덜대기 시작해서 그 아이를 업고 산을 내려와야 했다. 남학생 두 명이 반쯤은 장난으로 싸움을 시작하더니 한 아이가 땅에 넘어지는 바람에 머리를 돌에 찧었다. 그 아이는 가벼운 뇌진탕을 일으켜 많은 양의 코피를 쏟았다. 큰 사건으로 불거지지는 않았지만, 그 아이가 입고 있던 셔츠는 학살의 흔적처럼 피투성이가 되었다.

그런 이유로 나는 낡은 침목처럼 완전히 탈진해서 귀가했다. 목욕하고 차가운 음료수를 마신 뒤에 아무 생각 없이 침대로 기어들어 불을 끄고 나름대로 편안한 잠에 빠져들었다. 그때 스미레로부터 전화가 걸려왔다. 머리맡의 시계를 보니 잠든 지 한 시간 남짓밖에 되지 않았다. 그래도 나는 투덜대지 않았다. 너무 지쳐서 투덜댈 기력조차 없었다. 그런 날도 있는 법이다.

"저기, 내일 오후에 만나줄 수 있어?" 그녀가 말했다.

저녁 여섯 시에 한 여자가 내 아파트를 방문하기로 되어 있었다. 그녀는 아파트에서 약간 떨어진 주차장에 빨간색 도요타 셀리카를 세워놓고 내 아파트 초인종을 울린다. "네 시까지는 괜찮아." 나는 간결하게 말했다.

스미레는 민소매의 흰 블라우스에 감색 미니스커트를 입고 작은 선글라스를 쓰고 있었다. 장신구는 작은 플라스틱 머리핀뿐이었다. 무척 심플한 모습으로 화장기도 거의 없었다. 그녀는 본연의 자태를 세상에 드러내고 있었다. 하지만 어떤 이유에서인지 나는 처음으로 스미레의 모습을 잘 알아볼 수 없었다. 지난번 만난 뒤로 3주일도 지나지 않았는데 테이블을 사이에 두고 눈앞에 앉아 있는 그녀는 예전의 스미레와는 다른 세계에 속해 있는 사람처럼 보였다. 지극히 간단하게 말한다면 그녀는 매우 아름다워져 있었다. 뭔가가 그녀의 내부에서 꽃을 피운 것이다.

나는 생맥주를 작은 것으로 주문했고, 그녀는 포도주스를 주문했다.

"요즘 들어 넌 만날 때마다 알아보기가 어려워져."

"그런 시기야." 빨대로 주스를 마시면서 그녀는 다른 사람 이야기를 하듯 말했다.

"어떤 시기인데?"

"때늦은 사춘기 같은 거라고 해야 하나. 아침에 일어나 거울을 보면 내가 다른 사람처럼 보이는 경우가 있어. 자칫 잘못하면 내가 나 자신에게 따돌림을 당해버릴 것 같은 느낌이 들 정도로."

"어쨌든 앞으로 나아간다는 점에서는 좋은 거 아닌가?"

"그럼 나 자신을 잃어버린 나는 도대체 어디에 있어야 하는 거야?"

"이삼 일 정도라면 내 아파트에 머물러도 좋아. 너 자신을 잃은 너라면 언제든 환영이니까."

스미레가 웃었다. "농담은 그만둬. 난 어디로 가려고 하는 것일까?"

"모르지. 하지만 어쨌든 넌 담배를 끊었고, 깨끗한 옷을 입고, 좌우 짝이 제대로 맞는 양말을 신고, 이탈리아어도 구사하게 됐어. 와인을 고르는 방법도 배웠고, 컴퓨터도 사용할 줄 알고, 무엇보다 밤에 자고 아침에 일어나게 됐어. 어딘가를 향해 나아가고 있다고 할까."

"그리고 소설은 여전히 단 한 줄도 쓰지 않고 있어."

"모든 일에는 좋은 면이 있으면 나쁜 면도 있는 거야."

스미레의 입술이 일그러졌다. "그런 것도 일종의 변절이라고 생각해?"

"변절?" 나는 순간, 그 말의 의미를 잘 이해하지 못했다.

"변절, 신념과 주장을 바꾸는 것."

"즉 취직해서 세련된 차림을 하고 소설 쓰기를 그만둔 것?"

"그래."

나는 고개를 저었다. "넌 지금까지 소설을 쓰고 싶기 때문에 썼던 거야. 쓰고 싶지 않으면 쓸 필요 없어. 네가 소설 쓰기를 그만둔다고 그 때문에 마을이 불에 타 없어지는 건 아니야. 배가 한 척 가라앉는 것도 아니고, 밀물과 썰물이 뒤바뀌는 것도 아니야. 혁명이 5년 늦어지는 것도 아니지. 그런 걸 누구도 변절이라고 부르지 않아."

"그럼 뭐라고 부르는데?"

나는 다시 고개를 저었다. "어쩌면 다만 단순히, 변절이라는 단어를 최근에는 아무도 쓰지 않게 되었는지도 몰라. 그 단어가 유행에 뒤떨어져 한물갔기 때문인지도 모르지. 어딘가에 아직까지 남아 있는 코뮌으로 간다면 사람들이 그걸 변절이라고 부를지도 모르지만. 자세한 사정은 나도 잘 몰라. 내가 아는 건 만일 네가 아무것도 쓰고 싶지 않다면 굳이 쓸 필요가 없다는 거야."

"코뮌이라면 레닌이 만든 거?"

"레닌이 만든 건 콜호스야. 그건 단 하나도 남아 있지 않아."

"글을 쓰고 싶지 않은 건 아닌데." 스미레는 그렇게 말하고 잠시 생각에 잠겼다. "다만 쓰려고 해도 아무것도 쓸 수 없는 거야. 책상 앞에 앉아도 아이디어나 단어나 정경이 떠오르지 않아. 단 하나도. 얼마 전까지는 다 끌어안을 수 없을 정도로 쓰고 싶은 게 많았는데. 대체 무슨 일이 일어난 걸까?"

"나한테 묻고 있는 거야?"

스미레는 고개를 끄덕였다.

나는 차가운 맥주를 한 모금 들이켜고 머릿속을 정리했다.

"넌 지금 자기 자신을 새로운 픽션의 틀 속에 놓아두려 하고 있는 거야. 그렇기 때문에 그쪽 일이 바빠서 너의 기분을 문장의 형태로 만들 필요가 없는 거지, 분명히. 아니면 여유가 없는 건가?"

"잘 모르겠는데, 당신은 어때? 역시 자기 자신을 픽션의 틀 속에 놓아두고 있는 거야?"

"세상 사람들 대부분은 자기 자신을 픽션의 틀 안에 놓아두고 있어. 물론 나도 마찬가지야. 자동차의 트랜스미션을 생각해보면 돼. 그건 황량한 현실 세계 사이에 놓여 있는 트랜스미션 같은 거야. 외부로부터 전달되는 힘의 작용을 기어를 사용해 잘 조정해서 받아들이기 쉽게 변환해가는. 그것에 의해 상처받기 쉬운 살아 있는 자신의 몸을 지키고 있는 거야. 내가 말하는 거 이해하겠어?"

스미레는 작게 고개를 끄덕였다. "대강은. 그리고 나는 아직 그 새로운 픽션의 틀에 제대로 적응하지 못하고 있다. 당신이 하고 싶은 말이 그거지?"

"가장 큰 문제는 그게 어떤 픽션인지를 네가 아직 모르고 있다는 거야. 줄거리도 모르고 문체도 정해져 있지 않아. 아는 건 주인공의 이름뿐이지. 그런데도 그건 너라는 인간을 현실적으로 바꾸려 하고 있어. 좀 더 시간이 흐르면 그 새로운 픽션은 너를 지키기 위해 제대로 움직이기 시작할 테고, 넌 새로운 세계의 모습을 보게 될지도 몰라. 하지만 지금은 아직 그렇지 않고, 당연한 일이지만 거기엔 위험이 존재해."

"즉 나는 내 앞의 트랜스미션을 제거했을 뿐이고 그걸 대신할 새로운 물건은 아직 나사를 조이고 있는 중이라는 거지? 그래도 엔진은 계속 힘차게 돌아가고 있고. 그런 거야?"

"아마도."

스미레는 여느 때처럼 인상을 쓰면서 빨대 끝으로 한동안 글라스 안의 불쌍한 얼음을 찔러댔다. 그러다가 얼굴을 들고 나를 봤다.

"거기에 위험이 있다는 건 나도 알아. 어떻게 말하면 좋을까. 가끔은 무척 불안해져. 나를 감싸고 있는 울타리가 단숨에 제거되어버린 듯한 불안감. 인력의 끈도 없이 캄캄한 우주 공간을 혼자 떠다니고 있는 듯한 느낌. 내가 어디로 향하고 있는지조차 알 수가 없어."

"미아가 된 스푸트니크처럼?"

"그럴지도 모르지."

"하지만 너에겐 뮤가 있어."

"지금은 그렇지."

잠시 동안 침묵이 흘렀다.

"넌 뮤 역시 그걸 원한다고 생각해?"

스미레는 고개를 끄덕였다. "그녀도 분명히 그걸 원한다고 생각해. 나처럼 강하게."

"육체적인 영역도 그 안에 포함되어 있는 거야?"

"어려운 질문이네. 그건 아직 잘 모르겠어. 내가 말하고 싶은 건 그녀 쪽 생각이야. 그 때문에 내가 헛갈리고 혼란스러워하는 거라고 생각해."

"고전적 혼란이군."

스미레는 대꾸하는 대신 굳게 다문 입술을 약간 일그러뜨렸다.

"하지만 네 쪽은 준비가 되어 있는 거지?"

스미레는 고개를 한 번 끄덕였다, 분명하게. 그녀는 진지한 것이다. 나는 의자 등받이에 몸을 깊숙이 묻고 머리 뒤로 손깍지를 꼈다.

"그렇다고 해서 나를 싫어하진 말아줘."

그녀의 목소리는 장뤼크 고다르의 오래된 흑백영화의 대사처럼 내 의식의 프레임 밖에서 들려왔다.

"그렇다고 너를 싫어하지는 않아"라고 나는 말했다.

그다음에 스미레와 만난 것은 2주일 뒤의 일요일로, 나는 그녀의 이사를 도와줬다. 갑자기 결정된 이사라 도와줄 사람이 나뿐이었지만, 책을 빼면 짐이 거의 없었기 때문에 힘은 들지 않았다. 가난뱅이에게도 적어도 한 가지는 좋은 면이 있다.

나는 아는 사람에게서 도요타 하이에이스를 빌려 요요기우에하라의 새집까지 짐을 날랐다. 새것도 아니고 훌륭하지도 않은 맨션이지만, 역사적인 보존물이라고 해도 좋을 기치조지의 목조 아파트에 비하면 상당한 진화였다. 뮤와 친하게 지내는 부동산업자가 소개해준 집으로, 생활 환경이 편리한 데 비해 집세가 비싸지 않고 창밖의 경치도 좋았다. 집 크기도 두 배 이상이라 이사할 만한 가치가 있었다. 요요기공원에서 가깝고 직장까지 걸어가자고 마음먹으면 못 갈 것도 없었다.

"다음 달부터 일주일에 5일씩 근무하기로 했어." 스미레가 말했다. "일주일에 사흘만 출근하려니까 왠지 어정쩡해서 매일 출근하는 쪽이 오히려 편할 것 같아. 집세도 전보다 조금 더 올랐고, 정식 사원이 되는 게 여러 가지 의미에서 나을 것 같다고 뮤도 말했고. 어차피 지금은 집에 있다 해도 아무것도 쓸 수 없으니까."

"그것도 나쁘지는 않겠지."

"매일 일하면 싫어도 생활이 규칙적으로 될 테니까 새벽 세 시 반에 당신 집에 전화하는 일도 없을 테고. 그것도 장점 중 하나겠지?"

"엄청난 장점이지. 네 집이 내가 있는 구니타치에서 멀어진 건 조금 섭섭하지만."

"정말 그렇게 생각해?"

"물론이지. 거짓 없는 이 마음을 그대로 꺼내서 보여주고 싶을 정도야."

나는 새집의 찢어지고 해진 바닥에 앉아 등을 벽에 기댔다. 가재도구가 압도적으로 부족한 탓에 집은 횅하니 생활감이 결여되어 있었다. 창문에는 커튼도 없고, 책장에 들어가지 못한 많은 책들이 지적인 난민처럼 바닥에 쌓아 올려져 있었다. 벽에 걸린 새 전신 거울만이 눈에 띄었는데, 그것은 뮤가 이사 기념으로 선물한 것이었다. 저녁 바람에 실려 공원의 까마귀 울음소리가 들려왔다.

"있잖아." 스미레가 내 옆에 앉으며 말했다.

"응?"

"내가 어리숙한 레즈비언이라 해도 지금처럼 그대로 친구로 있어줄래?"

"네가 어리숙한 레즈비언이라 해도 그것과 이건 별개의 이야기야. 네가 없는 내 생활은 「맥 더 나이프Mack the Knife」가 들어 있지 않은 보비 다린의 베스트 앨범 같은 거라고."

스미레가 눈을 가늘게 뜨고 내 얼굴을 봤다. "비유의 자세한 뜻은 하나도 이해할 수 없지만, 어쨌든 아주 쓸쓸해진다는 뜻이겠지?"

"대충 그런 셈이지."

스미레가 내 어깨에 머리를 기댔다. 그녀의 머리카락은 머리핀으로 뒤쪽을 정리해서 작고 귀여운 귀가 드러나 있었다. 방금 생긴 듯한 멋진 귀였다. 부드럽고 상처받기 쉬운 귀였다. 나는 그녀의 숨결을 피부로 느낄 수 있었다. 그녀는 작은 분홍색 쇼트팬츠에 빛바랜 감색 티셔츠를 입고 있었다. 티셔츠 위로 유두의 모양이 조그맣게 보였다. 희미하게 땀 냄새가 났다. 그것은 그녀의 땀 냄새이자 나의 땀 냄새이며, 그 두 가지가 미묘하게 뒤섞인 냄새이기도 했다.

나는 스미레의 몸을 끌어안고 싶었다. 그리고 그대로 바닥에 쓰러뜨리고 싶은 강렬한 충동에 휩싸였다. 하지만 그건 쓸모없는 짓이라는 걸 나는 알고 있었다. 그런 짓을 해봤자 아무 소용 없는 것이다. 지독하게 숨이 가빠지고 시야가 급격하게 좁아지는 느낌이 들었다. 시간이 출구를 잃고 같은 곳을 맴돌고 있었다. 바지 안에서 욕망이 부풀어 올라 돌처럼 딱딱해졌다. 나는 혼란스럽고 당혹스러웠다. 그러나 어찌어찌해서 자세를 고쳐 잡았다. 폐에 새로운 공기를 집어넣으면서 눈을 감고, 그곳에 있는 종잡을 수 없는 어둠 속에서 천천히 숫자를 세었다. 그때 느낀 충동이 너무나 강해서 눈에 눈물이 어릴 정도였다.

"나도 당신이 좋아." 스미레가 말했다. "이 세상의 그 어느 누구보다도."

"뮤 다음이겠지."

"뮤는 좀 달라."

"어떻게?"

"그녀에게 느끼는 감정은 당신에게 느끼는 것과는 종류가 달라… 글쎄, 어떻게 설명하면 좋을까?"

"어리숙한 이성애자인 평범한 나 같은 사람은 꽤 편리한 표현을 가지고 있지. 그럴 때는 한마디로 '발기한다'고 말하면 되는 거야."

스미레가 웃었다. "소설가가 되고 싶다는 소망을 별개로 친다면 난 지금까지의 인생에서 이렇게까지 뭔가를 강렬히 원한 적이 없었어. 난 줄곧 내 손안에 있는 것만으로도 만족하며 살아왔고, 그 이상의 뭔가를 원치 않았어. 하지만 지금, 바로 지금, 난 뮤를 원해. 아주 강렬하게. 그녀를 손에 넣고 싶어. 내 것으로 만들고 싶어. 그렇게 하지 않으면 안 돼. 선택의 여지가 전혀 존재하지 않아. 왜 이렇게 되어버렸는지는 나도 잘 모르겠어. 뭐 이런 설명이면 될까?"

나는 고개를 끄덕였다. 내 페니스는 아직도 압도적인 딱딱함을 잃지 않고 있었다. 나는 스미레가 그 사실을 눈치채지 못하기를 기도했다.

"그라우초 막스(미국의 유명 코미디언：옮긴이)의 대사에 대단한 구절이 있어. '그녀는 내게 격렬하게 사랑을 느꼈고 그 덕분에 앞뒤를 분별할 수 없게 되었다. 그것이 그녀가 내게 사랑을 느낀 이유다!'"

스미레가 웃었다.

"잘되면 좋겠어." 나는 그렇게 말했다. "하지만 되도록 조심하는 게 좋아. 넌 아직 충분히 자신을 지켜낼 수 없으니까. 그 점을 잊지 말도록 해."

스미레가 아무 말 없이 내 손을 붙들고 살며시 힘을 줬다. 작고 부드러운 손에 땀이 약간 배어나 있었다. 나는 그 손이 나의 딱딱한 페니스를 잡고 애무하는 장면을 떠올렸다. 그런 것을 상상해서는 안 된다고 생각했지만 소용없었다. 생각을 떠올리지 않을 수가 없었다. 스미레가 말했듯 거기에는 선택의 여지가 없었다. 나는 내 손이 그녀의 티셔츠를 벗기고, 쇼트팬츠를 벗기고, 속옷을 벗기는 장면을 상상했다.
나의 혀끝에 닿은 그녀의 딱딱하게 오그라든 유두의 감촉
을 상상했다. 나는 그녀의 다리를 벌리고 축축한 그녀 속으
로 들어갔다. 천천히, 어둠 속 아주 깊은 곳까지. 그것은 나
를 불러들이고 감싸 안고, 그리고 밀어내려 했다…. 그런 망
상을 도저히 중단할 수가 없었다. 나는 다시 눈을 꼭 감고 농
밀한 한순간을 보냈다. 얼굴을 숙이고 뜨거운 바람이 내 머
리 위를 훑고 지나가기를 잠자코 기다렸다.

　저녁을 함께 먹자고 스미레가 말했다. 하지만 나는 빌린
하이에이스를 그날 안에 돌려주기 위해 히노까지 돌아가야
했다. 그리고 무엇보다 한시라도 빨리 나의 격렬한 욕망과
둘이서만 있고 싶었다. 더 이상 스미레를 거기에 말려들게
하고 싶지 않았다. 그녀 옆에서 나 자신을 얼마나 억제할 수
있을지 자신이 서지 않았다. 어느 지점을 넘으면 더 이상 내
가 아니게 되어버리고 말 것 같다는 느낌마저 들었다.
　"그럼 가까운 시일 안에 제대로 된 저녁 식사를 대접할게.
테이블보와 와인이 딸린 것으로. 아마 다음 주쯤에." 헤어질
때, 스미레가 약속했다. "그러니까 주말엔 나를 위해 시간
을 비워둬."
　비워두겠다고 나는 말했다.

전신 거울 앞을 지나치면서 별 뜻 없이 눈길을 주자, 거기에 내 얼굴이 비쳤다. 그 얼굴은 약간 기묘한 표정을 띠고 있었다. 그것은 분명 내 얼굴이지만 거기에 있는 표정은 내 것이 아니었다. 굳이 발길을 돌려 다시 한번 자세히 살펴볼 기분은 들지 않았다.

그녀는 새집 입구에 서서 나를 배웅해줬다. 보기 드물게 손까지 흔들어줬다. 하지만 결국 우리 인생에서의 수많은 아름다운 약속들과 마찬가지로 그 저녁 식사 약속은 지켜지지 않았다. 8월 초에 한 통의 긴 편지를 나는 스미레로부터 받았다.

6

편지 봉투에는 크고 화려한 색상의 이탈리아 우표가 붙어 있었다. 소인은 로마였지만 날짜는 읽을 수 없었다.

그날은 오랜만에 신주쿠로 나가 기노쿠니야서점에서 새 책을 몇 권 사고, 영화관에 들러 뤼크 베송의 영화를 봤다. 그 뒤 비어홀에서 안초비 피자를 먹고 중간 크기 잔으로 흑 맥주를 마셨다. 그리고 러시아워가 되기 전에 주오선 전철에 올라타 방금 산 책을 읽으며 구니타치로 돌아왔다. 간단하게 저녁 식사를 만들고 텔레비전으로 축구 경기를 볼 작정이었다. 여름휴가를 보내는 이상적인 방법이다. 덥고 고독하고 자유롭고 누구의 방해도 받지 않고, 누구도 방해하지 않는.

아파트로 돌아오니 입구의 우편함에 그 편지가 들어 있었다. 보낸 사람의 이름이 쓰여 있지 않았지만 글씨를 보고 스미레가 보냈다는 것을 금방 알아차렸다. 상형적이고 농밀하고 딱딱하고 비타협적인 글씨다. 이집트 피라미드에서 가끔 발견되는 옛날의 작은 갑충^{甲蟲}을 연상시킨다. 지금이

라도 슬금슬금 움직이기 시작해서 그대로 역사의 어둠 속
으로 되돌아가버릴 듯했다. 로마?

　나는 우선, 돌아오는 길에 슈퍼마켓에서 사온 식료품을
냉장고에 넣어 정리하고 차가운 아이스티를 큰 유리잔에
따라 마셨다. 그러고 나서 부엌 의자에 앉아 손 가까이에 있
는 과도로 봉투를 뜯고 편지를 읽었다. 로마 엑셀시어호텔
의 이름이 들어 있는 다섯 장의 편지지에 파란색 잉크로 쓴
작은 글씨가 빼곡하게 채워져 있었다. 그 정도로 쓰려면 상
당한 시간이 걸렸을 것이다. 마지막 장의 한쪽 구석에는 뭔
가 얼룩 같은 것(커피?)이 묻어 있었다.

◑

　잘 지내고 있지?

　아무 예고 없이 불쑥 로마에서 내 편지가 날아와 놀라고
있는 건 아닐까 상상하고 있어. 그래도 당신은 워낙 냉정하
니까 당신을 놀라게 하려면 로마 정도로는 부족할지도 모
르지.
　로마는 아무래도 관광 여행지 같은 곳이니까. 그린란드나

팀북투나 마젤란해협 같은 곳이 아니면 안 될지도 몰라. 쓰고 있는 나도 내가 이렇게 로마에 있다는 사실에 꽤 놀라고 있지만.

어쨌든 이사를 도와줬고, 그때 저녁 식사를 대접하겠다고 약속해놓고 지키지 못해서 미안해. 사실은 이사를 하자마자 갑자기 유럽으로 가게 됐어. 그래서 서둘러 여권을 만들고, 여행 가방을 사고, 하던 일을 마무리 짓느라 무척 소란스럽게 시간을 보냈어. 잘 알겠지만 난 기억력은 나빠도 기억하고 있는 한 약속은 꽤 성실하게 지키는 사람이잖아. 그런데 약속을 지키지 못한 거, 사과할게.

새집에서는 쾌적하게 생활하고 있어. 이사하는 건 정말 귀찮지만(대부분 당신이 도와줘서 고맙게 생각하지만 그래도) 끝내고 나면 기분은 꽤 나쁘지 않아. 기치조지에서 살 때와 달리 수탉은 없지만, 그대신 툭하면 우는소리를 늘어놓는 할머니처럼 시끄러운 까마귀들이 많아. 날이 밝으면 그 녀석들은 어딘가로부터 떼 지어 요요기공원으로 날아와서 세상이 끝나기라도 할 것처럼 정신없이 까악까악 울어대지. 그 바람에 도저히 편안하게 잠을 잘 수가 없어. 자명종 시계가 필요 없을 정도야. 덕분에 당신처럼 완전히 농경민족적으로 일찍 자고 일찍 일어나는 생활을 하게 됐어. 새벽 세

시 반에 누군가로부터 걸려온 전화를 받는 게 어떤 기분인지 어느 정도는 이해할 수 있을 것 같아. 지금은 어디까지나 '어느 정도'뿐이지만.

난 지금 로마의 골목 안에 있는 옥외 카페에서 악마의 땀처럼 짙은 에스프레소 커피를 홀짝거리며 이 편지를 쓰고 있는데, 어떻게 말해야 할까, 내가 나 자신이 아닌 것 같은 묘한 기분을 맛보고 있어. 제대로 설명할 수는 없지만… 그래, 깊이 잠들어 있는 동안 누군가의 손에 일단 부품으로 어지럽게 분해되었다가 다시 서둘러 조립된 듯한 느낌이라고 하면 될까. 이해하겠어?

아무리 살펴봐도 나는 나 자신이 분명한데 뭔가 평소와는 다른 느낌이야. 하지만 '평소'가 어떤 것이었는지는 잘 기억해낼 수 없어. 비행기에서 내린 뒤부터 줄곧 그런 사실적이고 탈구축적인 착각에—아마 착각일 거야—사로잡혀 있어.

이러고 있는 지금도, '내가 (하필이면) 왜 지금 로마 같은 곳에 있는 거지?'라고 생각하면 주위에 있는 모든 사물이 이상하게밖에 느껴지지 않아. 물론 지금까지의 경위를 더 듣어보면 '내가 이곳에 있게 된 것'에는 나름대로의 이유가 있겠지만 실감으로서 납득이 되지 않아. 아무리 이치에 맞게 생각해봐도 이곳에 있는 나와, 내가 생각하는 나 자신이 하나로 융화되지가 않는 거야. 다른 식으로 말한다면 '나는 군이 이곳에 없어도 되는 게 아닌가' 하는 거지. 요령 없는 설명이긴 하지만 내가 말하고 싶은 게 뭔지는 이해할 수 있겠지?

하지만 한 가지 분명한 사실이 있어. 그건 당신이 이곳에 있어줬으면 좋겠다는 마음이야. 당신에게서 멀리 떨어지니까—뮤와 함께 있어도—허전한 느낌이 들어. 더 멀리 떨어진다면 더 허전한 느낌이 들겠지? 틀림없이 그럴 거야. 당신도 나에 대해 똑같은 느낌을 가져준다면 기쁠 텐데.

뮤와 둘이서 유럽을 여행하고 있어. 그녀는 몇 가지 업무상 용건이 있어서 2주일 정도 이탈리아와 프랑스를 혼자 돌 예정이었는데 나도 비서로 동행하게 된 거야. 예고도 없이 어느 날 아침 갑자기 그런 통보를 받고 나도 깜짝 놀랐어. 비서라곤 해도 실제로 내가 도움이 될 거라곤 생각하지 않지만, 뮤가 말하길 앞으로의 일도 있고 무엇보다 '금연에 성공한 포상'이라고 했어. 그렇다고 하니 장기간에 걸친 금연의 고통을 참아낸 보람이 있는 것 같아.

우리는 우선 비행기로 밀라노에 도착해서 거리를 구경하고 파란색 알파로메오를 빌려 고속도로를 타고 남쪽으로 향했어. 토스카나에서 와이너리 몇 곳을 돌면서 상담을 하

고 작은 마을의 예쁜 호텔에서 며칠 묵은 다음 로마에 도착
했어. 상담은 늘 영어나 프랑스어로 이루어지기 때문에 내가
나설 자리는 없지만 여행의 일상생활에선 내 이탈리아어 실
력이 꽤 도움이 되고 있어. 스페인으로 가면(유감스럽게도 이
번에는 갈 수 없어) 그녀에게 더 큰 도움을 줄 수 있을 텐데.

　우리가 빌린 알파로메오는 수동이라서 난 손도 못 대기
때문에 운전은 뮤가 도맡아 하고 있어. 하지만 그녀는 오랜
시간 운전하는 게 전혀 힘들지 않은가 봐. 커브가 많은 토스
카나 구릉지대 길을 리드미컬하게 기어 변속을 반복하면서
쉽게 운전하는 그녀 모습을 바라보고 있으면 내 가슴이 (장
난 아니게) 떨려. 일본에서 멀리 벗어나 그녀 옆에 조용히 앉
아 있는 것만으로도 만족감이 들어. 가능하면 언제까지나
이렇게 지내고 싶다는 생각이 든다니까.
　이탈리아에서의 와인과 멋진 식사에 대해 쓰기 시작하면
한없이 길어질 것 같아서 그건 다음 기회로 미룰게. 밀라노
에서 우리는 이 가게, 저 가게를 돌아다니며 쇼핑했어. 드
레스나 구두나 속옷, 그런 것들 말이야. 난 깜박 잊고 가져
오지 못한 파자마를 빼곤 아무것도 사지 않았지만(그럴 돈
도 없지만 아름다운 것들이 너무 많아서 무엇을 사야 좋을지 판단이
잘 서지 않는 거야. 그럴 경우 내 판단력은 퓨즈가 끊어진 것처럼 완전

히 정지해버리거든) 뮤가 쇼핑하는 걸 옆에서 보는 것만으로
도 충분히 즐거웠어. 그녀는 쇼핑에 숙달돼서 정말 멋진 것
들만 골라내 조금만 사더라. 요리의 가장 맛있는 부분을 한
입만 맛보는 것처럼. 아주 산뜻하고 깔끔해. 그녀가 화려한
실크 양말이나 속옷을 고르는 모습을 보고 있으면 무슨 이
유에선지 숨이 콱 막히고 이마에서 땀까지 배어 나와. 이상
하지? 내가 여자인데도 말이야. 어쨌든 쇼핑 이야기도 쓰기
시작하면 끝이 없을 테니까 여기서 줄일게.

　호텔에서 우리는 방을 따로 사용하고 있어. 뮤는 그런 점
에서는 꽤 신경질적이야. 하지만 한번은 피렌체에서였는
데, 호텔 예약에 착오가 생겨 큰 방 하나에서 둘이 잔 적이
있어. 트윈이라 침대는 별개였지만, 그래도 그녀와 같은 방
에서 잠을 잔다는 건 가슴 설레는 체험이었어. 난 그녀가 욕
실에서 수건을 몸에 두르고 나오는 모습을 보기도 하고, 옷
을 갈아입는 모습도 봤어. 물론 못 본 척하고 책을 읽으면서
살짝 본 거지만. 뮤는 풍만한 몸매를 지니고 있었어. 완전
알몸은 아니고 작은 속옷을 입고 있었지만 그래도 역시 한
숨이 나올 정도로 아름다운 몸이었어. 날씬한 데다 엉덩이
가 탱탱해 마치 공예품처럼 보였지. 당신에게도 보여주고
싶었어—이렇게 말하면 좀 이상하지만.

내가 그 날씬하고 매끄러운 몸에 안기는 모습을 상상했어. 그녀와 같은 방의 침대에서 그런 음란한 상상을 하고 있자니 나 자신이 점점 다른 장소로 밀려가는 것 같은 기분이 들었어. 아마 그렇게 흥분한 탓이겠지만 그날 밤, 예정보다 훨씬 빨리 생리가 시작돼서 혼났어. 흐음, 이런 걸 당신한테 편지로 쓰는 게 이상하긴 하지만, 뭐 그냥 하나의 사실로서 말하는 거야.

어젯밤에는 로마에서 열린 콘서트에 갔어. 시즌이 끝났기 때문에 음악은 특별히 기대하지 않았는데 꽤 매력적인 콘서트를 만날 수 있었어. 마르타 아르헤리치가 리스트의 피아노 협주곡 1번을 연주했는데, 내가 무척 좋아하는 곡이야. 지휘는 주제페 시노폴리. 역시 대단한 연주였어. 등줄기가 쭉 펴지고 시야가 넓어지는 유려한 음악. 하지만 내 취향에서 보자면 약간 지나치게 화려했던 것 같아. 이 곡은 약간은 난장판인 대규모 마을 축제 같은 연주법이 딱 맞는다고 생각하거든. 어려운 말은 빼고 어쨌든 가슴이 두근두근하는 느낌이 좋은 거야. 그런 점에서 나와 뮤의 의견은 일치했어. 베네치아에서 비발디 페스티벌이 열리고 있어서 그곳에도 가볼까 이야기하고 있어. 당신하고 소설에 대한 이야기를 할 때처럼 뮤와 난 음악에 대한 이야기를 언제까지나 계속할 수가 있어.

 꽤 긴 편지지? 난 일단 펜을 들고 글을 쓰기 시작하면 도
중에 끊지를 못하는 것 같아. 전부터 그랬어. 가정교육을 잘
받은 여자는 한곳에 오래 머무르지 않는다고 하는데, 글 쓰
는 일에 관해서는(글 쓰는 문제에만 국한된 건 아니겠지만) 나의
가정교육은 절망적이야. 흰 웃옷을 걸친 웨이터 아저씨도
내 쪽을 가끔 보면서 질렸다는 듯한 표정을 짓고 있어. 하지
만 이제 손도 아프고 하니 이쯤에서 슬슬 끝내야 할 것 같
아. 편지지도 없으니 말이야.

 뮤는 로마에 있는 옛 친구를 만나러 갔고, 난 혼자서 호텔
주변을 좀 산책하다가 눈에 띈 카페에서 쉬면서 이렇게 열
심히 당신한테 편지를 쓰고 있어. 마치 무인도에서 메시지를
병에 넣어 보내는 것처럼. 이상하게도 뮤와 떨어져 외톨이가
되면 어딘가로 가고 싶은 마음이 생기지 않아. 처음 온 로마
인데도(어쩌면 두 번 다시 못 올지도 모르는데) 왠지 유적지도 보
고 싶지 않고 분수도 보고 싶지 않고 쇼핑하고 싶은 마음도
없어. 이렇게 카페 의자에 앉아 거리의 냄새를 개처럼 킁킁
맡으며 사람들의 목소리와 소음에 귀 기울이고, 걸어가는 사
람들의 얼굴을 그저 바라보고 있는 것만으로도 충분해.

그래서 지금 문득 생각난 거지만, 당신한테 이렇게 편지 쓰고 있는 동안 처음에 말한 '조각조각 흐트러진 것 같은 이상한 기분'이 어느 정도 엷어진 것 같아. 이제 그 정도로 신경 쓰이지는 않게 됐어. 한밤중에 당신하고 긴 통화를 끝낸 뒤 전화 부스를 나올 때와 똑같은 기분이야. 당신한테 혹시 그런 현실적 효용 같은 것이 있을까?

당신은 어떻게 생각해? 어쨌든 내 행복과 행운을 빌어줘. 나에겐 분명히 그런 게 꼭 필요하니까.

그럼, 안녕.

추신.

아마 8월 15일쯤에 귀국할 것 같아. 그 뒤에, 여름이 아직 끝나기 전에 약속한 대로 함께 저녁을 먹자.

◑

닷새 뒤, 이름도 들어본 적 없는 프랑스의 마을에서 두 번째 편지가 도착했다. 이번에는 전보다 짧은 편지였다. 스미레와 뮤는 렌터카를 로마에서 반납하고 기차로 베네치아로 갔다. 그곳에서 이틀 동안 비발디를 흠뻑 들었다. 연주는 주로 비발디가 사제를 맡고 있었던 교회에서 행해졌다. "앞으로 반년간은 비발디를 전혀 듣고 싶지 않을 정도로 비발디를 들었어"라고 그녀는 편지에 썼다. 베네치아의 레스토랑에서 먹은, 종이에 싸서 구운 어패류의 맛에 대해서도 적혀 있었다. 묘사가 꽤 뛰어나서 나도 당장 그곳으로 달려가 같은 것을 먹고 싶을 정도였다.

그후 두 사람은 베네치아에서 밀라노로 돌아와 비행기를 타고 파리로 날아갔다. 파리에서 잠시 쉬고(쇼핑도 하고) 나서 기차를 이용해 부르고뉴로 향했다. 뮤의 친한 친구가 장원莊園처럼 큰 집을 가지고 있어서 두 사람은 그곳에 머무르기로 했다. 거기서도 뮤는 이탈리아에 있을 때와 마찬가지로 작은 와이너리 몇 군데를 돌며 상담을 마쳤다. 한가한 오후에는 바구니에 도시락을 넣고 근처 숲으로 산책을 나갔다. 물론 와인도 몇 병 가지고 갔다. "이곳에서의 와인은 꿈처럼 달콤해"라고 스미레는 편지에 썼다.

그런데 8월 15일 일본으로 돌아가기로 한 당초의 예정은 아무래도 변경해야 할 것 같아. 우리는 프랑스에서 일을 끝내고 그리스의 섬으로 가서 그곳에서 휴식을 취할지도 몰라. 내가 우연히 이곳에서 알게 된 영국인 신사(진짜 신사야)가 무슨 섬에 별장을 가지고 있는데 그곳을 마음대로 써도 된다고 했거든. 정말 가슴 설레는 이야기야. 뮤도 마음이 내키는 눈치야.

우리에게도 어느 정도는 일을 깡그리 잊고 느긋하게 쉴 휴가가 필요하니까. 그리고 우리는 에게해의 새하얀 해안에서 뒹굴며 아름다운 한 쌍의 유방을 햇볕에 드러낸 채 송진이 들어간 와인을 마시면서 하늘에 흘러가는 구름을 마음껏 바라보는 거야. 어때, 멋지다고 생각하지 않아?

그건 정말 멋질 거라고 나도 생각했다.

그날 오후 나는 시립 수영장으로 가서 가볍게 수영하고, 돌아오는 길에 냉방이 잘 된 커피숍에서 한 시간 정도 책을 읽었다. 집으로 돌아와서는 텐 이어즈 애프터(영국의 블루스 록 밴드:옮긴이)의 오래된 레코드를 들으며 석 장의 셔츠를 다림질했다. 다림질을 마치고는 바겐세일 때 산 값싼 화이트와인을 페리에와 섞어 마시고 비디오로 녹화해둔 축구 경기를 봤다. '나라면 저런 패스는 하지 않을 텐데' 싶은 패스가 눈에 띄면 그때마다 고개를 저으며 한숨을 내쉬었다. 전혀 모르는 타인의 실수를 비판하는 것은 쉽고도 기분 좋은 일이다.

축구 경기가 끝나자 나는 의자 깊숙이 몸을 묻고 멍하니 천장을 바라보면서 프랑스의 어느 마을에 있는 스미레를 상상했다. 어쩌면 지금쯤은 그리스의 섬으로 이동하고 있을지도 모른다. 해안에 드러누워 하늘에 흘러가는 흰 구름을 바라보고 있을지도 모른다. 어쨌든 그녀는 내게서 엄청나게 멀리 떨어진 곳에 있다. 로마든 그리스든 팀북투든 안달루시아든 어디라도 좋다. 어쨌든 멀고도 먼 곳이다. 그리고 아마 그녀는 이제부터 내게서 더욱더 멀리 떨어질 것이다. 그런 생각을 하자 숨 막힐 듯이 괴로운 기분이 되었다. 바람이 강한 밤 높은 돌담에, 이유도 없고 예정도 없고 신조도 없이 달라붙어 있는 무의미한 벌레 같은 기분이었다. 스미레는 나로부터 멀리 떨어져서 '허전하다'고 말했다. 하지만 그녀 옆에는 뮤가 있다. 나에겐 아무도 없다. 나에겐…… 나밖에 없다. 언제나 그렇듯이.

스미레는 8월 15일이 되어서도 돌아오지 않았다. 그녀의 전화기로는 "여행 중입니다"라는 무뚝뚝한 메시지만 들을 수 있었다. 스미레는 이사를 한 뒤 바로 부재중 응답 기능을 갖춘 전화기를 샀다. 비 오는 밤에 우산을 들고 근처 전화 부스로 걸어가지 않아도 되도록. 바르고 건전한 생각이다. 나는 메시지를 남기지 않았다.

18일에 다시 전화를 걸었다. 역시 "여행 중입니다"라는 말뿐이었다. 짧고 활력 없는 신호음이 울린 뒤에 나는 이름을 밝히고 "돌아오면 전화해줘"라는 간단한 메시지를 남겼다. 하지만 그 뒤에도 전화는 걸려오지 않았다. 아마도 뮤와 스미레는 그리스의 섬이 아주 마음에 들어서 일본으로 돌아올 마음이 없어져버린 듯했다.

나는 그동안 하루는 학교 축구부 연습 경기에 참가했고 한번은 '여자친구'와 잤다. 그녀는 남편과 두 아이와 함께 발리섬으로 휴가 여행을 갔다가 막 돌아왔다고 했는데 아주 멋지게 피부를 태웠다. 덕분에 나는 그녀를 안으며 그리스에 있을 스미레를 생각하지 않을 수 없었다. 그녀의 속으로 들어가면서 스미레의 몸을 상상하지 않을 수 없었다.

만약 스미레라는 인간을 몰랐다면 나는 7년 연상인(그리고 아들이 나의 학생인) 그녀를 어느 정도 진심으로 좋아했을지도 모른다. 그녀와의 관계에 나름대로 몰입했을지도 모른다. 그녀는 아름답고 행동력이 있고 상냥했다. 내 취향으로 볼 때, 화장이 약간 짙은 편이지만 옷에 대한 센스는 뛰어났다. 또 그녀는 너무 뚱뚱하다고 걱정하고 있었지만 사실은 전혀 뚱뚱하지 않았다. 성숙한, 흠잡을 데 없는 몸이었다. 내가 무엇을 원하고 무엇을 원하지 않는지를 그녀는 잘 알았다. 어디까지 가야 하고 어디서 멈춰야 하는지를 터득하고 있었다… 침대 안에서든, 침대 밖에서든. 그녀는 나에게 마치 비행기의 퍼스트 클래스에 타고 있는 듯한 기분이

들게 해줬다.

"남편과는 벌써 1년 정도 하고 있지 않아." 그녀는 내 팔 안에서 속마음을 털어놓듯 말했다. "당신하고만 하는 거야."

그러나 그녀를 사랑할 수는 없었다. 스미레와 함께 있을 때 내가 항상 느끼는, 거의 무조건적이라고 말해도 좋을 자연스러운 친밀감이 그녀와의 사이에서는 아무래도 생겨나지 않았기 때문이다. 그녀와의 사이에는 언제나 한 장의 얇고 투명한 베일 같은 것이 있었다. 보일 듯 말 듯 한 정도였지만 그것이 가로막고 있다는 것에는 변함이 없었다. 그 탓에 둘이 얼굴을 마주하고 있을 때—특히 헤어질 때—무슨 말을 해야 좋을지 모를 경우가 있었다. 그것은 스미레와 함께 있을 때는 겪어본 적이 없는 감정이었다. 내가 그녀와의 만남을 통해 항상 확인하는 것은, 내가 얼마나 스미레를 필요로 하고 있는가 하는 움직일 수 없는 사실이었다.

그녀가 돌아가자 나는 혼자 산책을 나가 잠시 동안 정처 없이 걸었다. 그런 뒤 역 근처에 있는 바에 들어가 캐나디안 클럽 온더록스를 주문했다. 그런 때는 언제나 그렇지만 내가 가장 초라한 인간처럼 느껴졌다. 나는 첫 잔을 이내 마셔 버리고 두 잔째를 주문했다. 그리고 눈을 감고 스미레를 생각했다. 그리스 섬의 새하얀 해변에서 가슴을 드러내고 일광욕하고 있는 스미레를. 옆 테이블에는 대학생으로 보이는 네 명의 남녀가 맥주를 마시며 즐겁게 웃고 있다. 스피커에서는 휴이 루이스 앤드 더 뉴스의 정겨운 곡이 흘러나오고 있다. 피자 굽는 냄새가 났다.

나는 문득 옛날 일을 기억해냈다. 나의 성장기(그렇게 부를 수 있는 시기)는 대체 언제 어디서 끝을 고한 것일까? 그것은 정말 끝난 것일까? 바로 얼마 전까지 나는 틀림없이 성숙을 향한 불완전한 길 위에 있었다. 당시에는 휴이 루이스 앤드 더 뉴스의 몇 곡이 히트 치고 있었다. 몇 년 전의 일이다. 그리고 나는 지금 이렇게 하나의 닫힌 회로 속에 있다. 나는 같은 길을 빙글빙글 맴돌고 있다. 어디에도 도착점이 없다는 것을 알면서도 계속 빙글빙글 돌고만 있다. 그렇게 하지 않으면 안 되기 때문이다. 그렇게라도 하지 않으면 나는 제대로 살아갈 수가 없는 것이다.

그날 밤 그리스에서 전화가 걸려왔다. 새벽 두 시. 그러나 전화를 한 사람은 스미레가 아니라 뮤였다.

7

  처음에는 남자의 굵직한 목소리가, 심한 사투리가 섞인
영어로 내 이름을 대며 본인이 맞냐고 소리쳐 물었다. 새벽
두 시였기 때문에 나는 당연히 깊은 잠에 빠져 있었다. 머릿
속이 장마 통에 물이 가득 찬 논처럼 멍한 상태였기 때문에
상황을 제대로 파악할 수 없었다. 시트에는 오후에 치른 섹
스의 기억이 아직도 희미하게 남아 있었고, 모든 사물이 카
디건 단추를 잘못 끼운 것처럼 한 단계씩 현실과의 접점을
잃고 있었다. 남자는 다시 한번 내 이름을 말하며 본인이 틀
림없냐고 물었다.

  틀림없다고 나는 대답했다. 내 이름처럼 들리지는 않았지
만 어쨌든 그건 내 이름이었다. 그러자 다른 종류의 공기를
억지로 뒤섞는 듯한 심한 잡음이 한동안 계속되었다. 아마
도 그리스에서 스미레가 국제전화를 건 것일 터였다. 수화
기에서 귀를 약간 떼고 그녀의 목소리가 들려오기를 기다
렸다. 그러나 수화기에서 들려온 것은 스미레가 아닌 뮤의
목소리였다.

"당신, 내가 누구인지는 스미레한테 들어서 알고 있죠?"

알고 있다고 나는 대답했다.

수화기를 통해 들려오는 그녀의 목소리는 멀었고 무기질의 사물처럼 왜곡되어 있었지만, 그래도 그곳에 있는 긴장감은 충분히 감지할 수 있었다. 딱딱하게 굳은 무엇인가가 마치 드라이아이스의 연기처럼 수화기에서 방 가운데로 흘러나와 나의 잠을 깨웠다. 나는 침대 위에서 몸을 일으켜 등을 곧게 펴고 수화기를 고쳐 잡았다.

"느긋하게 이야기할 시간이 없어요." 뮤가 빠른 속도로 말했다. "그리스의 섬에서 전화를 걸고 있는데, 이곳 전화는 도쿄와는 거의 연결되지 않아요. 연결된다 해도 곧 끊어져 버려요. 몇 번이나 걸어봤지만 잘 안 되다가 지금 간신히 연결된 거예요. 그러니까 인사는 생략하고 용건만 이야기할게요. 괜찮겠죠?"

괜찮다고 나는 대답했다.

"이곳으로 와줄 수 있어요?"

"이곳이라니, 그리스 말입니까?"

"그래요. 한시라도 빨리."

나는 맨 처음 머릿속에 떠오른 생각을 그대로 이야기했다. "스미레한테 무슨 일이 생겼습니까?"

뮤는 한 호흡 정도의 공백을 두었다. "그건 아직 몰라요.

하지만 그녀는 당신이 이곳으로 오기를 바랄 거라고 생각해요, 틀림없이."

"생각한다고요?"

"전화로는 설명할 수 없어요. 언제 끊어질지도 모르고, 미묘한 문제이기 때문에… 가능하면 얼굴을 보면서 이야기하고 싶어요. 왕복 비용은 내가 지불할 테니까 어떻게든 이곳으로 와주세요. 빠르면 빠를수록 좋아요. 퍼스트 클래스든 뭐든 괜찮으니까 티켓을 사서요."

열흘 뒤에는 신학기가 시작된다. 그때까지 돌아와야 하지만 지금 그리스에 간다고 해서 안 될 이유는 없다. 방학 중에 두 번 정도 학교에 나가야 할 용건이 있다. 하지만 조정할 수 있을 것이다.

"갈 수 있을 것 같습니다. 가도 괜찮을 거라고 생각합니다. 그런데 대체 어디로 가야 합니까?"

그녀는 섬 이름을 알려줬다. 나는 머리맡에 있던 책 표지에 메모했다. 전에 어디선가 들은 적이 있는 이름이었다.

"아테네에서 로도스까지 비행기로 가서, 그곳에서 페리를 타세요. 섬으로 오는 배는 하루에 두 번, 오전과 오후밖에 없으니까 그 시간에 항구에 나가 있을게요. 와줄 거죠?"

"어떻게든 갈 수 있을 겁니다. 다만 난…."

이런 말을 하는 순간 전화가 끊어졌다. 마치 누군가가 도

끼로 로프를 끊어버리듯 당돌하게, 폭력적으로. 그리고 처음과 같은 심한 잡음이 들려왔다. 혹시 다시 연결되지 않을까 해서 1분 정도 수화기를 귀에 댄 채 기다렸지만, 들려오는 것은 지독하게 귀를 어지럽히는 잡음뿐이었다. 나는 포기하고 수화기를 내려놓은 다음 침대에서 빠져나왔다. 주방으로 가서 차가운 보리차를 한 잔 마시고, 냉장고 문에 기대어 머릿속을 정리했다.

나는 정말 지금부터 제트기를 타고 그 그리스 섬으로 가려 하는 것일까? 대답은 예스였다. 그 밖에 선택의 여지가 없었다.

나는 책장에서 커다란 세계지도를 꺼내 뮤가 알려준 섬의 위치를 살펴봤다. 로도스섬 근처라는 힌트가 있기는 했지만 에게해에 흩어져 있는 크고 작은 무수한 섬들 가운데서 그 섬을 집어내는 일은 간단한 작업이 아니었다. 작은 활자로 인쇄된 그 이름을 간신히 찾아낼 수 있었다. 튀르키예와의 국경 가까이에 있는 작은 섬이었다. 너무 작아서 형체도 잘 알아볼 수 없을 정도였다.

서랍에서 여권을 꺼내 유효기간이 아직 남아 있는지 확인했다. 집에 있는 현금을 모아서 지갑에 넣었다. 대단한 액수는 아니지만 나머지는 아침에 은행 현금카드로 인출하면 된다. 계좌에는 이전부터 들어 있던 예금과 어쩌다 나오는 여름 보너스가 거의 손대지 않은 채 남아 있다. 신용카드도 있으니까 그리스행 비행기 왕복 티켓 정도는 살 수 있다. 체육관에 갈 때 쓰는 비닐 스포츠백에 갈아입을 옷을 넣고 세면도구를 챙겼다. 언젠가 기회가 있으면 한 번 더 읽어봐야겠다고 생각했던 조지프 콘래드의 소설 두 권도 넣었다. 수영복을 가져가야 할지 조금 망설였지만 결국 가져가기로 했다. 섬에 도착했는데 문제가 이미 깨끗이 해결되었고 모두 건강하고 행복하며 태양이 평온하게 하늘에 떠 있다면, 그곳에서 느긋하게 수영이나 즐기고 돌아올 수도 있기 때문이다. 말할 것도 없이 그렇게 되는 것이 누구에게나 가장 바람직한 결말이다.

그 정도의 준비를 갖추고 나는 침대로 돌아왔다. 불을 끄고 베개에 얼굴을 묻었다. 이제 겨우 세 시가 지났으니 아침까지 조금은 더 잘 수 있다. 하지만 잠이 오지 않았다. 심하게 웅성거리던 소리의 기억이 혈관 속에 남아 있었다. 귓속에서 남자의 목소리가 내 이름을 부르고 있었다. 나는 불을 켜고 침대에서 나와 주방으로 가서 아이스티를 만들어 마셨다. 그러면서 뮤와 나눈 대화를 처음부터 끝까지 하나하나 순서를 따라가며 머릿속에 재현해봤다. 그 말들은 애매하고 비구체적이었으며 중의적인 수수께끼로 가득 차 있었다. 뮤가 말한 사실은 두 가지뿐이었다. 나는 그것을 메모지에 적어봤다.

　(1) 스미레에게 무슨 일이 일어났다. 그러나 무슨 일이 일어
　　　났는지는 뮤도 모른다.
　(2) 나는 한시라도 빨리 그곳으로 가야 한다. 스미레도 그걸
　　　바랄 거라고 (뮤는) 생각하고 있다.

　나는 그 메모지를 뚫어지게 봤다. 그리고 '모른다'라고 한 부분과 '생각하고 있다'라는 부분에 볼펜으로 밑줄을 그었다.

　(1) 스미레에게 무슨 일이 일어났다. 그러나 무슨 일이 일어
　　　났는지는 뮤도 <u>모른다</u>.
　(2) 나는 한시라도 빨리 그곳으로 가야 한다. 스미레도 그걸
　　　바랄 거라고 (뮤는) <u>생각하고 있다</u>.

　그 그리스의 작은 섬에서 스미레에게 무슨 일이 일어난 것인지 짐작조차 가지 않았다. 하지만 바람직하지 않은 종류의 사건이라는 점은 확실했다. 어느 정도 나쁜 사건일지, 그것이 문제였다. 그렇다고 해도 아침이 올 때까지는 내가 할 수 있는 일이 아무것도 없었다. 의자에 앉아 테이블에 두

발을 올려놓고 책을 읽으며 날이 새기를 기다렸다. 밤은 좀처럼 밝아지지 않았다.

날이 밝자 나는 주오선 전철을 타고 신주쿠로 가서 그곳에서 나리타행 고속버스로 갈아타고 공항으로 갔다. 아홉 시가 되어 항공사 카운터를 몇 군데 돌아봤지만, 나리타발 아테네행 직행 편은 아예 존재하지 않는다는 것을 알게 되었다. 몇 번의 시행착오 끝에 KLM항공 암스테르담행 비즈니스 클래스를 잡을 수 있었다. 그곳에서 환승해 아테네까지 갈 수 있고, 아테네에 도착하면 올림픽항공 국내선으로 갈아타고 로도스로 향할 수 있다는 것이었다. 그 예약도 항공사 직원들이 해줬다. 문제만 일어나지 않는다면, 두 번 갈아타는 것으로 스무스하게 갈 수 있다. 또 귀국 편은 오픈으로, 출발한 지 석 달 이내라면 원하는 날짜에 돌아올 수 있다. 나는 신용카드로 요금을 지불했다. 맡기실 물건은? 하고 묻는 직원의 말에 없다고 대답했다.

출발 시각까지 어느 정도 여유가 있었기 때문에 공항 레스토랑에서 아침 식사를 했다. 은행 카드로 현금을 인출해서 달러화로 된 여행자수표로 바꾸었다. 그리고 공항 안에 있는 서점에서 그리스 여행 안내서를 샀다. 작은 가이드북에 뮤가 있는 섬 이름은 나와 있지 않았지만 그리스 통화나

현지 사정, 기후에 대해 기초적인 지식을 알아둬야 할 필요가 있었다. 고대 역사와 몇 개의 희곡을 제외하면 그리스라는 나라에 대해 내가 알고 있는 것은 거의 없었다. 목성의 지질이나 페라리의 엔진 냉각 시스템에 대해 거의 모르는 것과 마찬가지로. 내가 그리스에 갈지도 모른다는 생각은 지금까지 한 번도 해본 적이 없었다. 적어도 그날 새벽 두시까지는.

오전에 친하게 지내는 동료 교사에게 전화를 걸었다. 친척에게 불행한 일이 생겨 일주일 정도 도쿄를 떠나게 되었는데 그동안 학교 일을 대신 맡아줄 수 있겠냐고 물었다. 좋아요,라고 그녀는 말했다. 우리는 전에도 몇 번 서로 그런 편의를 봐줬기 때문에 이야기는 간단했다. "그런데 어디로 가는 거예요?" 하고 그녀가 물었다. "시코쿠." 나는 그렇게 대답했다. 그리스로 갈 거라는 말은 도저히 할 수 없었다.

"고생이 많으시겠네요. 그런데 신학기에는 늦지 않게 오셔야 해요. 혹시 가능하면 뭔가 선물을 사오시고요."

"물론이죠" 하고 나는 대답했다. 그 정도는 나중에 어떻게든 하면 된다.

나는 비즈니스 클래스 라운지로 가서 소파에 몸을 묻고 잠깐 잠을 잤다. 불안한 수면이었다. 세상은 현실성의 핵을 상실하고 있었다. 색깔은 부자연스럽고 세부는 어색했다. 배경은 종이를 누덕누덕 발라 만들었고, 별은 은박지로 만들어져 있었다. 접착제와 못대가리가 눈에 띄었다. 잠시 후 안내 방송이 들렸다. "에어프랑스 275편, 파리행에 탑승하실 손님께서는…." 나는 그 맥락 없는 수면 속에서―또는 불확실한 각성 속에서―스미레를 생각했다. 나와 그녀가 함께 보낸 다양한 시간과 공간이 옛날 기록영화처럼 단속적으로 머리를 스쳤다. 그러나 많은 여행자들이 오가는 공항의 웅성거림 속에 있게 되자, 나와 스미레가 공유했던 세계는 초라하고 무력하며 정확성을 잃고 있는 것처럼 느껴졌다. 우리는 둘 다 지혜다운 지혜도 갖지 못했고, 그것을 메우기 위한 기량도 갖추지 못했다. 의지하고 서 있을 기둥도 없었다. 우리는 끝없는 제로에 가까웠다. 하나의 무에서 또 다른 무의 경계 턱으로 흘러갈 뿐인 하찮은 존재였다.

온몸에 식은땀을 흘리며 눈을 떴다. 축축하게 젖은 셔츠가 가슴에 찰싹 달라붙어 있었다. 몸이 나른하고 다리가 부어 있었다. 마치 구름 낀 하늘을 그대로 들이마신 것 같은 기분이었다. 안색이 꽤나 나빴는지 라운지의 여직원이 지나가면서 "괜찮으세요?" 하고 걱정스러운 듯 말을 걸었다. "괜찮습니다. 더위를 먹은 것뿐입니다." 뭔가 시원한 것이라도 들겠냐고 그녀가 말했고, 나는 잠시 생각한 뒤에 맥주를 부탁했다. 그녀는 차가운 물수건과 하이네켄 맥주, 가염 땅콩 한 봉지를 가져다줬다. 얼굴의 땀을 닦고 맥주를 반쯤 마시자 어느 정도 정신을 차릴 수 있었다. 그리고 다시 잠깐 동안 잠을 잘 수 있었다.

암스테르담행 편은 거의 예정된 시각에 나리타공항을 날아올라 북극을 넘어서 암스테르담에 도착했다. 그동안 나는 잠을 좀 더 자기 위해 위스키 두 잔을 마셨고, 잠에서 깨어난 뒤에는 저녁 식사를 약간 했다. 식욕이 거의 없었기 때문에 아침 식사는 사양했다. 쓸데없는 생각을 하지 않기 위해 깨어 있는 동안에는 집중해서 콘래드의 소설을 읽었다.

비행기를 갈아타고 아테네공항에서 내린 다음, 옆 터미널로 이동해 거의 기다릴 시간도 없이 로도스섬으로 가는 727편에 올라탔다. 기내는 세계 각지에서 온 건강한 젊은이들로 혼잡스러웠다. 모두 햇볕에 잘 그을린 모습이었고, 티셔츠나 탱크톱에 짧게 자른 청바지를 입고 있었다. 대부분의 남자들은 수염을 길렀고(또는 깎는 것을 잊었거나), 길게 자란 머리카락을 뒤로 묶고 있었다. 베이지색 치노 바지에 흰색 반팔 폴로셔츠, 다크블루의 면 재킷을 걸친 내 모습은 장소에 어울리지 않아 답답하게 보였다. 선글라스를 가져오는 것을 잊었다. 하지만 누가 나를 책망할 것인가. 나는 바로 어제까지만 해도 구니타치에 있었고, 주방의 음식 쓰레기 처리에 대해 고민하고 있었다.

로도스공항 안내소에서 섬으로 가는 페리 환승장을 물어봤다. 환승장은 공항에서 멀지 않은 항구에 있었다. 지금부터 서두르면 오후 편을 탈 수 있을 거라고 했다.

"페리가 만원일 경우는 없습니까?" 나는 혹시 몰라서 확인해봤다.

"만원이더라도 한 사람 정도는 어떻게든 될 거예요." 코가 뾰족하고 나이를 짐작하기 어려운 여자가 얼굴을 찡그리고 손을 휘휘 내저으면서 말했다. "페리는 엘리베이터가 아니니까요."

나는 택시를 타고 항구로 갔다. 가능하면 서둘러달라고 말했지만 뜻이 통한 것 같지는 않았다. 에어컨은 없었고, 활짝 열어놓은 창문으로 하얀 흙먼지가 뒤섞인 열풍이 들어왔다. 운전기사는 그동안 줄곧 땀 냄새가 나는 거친 영어로 유럽연합의 통화 통합에 대해 길고 음울한 개인적 견해를 늘어놓았다. 나는 예의상 맞장구를 쳤지만, 전혀 듣고 있지 않았다. 눈을 가늘게 뜨고 창밖을 스쳐 지나가는 눈부신 로도스 거리를 내다봤다. 하늘에는 구름 한 점 없고 비가 올 조짐도 보이지 않았다. 태양이 집집마다 있는 돌담을 뜨겁게 달구고 있었다. 울퉁불퉁한 나무들은 먼지를 뒤집어썼고, 사람들은 나무 그늘이나 넓게 펼쳐진 천막 아래에 걸터앉아 말없이 세상을 바라보고 있었다. 그런 광경을 눈으로 쫓고 있자니, 내가 과연 맞는 장소에 도착한 것인지 아닌지 점점 자신이 없어졌다. 그러나 그리스문자로 쓰인 담배나 술을 선전하는 화려한 광고판이 비행장에서 마을로 이어지는 길을 비신화적으로 채우고 있어서 이곳이 틀림없는 그리스라는 사실을 가르쳐줬다.

오후 편 페리는 아직 출발하지 않았다. 생각했던 것보다 훨씬 큰 배였다. 갑판 뒤쪽에 자동차를 싣기 위한 공간도 있었고, 식료품과 잡화류를 실은 중형 트럭 두 대와 낡은 푸조 세단 한 대가 거기서 배가 떠나기를 기다리고 있었다. 내가 티켓을 사서 배에 올라 갑판 좌석에 앉는 것과 거의 동시에 배를 부두에 고정시켜뒀던 밧줄이 풀리면서 엔진이 커다란 소리를 내기 시작했다. 나는 한숨을 내쉬고 하늘을 올려다봤다. 이제 배가 나를 목적지인 섬으로 데려다주기를 기다리기만 하면 된다.

나는 땀과 흙먼지로 범벅이 된 면 재킷을 벗어서 백에 넣었다. 오후 다섯 시였지만 해는 아직 중천에 걸려 있었고 햇살은 압도적이었다. 하지만 캔버스 지붕 아래에 앉아 뱃머리에서 불어오는 바람에 몸을 맡기고 있자니, 기분이 조금

씩 안정되어가는 것을 느낄 수 있었다. 나리타공항 라운지
에서 나를 사로잡았던 음울한 상념은 이제 어딘가로 사라
져버렸다. 씁쓸한 뒷맛만이 아직 약간 입 안에 남아 있을 뿐
이었다.

내가 향하는 섬은 관광지로서는 그다지 인기가 없는 듯
갑판에 관광객들의 모습이 거의 보이지 않았다. 승객 대부
분은 로도스 마을로 나가 일상적인 일을 마친 그 지역 사람
들로 주로 노인이었다. 그들은 구입한 물건을, 마치 상처받
기 쉬운 동물이라도 다루듯 조심스럽게 발치에 놓아두고
있었다. 모두 약속이라도 한 것처럼 주름이 깊게 패어 있고,
표정이 없었다. 강렬한 태양과 혹독한 육체노동이 그들의
얼굴에서 표정을 빼앗아가버린 듯했다.

젊은 군인도 몇 명 있었다. 어린아이처럼 맑은 눈을 가졌
고, 카키색 군복 셔츠의 등 쪽에는 땀이 검게 배어 있었다.
히피풍의 여행자 두 명은 무거워 보이는 배낭을 끌어안고
바닥에 주저앉아 있었다. 둘 다 마른 몸에 다리가 길고 험상
궂은 눈빛을 띠고 있었다.

긴 스커트를 입은 십대의 그리스 아가씨도 있었다. 눈동
자가 검고 깊으며 왠지 모르게 운명적으로 아름다운 느낌
을 주는 아가씨였다. 그녀는 긴 머리카락을 바람에 나부끼

면서 옆에 있는 여자 친구들과 열심히 이야기하고 있었다. 입가에는 줄곧 마치 대단한 물건의 소재를 알고 있기나 한 것처럼 부드러운 미소가 떠올라 있었다. 금속으로 된 커다란 귀걸이가 햇빛을 받아 때때로 선명하게 빛났다. 젊은 군인들은 갑판 난간에 기대서서 차가운 표정으로 담배를 피우며 그녀 쪽으로 가끔씩 짧게 시선을 보내곤 했다.

나는 매점에서 산 레몬 소다를 마시면서 코발트색으로 물든 바다와 그곳에 떠 있는 작은 섬들을 바라봤다. 대부분의 섬들은 섬이라기보다 바윗덩어리에 가까웠고, 아무도 살고 있지 않았다. 물도 없고 식물도 없고, 하얀 바닷새들만이 꼭대기에 앉아서 물고기를 찾아 주변을 둘러보고 있을 뿐이었다. 새들은 배가 지나쳐도 눈길조차 주지 않았다. 파도가 바위에 부딪혀 부서지면서 눈부실 만큼 흰 테두리를 만들었다. 가끔씩 사람이 살고 있는 섬도 눈에 띄었다. 그곳에는 제법 튼튼해 보이는 나무들이 드문드문 우거져 있고, 벽을 흰색으로 칠한 집들이 경사면에 점점이 흩어져 있었다. 작은 강 입구에는 선명한 빛깔의 보트들이 떠 있고, 높이 솟은 돛대들은 파도에 흔들리며 허공에 불규칙한 곡선을 그리고 있었다.

옆에 앉아 있던 주름투성이의 노인 한 명이 내게 담배를 권했다. 나는 미소를 지어 보이며, 고맙지만 담배를 피우지 않는다는 손짓을 했다. 그러자 그는 대신 스피어민트 추잉껌을 권했다. 나는 고맙게 받아 그 껌을 씹으며 다시 바다를 바라봤다.

페리가 섬에 닿은 것은 오후 일곱 시가 지나서였다. 뜨거운 햇살이 어느덧 한풀 꺾였지만 하늘은 여전히 밝았고, 여름 햇살은 오히려 선명함을 더해가고 있었다. 항구 건물의 하얀 벽에 문패처럼 섬 이름이 검게 큰 글씨로 씌어 있었다. 페리가 섬의 안벽에 다가가 붙자 짐을 내린 승객들이 한 사람씩 순서대로 선교를 건너갔다. 항구 앞은 개방된 옥외 카페로 되어 있어서, 마중 나온 사람들이 거기서 만날 사람이 내려오기를 기다리고 있었다.

나는 배에서 내려 뮤의 모습을 찾았다. 그러나 그럴듯한 여성의 모습은 찾을 수 없었다. 민박을 운영하는 사람 몇 명이 묵을 곳을 찾고 있냐고 말을 걸어왔다. 나는 그때마다 고개를 저으며 아니라고 말했다. 그들은 한결같이 내 손에 명함을 남기고 갔다.

배에서 내린 사람들은 각자 가야 할 방향으로 흩어졌다. 장을 보고 돌아온 사람들은 집으로, 여행자는 어딘가에 있는 호텔이나 민박집으로. 마중을 나온 사람들도 기다리던 사람과 만나 한 차례 끌어안거나 악수를 나눈 뒤에 함께 어딘가로 사라졌다. 두 대의 트럭과 푸조 세단도 배에서 내려 엔진 소리를 남기고 떠나갔다. 호기심에 모여든 개와 고양이들도 어느 틈엔가 사라지고 없었다. 뒤에 남겨진 것은 시간이 남아도는 한 무리의 볕에 그을린 노인들과 장소에 어울리지 않는 비닐 스포츠백 하나를 든 나뿐이었다.

카페 테이블에 앉아 아이스티를 주문하고 앞으로 어떻게 해야 좋을지 생각해봤다. 하지만 어쩔 수 없었다. 곧 밤이 될 것이고 섬의 지리도, 사정도 전혀 알 수 없다. 지금 이곳에서 내가 할 수 있는 일은 하나도 없다. 좀 더 기다렸다가 아무도 오지 않는다면 어딘가에 숙소를 잡고 내일 아침 페리 시간에 다시 이곳으로 나와볼 수밖에 없다. 뮤가 주의가 부족해서 나를 방치한 것이라고는 생각할 수 없었다. 스미레의 말에 따르면 그녀는 매우 주의 깊고 꼼꼼한 여성이기 때문이다. 그녀가 항구에 나오지 않았다면 거기에는 나름대로의 사정이 있을 것이다. 어쩌면 뮤는 내가 이렇게 빨리 이곳에 도착할 수 있을 거라고는 생각하지 않았을지도 모른다.

배가 몹시 고팠다. 몸의 반대편까지 들여다보이지 않을까 하는 기분이 들 정도로 심한 공복감이었다. 바다로 나와 신선한 공기를 마신 탓에 아침부터 아무것도 먹지 않았다

는 사실을 몸이 알아차린 듯했다. 하지만 뮤와 길이 엇갈려
서는 안 되기 때문에 좀 더 참고 이 카페에서 기다리기로 했
다. 가끔씩 이 지역 주민들이 지나치다가 신기하다는 듯이
내 얼굴을 힐끔힐끔 쳐다봤다.

나는 카페 옆에 있는 키오스크에서 이 섬의 역사와 지리
에 대해 영어로 씌어 있는 작은 책자를 샀다. 그리고 기묘할
정도로 맛없는 아이스티를 마시며 내용을 훑어봤다. 섬의
인구는 3천 명에서 6천 명 정도로 계절에 따라 차이가 있다.
관광객이 증가하는 여름철에는 인구가 약간 늘어나고 겨울
철에는 주민들이 돈을 벌기 위해 외부로 나가기 때문에 인
구가 줄어든다. 섬에는 산업다운 산업도 없고, 농산물도 한
정되어 있다. 수확할 수 있는 것은 올리브와 몇 종류의 과일
정도다. 나머지는 어업과 해면 채취. 그래서 이번 세기에 들
어서는 많은 섬 주민들이 미국으로 이민을 떠났다. 그들 대
부분은 플로리다에 살고 있다. 어업이나 해면 채취의 경험
을 활용할 수 있기 때문이다. 플로리다에는 이 섬 이름을 딴
마을이 하나 있다고 한다.

섬의 산 정상에는 군 레이더 시설이 있다. 지금 있는 민간
항구 근처에는 군 경비정이 출입하는 또 하나의 작은 항구
도 있다. 튀르키예와의 국경이 가깝기 때문에 국경 침범이
나 밀무역을 감시하기 위해서다. 따라서 마을에는 군인들

의 모습이 자주 눈에 띈다. 튀르키예와의 분쟁이 있으면(실제로 작은 분쟁이 자주 일어나고 있다) 배의 출입이 활발해진다.

기원전, 그리스 문명이 역사적 영광을 누리던 시대에는 이 섬이 무역중계항으로 번영을 누렸다. 아시아와의 무역 요충지였기 때문이다. 또 당시에는 녹색의 수목들이 산을 뒤덮고 있었기 때문에 그 나무들을 이용한 조선술도 번창했다. 그러나 그리스 문명이 쇠퇴하고, 산의 수목들이 모두 베여 없어지자(그후 윤택한 삼림은 다시는 이 섬으로 돌아오지 않았다) 이 섬의 영광도 급속히 빛을 잃어갔다. 이윽고 튀르키예인들이 찾아왔다. 그들의 지배는 가혹하고 철저했다. 튀르키예인들은 마음에 들지 않는 일이 있으면 마치 정원에 심은 나무의 가지를 치듯 간단히 사람들의 귀나 코를 베어버렸다(그 책에 그렇게 씌어 있었다). 19세기 말이 가까워지자 튀르키예 군과의 몇 번의 피비린내 나는 전투를 거쳐 섬은 겨우 독립을 쟁취했고, 항구에 파란색과 흰색의 그리스 국기가 펄럭였다. 그러자 이번에는 히틀러 군대가 찾아왔다. 그들은 산 정상에 레이더 기지를 설치하고 근해 감시에 들어갔다. 이 근처에서 전망이 가장 좋기 때문이었다. 그 기지를 파괴하기 위해 몰타에서 영국 폭격기가 날아와 폭탄을 떨어뜨린 일도 있었다. 그들은 산 정상의 기지뿐 아니라 항구도 폭격하여 죄 없는 어선을 가라앉혔다. 어부도 몇 명 죽었다. 독일인보다 많은 그리스인이 그 폭격으로 목숨을 잃었다. 마을 사람들 가운데는 아직도 그 일에 원한을 품고 있는 사람이 있다.

그리스의 많은 섬들이 그렇듯이 평지는 적고 대부분의 면적을 예외 없이 험준한 산들이 차지하고 있어서 사람이 사는 촌락은 항구에서 가까운 남쪽 연안에 한정되어 있다. 마을에서 떨어진 곳에 아름답고 조용한 해변이 있지만, 그곳으로 가려면 험준한 산을 넘어야 한다. 접근하기 편리한 곳에는 그다지 매력적인 해변이 없어서, 그것이 관광객이 늘지 않는 하나의 요인이 되고 있는 듯했다. 산속에는 그리스 정교회 수도원이 몇 개 산재해 있지만 수도승들은 엄한 계율을 지키며 생활하기에 흥미 본위의 방문객들을 받아들이지 않는다.

안내 책자만 읽어본 한도 내에서는 이렇다 할 특징이 없는 지극히 평범한 그리스의 작은 섬이었다. 다만 어떤 이유에서인지 일부 영국인은 이 섬에 특별한 매력을 느낀 듯(영국인에겐 뭔가 특이한 것을 좋아하는 경향이 있다) 적잖은 열의를 가지고 항구 근처의 높은 곳에 여름 별장 마을을 만들었다. 특히 1960년대 후반에는 영국인 작가 몇 사람이 이곳에서 생활하며 파란 바다와 흰 구름을 바라보면서 소설을 썼다. 그리고 그들의 작품 중 몇 개는 높은 문학적 평가를 받았다. 그 덕분에 이 작은 섬은 영국 문단에서 일종의 로맨틱한 명성을 획득하게 되었다. 그러나 섬의 그 같은 빛나는 문화적 측면에 대해 섬 주민들은 거의 관심을 기울이지 않는 듯하다.

나는 공복을 잊기 위해 거기까지만 읽었다. 책을 덮고 다시 한번 주위를 둘러봤다. 카페에 앉아 있는 노인들은 장기적인 시력검사라도 하고 있는 듯 지치지도 않고 여전히 바다를 바라보고 있었다. 이미 여덟 시가 지났고 공복감은 고통에 가까울 정도가 되었다. 고기나 생선을 굽는 향긋한 냄새가 어디선가 풍겨 와서 기운 넘치는 고문 담당관처럼 나의 내장을 쥐어짰다. 더 이상 참을 수 없어 의자에서 일어나 레스토랑을 찾아가려고 백을 손에 쥔 순간, 어떤 여자가 조용히 모습을 보였다.

그 여자는 서쪽 바다 위로 기우는 해를 정면으로 받으며 무릎까지 오는 하얀 스커트를 가볍게 휘날리면서 빠른 걸음으로 돌계단을 내려왔다. 아담한 테니스화를 신은, 활기 넘치는 다리였다. 민소매의 옅은 녹색 블라우스에 챙이 좁은 모자를 썼고, 천으로 만든 작은 숄더백을 어깨에 걸치고 있었다. 주변 풍경에 녹아든, 지극히 자연스럽고 일상적인 걸음걸이였기 때문에 처음에는 섬 주민이라고 생각했다. 하지만 여자는 곧장 이쪽을 향해 걸어왔고, 가까이 다가오자 얼굴 생김새를 통해 동양인이라는 것을 알 수 있었다. 나는 거의 반사적으로 의자에 주저앉았다가 다시 일어섰다. 여자가 선글라스를 벗고 내 이름을 불렀다.

"늦어서 미안해요." 그녀가 말했다. "이곳 경찰서에 갔다가 수속을 밟는 데 온통 시간을 빼앗겨버렸어요. 게다가 설마 오늘 중으로 오실 거라곤 생각 못 했어요. 빨라도 내일 낮은 되어야 할 거라고 예상했거든요."

"갈아타기가 수월했기 때문입니다." 나는 조용한 목소리로 대답했다. 경찰서?

뮤는 내 얼굴을 똑바로 쳐다보며 희미하게 웃었다. "괜찮다면 어딘가에서 식사하며 이야기하죠. 아침 식사를 하고 나서 아무것도 먹지 않았거든요. 당신은 어때요, 배고프죠?"

몹시 배고프다고 나는 말했다.

그녀는 항구 뒤편에 있는 타베르나(그리스 전통 레스토랑:옮긴이)로 나를 데려갔다. 입구 옆에 커다란 숯불 그릴이 있었고, 쇠로 된 그릴 위에는 보기에도 신선한 어패류가 구워지고 있었다. 생선을 좋아하냐고 그녀가 물었다. 좋아한다고 나는 대답했다. 뮤는 웨이터에게 짤막한 그리스어로 주문했다. 화이트와인을 담은 병과 빵과 올리브가 우선 테이블로 날라졌다. 우리는 특별한 인사나 건배도 없이 화이트와인을 글라스에 따라서 각자 마셨다. 공복의 고통을 달래기 위해 거친 빵과 올리브를 부랴부랴 입에 넣었다.

뮤는 아름다운 여자였다. 내가 가장 먼저 받은 인상은 그 명백하고 단순한 사실이었다. 아니, 어쩌면 사실은 그 정도로 명백하거나 단순하지 않을지도 모른다. 나는 무엇인가 엄청난 착각을 하고 있었던 것인지도 모른다. 나는 어떤 사정으로 변화를 용납하지 않는 타인의 꿈속으로 빨려 들어가버린 것일지도 모른다. 이제 와서 돌이켜 보면 그랬을 가능성을 전혀 부정할 수 없다는 느낌도 든다. 다만 한 가지 확실하게 말할 수 있는 것은 내가 그때 그녀를 아름다운 여자로서 받아들였다는 사실뿐이다.

뮤는 가느다란 손가락에 몇 개의 반지를 끼고 있었다. 그 가운데 하나는 심플한 순금 결혼반지였다. 내가 그녀에게서 받은 첫인상을 머릿속으로 재빨리 정리하고 있는 동안 뮤는 와인 잔을 가끔씩 입으로 가져가면서 부드러운 눈으로 내 얼굴을 바라봤다.

"처음 만난 것 같은 기분이 들지 않아요." 뮤가 말했다. "늘 당신에 대한 이야기를 들었기 때문일까요?"

"저도 스미레로부터 당신 이야기를 자주 들었습니다."

뮤는 싱긋 웃었다. 그녀가 미소를 짓는 그동안에만 눈초리에 매혹적인 작은 주름이 생겼다. "그럼 여기서 새삼스럽게 자기소개를 할 필요는 없겠군요."

나는 고개를 끄덕였다.

내가 뮤에 대해 가장 호감을 가졌던 것은 그녀가 자신의 나이를 숨기려 하지 않는다는 점이었다. 스미레의 이야기에 따르면 그녀는 서른여덟 살이나 서른아홉 살일 터였다. 실제로 그녀는 서른여덟 살이나 서른아홉 살로 보였다. 피부도 아름답고 몸매도 날씬하고 탄력이 있기 때문에 나름대로 메이크업을 하면 이십대 후반으로도 통할지 모른다. 하지만 그녀는 특별히 그런 노력을 기울이지는 않았다. 그녀는 나이가 자연스레 드러나는 것을 그대로 받아들여 거기에 자신을 잘 동화시켜가고 있었다.

그녀는 올리브를 한 개 입에 넣더니 손가락으로 씨를 빼내서, 마치 시인이 구두점을 정리하듯이 무척 우아하게 재떨이에 버렸다.

"한밤중에 갑자기 그런 전화를 해서 미안해요." 뮤가 말했다. "좀 더 제대로 설명하면 좋았겠지만, 그때는 마음이 정리되지 않아서 어떤 말부터 꺼내야 좋을지 몰랐어요. 지금도 물론 정리가 되지 않았지만 조금은 혼란이 가라앉았죠."

"대체 무슨 일이 일어난 거죠?"

뮤는 테이블 위에서 두 손을 깍지 끼었다가 풀고, 다시 깍지를 끼었다.

"스미레가 사라져버렸어요."

"사라졌다고요?"

"연기처럼." 뮤는 그렇게 말하고 와인을 한 모금 마셨다.

그녀는 이야기를 계속했다. "긴 이야기가 되겠지만 처음부터 순서를 밟아 이야기하는 쪽이 좋을 것 같은 느낌이 드네요. 그렇지 않으면 미묘한 뉘앙스가 전달되지 않을 테니까요. 이야기 자체가 무척 미묘한 이야기라서. 하지만 먼저 식사부터 끝내기로 하죠. 지금이 일분일초를 다투는 상황도 아니고 배가 고프면 머리도 돌아가지 않는 법이니까. 그리고 이곳은 이야기하기엔 너무 소란스러운 것 같네요."

레스토랑은 이 지역 손님들로 붐볐고 사람들은 몸짓을 섞어가며 큰 소리로 떠들어댔다. 소리를 지르지 않고 상대에게 목소리가 닿게 하려면 나와 뮤는 테이블 위로 몸을 내밀어 이마가 맞닿도록 해야 했다. 커다란 그릇에 담긴 그리스풍 샐러드와 그릴에 구운 큼직한 흰 살 생선이 나왔다. 그녀는 생선에 소금을 치고 레몬을 반쯤 쥐어짠 후, 올리브오일을 끼얹었다. 나도 그렇게 했다. 우리는 일단 음식을 먹는 데 의식을 집중했다. 그녀가 제안했듯이 우선 빈속을 채울 필요가 있었다.

뮤는 이곳에 얼마 동안 머물 수 있냐고 물었다. 나는 일주일 뒤 신학기가 시작되기 때문에 그때까지는 돌아가야 한다고 대답했다. 그렇게 하지 않으면 일이 약간 번거롭게 된다. 그녀는 가볍게 사무적으로 고개를 끄덕였다. 그러고 나서 입술을 모으더니 머릿속으로 뭔가를 계산했다. "괜찮아요. 그때까지는 돌아갈 수 있으니까 안심해요"라는 말도, "그렇게 빨리 돌아가야 해요?"라는 말도 없었다. 그녀는 그 문제에 대해 자기 나름대로 판단을 내리고 결론을 이끌어낸 뒤에 조용히 식사를 계속했다.

식사가 끝나 커피를 마시고 있을 때 뮤가 비행기 요금에 대해 말을 꺼냈다. 요금을 달러화로 된 여행자수표로 받겠냐고 물었다. 아니면 도쿄로 돌아간 뒤 당신의 은행 계좌에 엔화로 입금해도 되냐고, 어느 쪽이 좋냐고 물었다. 지금은 돈에 곤란을 받고 있지 않고, 그 정도의 비용은 스스로 낼 수 있다고 나는 말했다. 그녀는 자신이 지불하고 싶다고 주장했다. "내가 당신에게 와달라고 부탁했기 때문"이라고 그녀는 말했다.

나는 고개를 저었다. "별로 걱정하실 것 없습니다. 나중에 내가 나 자신의 자유의사로 이곳에 왔다는 사실을 원하게 될지도 모르니까요. 내가 하고 싶은 말은 그겁니다."

뮤는 잠시 생각하더니 고개를 끄덕이고 나서 말했다. "당신에게 정말 감사하고 있어요. 이곳에 와준 것에 대해. 말로 표현할 수 없을 정도로."

식당 밖으로 나오니 염료를 부어 넣은 듯 선명한 저녁노을이 주위를 감싸고 있었다. 공기를 마신다면 그대로 가슴 속까지 물들어버릴 듯한 색이었다. 하늘에는 별들이 자그맣게 빛을 내기 시작하고 있었다. 저녁 식사를 마친 지역 주민들이 여름의 늦은 일몰을 기다렸다는 듯이 집을 나서서 항구 근처를 느릿느릿 걸어 다니고 있었다. 가족이 있고, 커플이 있고, 사이좋은 친구들도 있었다. 하루를 마감하는 싱그러운 바다 냄새가 거리를 감싸고 있었다. 나는 뮤와 걸어서 마을을 벗어났다. 거리 오른쪽에는 상점과 작은 호텔과 인도에 테이블을 늘어세운 레스토랑이 이어져 있었다. 나무로 된 덧문이 붙은 작은 창문에는 친밀한 노란 불빛이 빛나고 라디오에서는 그리스 음악이 흘러나왔다. 거리 왼쪽에는 바다가 펼쳐져 있었고 밤의 검은 파도가 바닷가 절벽을 부드럽게 때리고 있었다.

"조금 걸어서 올라가야 해요…" 뮤가 말했다. "경사가 급한 계단과 완만한 언덕길이 있는데, 계단 쪽이 거리상으로는 빨라요. 그쪽으로 가도 괜찮겠어요?"

상관없다고 나는 대답했다.

언덕의 경사면을 따라 난 좁은 돌계단을 올라갔다. 계단은 길고 경사가 급했지만 테니스화를 신은 뮤의 발걸음은 피로를 몰랐고, 그 리듬은 흐트러짐을 보이지 않았다. 내 눈 앞에서 그녀의 스커트 자락이 기분 좋게 좌우로 흔들리고 볕에 탄 모양 좋은 종아리가 보름달에 가까운 달빛을 받아 빛났다. 내가 먼저 숨이 찼다. 가끔씩 걸음을 멈추고 크게 숨을 쉬어야 했다. 높이 올라감에 따라 항구의 불빛이 멀어지면서 작아졌다. 방금 전까지만 해도 바로 내 옆에 있었던 사람들의 움직임이 익명의 빛줄기 속으로 흡수되고 있었다. 그대로 가위로 잘라 내 기억의 벽에 핀으로 고정해두고 싶을 정도로 인상적인 광경이었다.

그녀들의 주거지는 바다에 면한 베란다가 붙은 자그마한 별장이었다. 흰 벽에 빨간 처마가 기와지붕에 달려 있고 문은 짙은 녹색으로 칠해져 있었다. 집을 둘러싸고 있는 낮은 돌담에는 선명한 붉은색의 부겐빌레아 꽃이 흐드러지게 피어 있었다. 그녀는 잠겨 있지 않은 문을 열고 나를 안으로 불러들였다.

집 안은 시원하고 느낌이 좋았다. 거실이 있고 적당한 넓이의 식당과 주방이 있었다. 벽은 흰색으로 회칠이 되어 있고 군데군데 추상화가 걸려 있었다. 거실에는 소파 세트와

책장과 작은 오디오가 놓여 있었다. 그리고 침실 두 개와 그리 넓지는 않지만 청결한 타일을 붙인 욕실이 있었다. 놓여 있는 가구는 어느 것이나 특별히 눈길을 끌지는 않았지만 자연스러운 친밀감을 지니고 있었다.

뮤는 모자를 벗고 어깨에 걸친 백을 주방 카운터에 놓았다. 그리고 뭔가 마시겠는지, 아니면 샤워부터 하겠는지 물었다. 샤워부터 하고 싶다고 나는 대답했다. 나는 머리를 감고 면도기로 수염을 깎았다. 드라이어로 머리를 말리고 새 티셔츠와 반바지로 갈아입었다. 그러자 조금은 마음이 안정되었다. 세면대 거울 아래에 칫솔이 두 개 놓여 있었다. 한 개는 손잡이가 파란색이고 다른 한 개는 빨간색이었다. 어느 쪽이 스미레의 것일까.

거실로 돌아오니 뮤는 브랜디 글라스를 손에 들고 안락의자에 앉아 있었다. 그녀는 같은 것을 권했지만 나는 차가운 맥주가 마시고 싶었다. 그래서 냉장고를 열고 암스텔 비어를 꺼내 길이가 긴 잔에 따랐다. 뮤는 의자에 몸을 묻은 채 꽤 오랫동안 입을 다물고 있었다. 해야 할 말을 찾고 있다기보다는 시작도 끝도 없는 개인적인 기억 속에 잠겨 있는 것처럼 보였다.

"이곳으로 온 지 얼마나 됐죠?" 내가 먼저 말을 꺼냈다.

"오늘로 8일째군요." 뮤가 잠시 생각하고 나서 대답했다.

"그러면 스미레는 이곳에서 사라져버린 거군요?"

"그래요. 아까 말한 대로 연기처럼."

"그게 언제죠?"

"나흘 전 밤이에요." 그녀는 무슨 단서라도 찾듯이 집 안을 둘러봤다. "도대체 어디서부터 이야기를 시작하면 좋을지."

"밀라노에서 파리로 가서, 기차로 부르고뉴에 도착한 것까지는 스미레의 편지로 알고 있습니다. 스미레와 당신은 부르고뉴의 마을에서 당신 친구의 장원처럼 큰 집에 머물렀죠."

"그럼 거기서부터 시작하죠." 그녀가 말했다.

8

"난 그 마을 근처에서 포도주 만드는 사람들과 옛날부터 친하게 지냈어요. 그들이 만드는 와인에 관해서는 내 집안 일처럼 훤히 알고 있죠. 어느 밭, 어느 언덕에 있는 포도가 어떤 와인이 되는지, 그해 날씨가 맛에 어떤 영향을 미치는지, 누가 성실하게 일하고 어느 집 자식이 열심히 아버지의 일을 돕는지, 누가 얼마나 빚을 지고 있는지, 누가 시트로엥 새 차를 샀는지, 그런 것까지요. 와인이라는 것은 서러브레드라는 경주마와 똑같이 혈통과 최신 정보를 알지 않으면 안 돼요. 단순히 맛이 좋다거나 나쁘다는 것만으로는 장사를 할 수 없죠."

뮤는 거기서 말을 끊고 호흡을 가다듬었다. 마치 이야기를 계속할까 말까 망설이는 것처럼. 하지만 이야기를 계속했다.

"난 유럽에 구매 거점을 몇 군데 갖고 있지만, 그 부르고뉴 마을이 가장 중요한 거점이에요. 그래서 1년에 한 번은 될 수 있는 대로 오랫동안 그곳에 머무르려 하고 있죠. 친분을 두텁게 쌓고 새로운 정보를 입수하기 위해서요. 보통 때는 나 혼자 가지만 이번에는 먼저 이탈리아를 돌게 돼서 혼자 긴 거리를 이동하는 것도 큰일이고 스미레에겐 이탈리아어를 배워두라고 했기 때문에 함께 데리고 가기로 했어요. 역시 혼자 다니는 게 편하다는 생각이 들면 프랑스로 가기 전에 뭔가 적당한 이유를 붙여서 그녀를 먼저 귀국시킬 작정이었죠. 난 어렸을 때부터 혼자 여행하는 데 익숙하고 아무리 친하다고 해도 매일 아침부터 밤까지 다른 사람과 얼굴을 마주 보고 있는 건 꽤 쉽지 않은 일이잖아요.

하지만 스미레는 내가 예상한 것 이상으로 유능해서 잡무를 나서서 처리해줬어요. 차표를 끊는다든가, 호텔을 예약한다든가, 가격 흥정을 한다든가, 경비 지출 내역을 적는다든가, 현지의 평판 있는 레스토랑을 찾는다든가 하는 일들 말이에요. 그녀의 이탈리아어는 상당히 능숙했고, 무엇보다 건강한 호기심에 넘쳐서 만약 나 혼자만 여행했다면 전혀 겪지 못했을 여러 가지 경험을 하게 해줬죠. 누군가와 함께 다니는 게 이렇게 즐거운 것인가 하고 깜짝 놀랐어요. 아마 스미레와 나 사이엔 뭔가 특별한 마음의 연결 끈 같은 게 있는 것 같아요.

처음 만났을 때 스푸트니크에 관한 이야기를 나눴던 걸 기억해요. 그녀는 비트니크 이야기를 했고, 그걸 내가 스푸트니크로 잘못 알아들었죠. 우리는 웃었고, 그걸로 첫 대면의 긴장이 풀어졌어요. 당신은 스푸트니크라는 말이 러시아어로 무엇을 의미하는지 알고 있나요? 영어로 traveling companion이라는 의미예요. '여행의 동반자'. 얼마 전에 우연히 사전을 찾아보고 그걸 처음 알았어요. 생각해보면 이상한 조합이죠. 하지만 어째서 러시아인은 인공위성에 그런 기묘한 이름을 붙였을까요. 외톨이로 빙글빙글 지구 둘레를 돌고 있는 불쌍한 금속 덩어리에 지나지 않는 것에."

뮤는 거기서 말을 끊고 아주 잠깐 동안 뭔가를 생각했다.

"그래서 난 스미레를 부르고뉴에 데리고 갔어요. 내가 그 마을에서 친분을 다지거나 상담하는 동안 프랑스어를 할 줄 모르는 스미레는 자동차를 빌려 근처를 드라이브하며 돌아다녔어요. 그러다 어느 마을에서 우연히 스페인 사람인 부자 노부인을 알게 됐고, 스페인어로 세상 이야기를 하는 동안 완전히 친해졌죠. 그 노부인은 스미레에게 같은 호텔에 묵고 있는 영국인 남성을 소개해줬어요. 그는 쉰 살이 넘었고 뭔가 글을 쓰고 있는 핸섬하고 기품 있는 사람이었어요. 아마 게이일 거라고 생각해요. 보이프렌드 같은 비서를 데리고 다녔으니까.

나도 그들을 소개받아 함께 식사했어요. 기분 좋은 사람들이었고, 이야기를 나누는 동안 우리 사이에 서로 공통적으로 아는 사람 몇 명이 있다는 사실이 밝혀져서 더욱 의기투합하게 됐죠.

그 영국인이 실은 그리스의 어느 섬에 작은 별장을 가지고 있는데 혹시 괜찮다면 그곳을 이용하지 않겠냐고 우리에게 제안했어요. 평소엔 여름에 한 달 정도 머무르지만 이번에는 일이 있어서 그리스까지 갈 수 없을 것 같다, 집이라는 것은 사용하지 않으면 초라해지고 관리인도 손을 떼게 되니 만약 폐가 안 된다면 걱정 말고 사용하라고. 그게 그러니까 이 별장이에요."

뮤가 집 안을 휙 둘러봤다.

"학창 시절에 한 번, 그리스를 여행한 적이 있어요. 유람선을 타고 이곳저곳에 있는 섬들을 도는 바쁜 여행이었지만, 그것만으로도 이 나라에 빠져버렸죠. 그래서 그리스 섬에서 집을 빌려 마음껏 머물 수 있다는 건 무척이나 매력적인 제안이었어요. 스미레도 물론 가고 싶어 했어요. 별장을 빌리는 것이니까 그만큼의 임대료를 지불하겠다고 했지만, 상대는 고집스럽게 받아들이지 않았어요. 자기는 별장 임대업을 하고 있는 게 아니라면서. 몇 번의 실랑이가 있었고 결국 런던에 있는 그의 집에 레드와인 한 박스를 사례 대신 보내주는 걸로 이야기가 정리됐죠.

섬에서의 생활은 꿈같았어요. 오랜만에 스케줄이 없는 순수한 휴가를 즐길 수 있었죠. 통신 사정이 이런 상태니까 전화도, 팩스도, 인터넷도 사용할 수 없어요. 내가 예정대로 귀국하지 않으면 도쿄에 있는 사람들에겐 어느 정도 폐를 끼치게 될지 모르지만 일단 이곳에 오니 그런 건 어찌 돼도 좋다는 식이 되어버리더군요.

우리는 아침 일찍 일어나 타월과 물과 선크림을 백에 넣고 산 너머에 있는 해변까지 걸었어요. 숨이 막힐 정도로 아름다운 해변이죠. 모래사장은 티 없이 새하얗고 파도도 거의 없어요. 하지만 불편한 장소에 있기 때문에 찾아오는 사람이 적고, 특히 오전에는 사람 그림자마저 뜸했어요. 그곳에서는 남자도, 여자도 태평스레 벌거벗고 수영하고 있었어요. 그래서 우리도 그대로 했죠. 태어날 때처럼 알몸으로 아침에 새파랗게 물든 맑은 바다를 헤엄치는 건 말할 것도 없이 멋진 기분이었어요. 마치 다른 세상에 온 것 같았죠.

헤엄치다 지치면 스미레와 난 모래사장에 나란히 누워 몸을 태웠어요. 처음엔 벌거벗은 몸을 드러내 보이는 게 창피했지만 익숙해지니 아무렇지도 않게 됐어요. 분명히 장소의 힘 같은 것이 작용했을 거예요. 서로 등에 선크림을 발라주고 태양 아래에 누워 책을 읽거나 졸거나 끝없는 이야기를 나눴죠. 자유란 게 이렇게나 편한 거구나 하는 생각이 들었어요.

해변에서 다시 산을 넘어 집에 돌아오면 샤워한 뒤에 간단히 식사하고, 둘이서 아까 그 계단을 내려가 마을로 나갔어요. 항구 카페에서 차를 마시고 영자 신문을 사서 읽었죠. 가게에서 식료품 쇼핑을 하고 집에 돌아오면 그다음엔 각자 베란다에서 책을 읽거나 거실에서 음악을 듣거나 하면서 저녁때까지 시간을 보냈어요. 스미레는 가끔 자기 방에서 글을 쓰는 것 같았어요. 노트북을 열고 타닥타닥 키보드를 두드리더군요. 저녁에는 페리가 항구에 도착하는 모습을 보러 자주 나갔어요. 시원한 것을 마시며 배에서 내리는 사람들의 모습을 질리지도 않고 바라봤죠.

나는 세상의 끝에 조용히 앉아 있으며 누구에게도 내 모습이 보이지 않는다. 그런 기분이었어요. 여기에 있는 건 나와 스미레뿐. 다른 건 아무것도 생각하지 않아도 된다. 이곳에서 움직이고 싶지 않다. 그렇게 생각했죠. 어디로도 가고 싶지 않다. 언제까지나 이곳에서 생활하고 싶다. 물론 그게 불가능한 일이라는 건 나도 잘 알았어요. 이곳에서의 생활은 한때의 환상에 불과하고 언젠가는 현실이 우리를 붙잡을 것이다. 그리고 우리는 원래의 세계로 돌아가야 한다. 그렇죠? 하지만 그때가 올 때까지 쓸데없는 일은 생각하지 않고 마음 편히 하루하루를 즐길 생각이었어요. 실제로 난 아주 단순하게 이곳에서의 생활을 즐겼어요. 물론 나흘 전까지만이지만요."

◑

나흘째 아침에도 두 사람은 평소처럼 해변으로 가서 알몸으로 수영하고 집으로 돌아온 뒤 항구로 나갔다. 카페 웨이터는 두 사람의 얼굴을(그리고 뮤가 항상 테이블 위에 놓아두는 두둑한 팁을) 기억하고 무척 상냥스럽게 인사했다. 두 사람의 아름다움에 대해 칭찬을 늘어놓았다. 스미레는 키오스크에 가서 아테네에서 인쇄되고 있는 영자 신문을 샀다. 그것이 두 사람을 바깥 세계와 연결시켜주는 단 하나의 정보원이었다. 신문을 읽는 것은 스미레의 역할이었다. 그녀는 통화 환율을 체크하고 중요한 기사, 흥미로운 기사를 뮤를 위해 번역하면서 읽어줬다.

그날의 신문 기사들 가운데 스미레가 골라 읽은 것은 집에서 기르던 고양이에게 먹혀버린 일흔 살 여성의 이야기였다. 아테네 근교에 있는 작은 마을에서 일어난 사건이었다. 노부인은 11년 전에 무역상을 하던 남편을 잃고 몇 마리의 고양이를 친구 삼아 방 두 칸짜리 아파트에서 조용히 살고 있었다. 그런데 어느 날 심장 발작으로 쓰러져 소파에 엎드린 채 숨을 거두었다. 쓰러지고 나서 숨을 거둘 때까지 어느 정도의 시간이 걸렸는지, 거기까지는 알 수 없다. 어쨌든 그녀의 혼은 거쳐야 할 단계를 거쳐 70년 동안 함께 살아온 낡은 육신의 껍데기를 영원히 떠나버렸다. 그녀에겐 정기적으로 방문하는 친척이나 지인이 없었기 때문에 시신이 발견될 때까지 일주일 정도가 걸렸다. 문은 굳게 잠겨 있고 창문에는 창살이 쳐져 있었기 때문에 주인이 죽자 고양이들은 밖으로 나갈 수 없게 되었다. 방에는 먹을 것이 남아 있지 않았다. 냉장고 안에 뭔가 있었을 테지만, 고양이에게 냉장고 문을 열 정도의 재능은 없다. 고양이들은 굶주림을 견디다 못해 죽어버린 주인의 살점을 게걸스레 뜯어 먹었다.

스미레는 작은 컵에 든 커피를 가끔씩 홀짝이면서 그 기사를 단락별로 번역했다. 몇 마리의 작은 벌이 날아와 앞 손님이 흘려놓은 딸기잼을 바쁘게 핥으며 맴돌았다. 뮤는 선글라스 너머로 바다를 바라보며 스미레가 읽어주는 기사에 귀 기울였다.

"그래서 어떻게 됐어?" 뮤가 물었다.

"그뿐이에요." 스미레는 짤막하게 대답하고 신문을 반으로 접어 테이블 위에 놓았다. "신문에 쓰인 내용은 그것뿐이에요."

"그 고양이들은 어떻게 됐을까?"

"글쎄요." 스미레는 입술을 굳게 다물고 생각에 잠겼다. "신문이란 건 어느 것이나 다 똑같아요. 정말 알고 싶은 건 씌어 있지 않아요."

벌들이 뭔가를 감지한 듯이 일제히 날아오르더니 날갯짓 소리를 주위에 울리며 몇 바퀴 공중을 선회하다가 잠시 뒤에 테이블로 돌아왔다. 그리고 먼저와 마찬가지로 열심히 잼을 핥았다.

"고양이들의 운명은 어떻게 됐을까요?" 스미레는 그렇게 말하고 큼직한 티셔츠의 소매 부분을 잡아당겨 주름을 폈다. 그녀가 티셔츠와 짧은 쇼트팬츠 안에 속옷을 걸치고 있지 않다는 걸 뮤는 알고 있었다. "사람 고기 맛을 본 고양이는 풀어두면 식인 고양이가 될지 모른다는 이유로 처분되어버렸을까요? 아니면 고양이들도 온갖 고생을 했을 테니 무죄 방면이 됐을까요?"

"만약 당신이 그 마을 책임자나 경찰서장이라면 어떻게 했을 것 같아?"

스미레는 잠시 동안 생각에 잠겼다. "예를 들어 시설에 집어넣어 갱생시키는 건 어떨까요? 그곳에서 채식주의자로 바꾸는 거예요."

"그것도 나쁘진 않네." 뮤는 웃으면서 말했다. 그러고는 선글라스를 벗고 스미레 쪽을 봤다. "그 이야기를 듣고 기억난 건 중학교에 들어가서 처음 들었던 가톨릭 강의 내용이야. 말했는지 모르겠는데, 난 엄격한 가톨릭 여학교를 6년 동안 다녔어. 초등학교까지는 보통의 구립 학교였지만 중학교부터는 그런 학교에 다녔어. 그런데 입학식이 끝나자 아주 나이 든 수녀가 신입생 전원을 강당에 모아놓고 가톨릭 윤리에 대한 이야기를 하는 거야. 프랑스인 수녀인데 일본어를 완벽하게 구사했어. 그때 여러 이야기를 들었지만 내가 지금도 기억하고 있는 건 고양이와 무인도에 흘러 들어간 이야기야."

"그거, 재미있겠네요."

"'배가 난파해서 당신은 무인도에 흘러 들어가게 됩니다. 보트에 올라탈 수 있었던 것은 당신과 고양이 한 마리뿐입니다. 표류 끝에 어떤 섬에 도착했지만 그곳은 바위투성이의 무인도로 먹을 만한 건 아무것도 없습니다. 샘물도 없습니다. 보트에는 사람 혼자서 열흘 정도 먹을 수 있는 분량의 건빵과 물이 있을 뿐입니다.' 대충 그런 이야기야.

수녀는 강당 안을 둘러보면서 힘 있는 목소리로 이렇게 말했어. '눈을 감고 생각해보세요. 고양이와 함께 무인도로 흘러 들어가게 되었습니다. 그곳은 절해고도로, 열흘 안에 누군가가 구해주러 올 가능성은 거의 없습니다. 음식과 물이 떨어지면 여러분은 죽을 수밖에 없습니다. 그럴 경우 여러분은 어떻게 하겠습니까? 고생하는 건 서로 마찬가지라면서 얼마 남지 않은 음식을 고양이에게도 나눠 주겠습니까?'

수녀는 거기서 입을 다물고 다시 한번 모두의 얼굴을 둘러봤어. 그리고 이야기를 계속했어. '아닙니다. 그건 잘못된 일입니다. 아시겠습니까. 여러분은 고양이에게 음식을 나눠 주면 안 됩니다. 왜냐하면 여러분은 하느님께 선택받은 고귀한 존재이고, 고양이는 그렇지 않기 때문입니다. 그러니까 그 건빵은 여러분 혼자서 먹어야 하는 것입니다.' 수녀는 진지한 얼굴로 그렇게 말했어.

난 처음엔 농담 같은 거라고 생각했어. 그다음에 뭔가 유쾌한 결말이 나올 거라고. 하지만 결말은 없었어. 이야기는 인간의 존엄성과 가치라는 문제로 옮겨 갔고, 난 영문도 모른 채 있었지. 그러니까 말이야, 그런 이야기를 갓 입학한 신입생들에게 일부러 할 필요가 대체 어디 있는 거지? 난 지금도 그걸 이해할 수 없어."

스미레는 그에 대해 깊은 생각에 잠겨 있었다. "그러니까 마지막에는 고양이를 잡아먹어도 된다는 말인가요?"

"글쎄. 거기까지는 말해주지 않았어."

"당신은 가톨릭 신자인가요?"

뮤는 고개를 저었다. "아니, 그 학교가 마침 집 가까이 있었기 때문에 다녔을 뿐이야. 교복도 꽤 멋있었고. 그 학교에서 외국 국적을 가진 사람은 나뿐이었지만."

"그 때문에 뭔가 기분 나빴던 경험은 없었나요?"

"한국 국적 때문에?"

"그래요."

뮤는 다시 고개를 저었다. "무척 자유로운 학교였어, 그곳은. 규칙이 엄했고 수녀 가운데 편견이 있는 사람도 있었지만 전체적인 분위기는 진보적이었기 때문에 차별 같은 건 한 번도 경험해본 적이 없어. 좋은 친구들도 생겼고, 그런대로 즐거운 학창 시절을 보낼 수 있었지. 몇 번 불쾌한 경험을 한 적이 있지만 그건 사회에 나오고 나서의 일이야. 그런데 사실 사회에 나와서 어떤 이유에서든 불쾌한 경험을 해보지 않은 사람은 어디에도 없겠지."

"한국에서는 고양이를 먹는다는 이야기를 들었는데, 정말인가요?"

"나도 그런 이야기를 들은 적 있어. 하지만 내 주위에서 실제로 먹은 사람은 없어."

오후로 접어든 광장에는 사람의 그림자가 거의 없었다. 하루 중 가장 더운 시각이다. 마을 사람들은 시원한 집 안에 틀어박혀 대부분 낮잠을 즐기고 있었다. 이런 시간에 밖으로 나와 구경하는 사람은 외국인뿐이었다.

　광장에는 영웅의 동상이 서 있었다. 그는 본토에서의 봉기에 호응하여 섬을 점령하고 있는 튀르키예 군대에 맞섰지만 사로잡혀 관자형串刺刑에 처해졌다. 튀르키예 군은 항구 광장에 끝을 아주 뾰족하게 만든 말뚝을 세우고 그 불쌍한 영웅을 벌거벗겨 꼭대기에 앉혔다. 몸의 무게 때문에 말뚝이 항문으로부터 천천히 뚫고 들어가 결국 입까지 꿰뚫게 되는데, 완전히 죽어버리기까지 한참 시간이 걸렸다. 동상은 그 말뚝이 있던 자리에 세워졌다고 한다. 세워졌을 당시에는 멋지고 용맹스러운 동상이었겠지만 바닷바람과 먼지와 갈매기 똥과 시간의 흐름이 가져온 피하기 어려운 마모 탓에 지금은 얼굴 모습도 잘 알아볼 수 없었다. 섬 주민들은 그 볼품없는 동상에 거의 주의를 기울이지 않았고, 동상 쪽도 이제는 세상이 어찌 되어도 좋다는 듯이 서 있었다.

　"고양이 하면 한 가지 묘한 기억이 떠올라요." 스미레가 문득 생각났다는 듯이 말했다. "초등학교 2학년쯤 됐을 때, 태어난 지 반년쯤 된 예쁜 고양이를 길렀어요. 저녁 무렵 난 툇마루에서 책을 읽고 있었는데, 그 고양이가 잔뜩 흥분해서 마당의 커다란 소나무 뿌리 근처를 뛰어다니는 거예요.

고양이는 그런 짓을 자주 하잖아요. 아무것도 없는데 혼자 그르렁거린다든가, 등을 둥글게 웅크리고 뛰어오른다든가, 털을 곤두세운다든가, 꼬리를 세우고 위협한다든가.

고양이는 너무 흥분해서 내가 툇마루에 앉아 지켜보고 있다는 사실조차 눈치채지 못한 것 같았어요. 그건 무척 희한한 광경이었기 때문에 난 책을 내려놓고 고양이의 모습을 물끄러미 바라봤어요. 고양이는 혼자만의 놀이를 언제까지나 그치지 않았어요. 아니, 뭐랄까 시간이 지날수록 진지함을 더해갔죠. 마치 무언가에 홀린 것처럼."

스미레는 글라스에 담긴 물을 마시고 귀를 약간 긁었다.

"보고 있는 동안 난 점점 무서워졌어요. 고양이의 눈에 내겐 보이지 않는 무엇인가의 모습이 비쳐서 그것이 고양이를 흥분시키고 있는 게 아닌가 하는 생각이 들었거든요. 이윽고 고양이가 나무 둥치를 빙글빙글 맴돌기 시작했어요. 엄청나게 빠른 속도로, 마치 동화책에 나오는 버터가 되어버린 호랑이처럼요. 그렇게 한동안 그 짓을 계속하더니 단숨에 소나무 줄기를 타고 올라갔어요. 올려다보니 높다란 가지 틈으로 얼굴이 조그맣게 보였어요. 난 툇마루에서 큰소리로 고양이의 이름을 불러봤어요. 하지만 들리지 않는 것 같았어요.

날이 저물고 가을 끝자락의 차가운 바람이 불기 시작했어요. 난 툇마루에 앉은 채 고양이가 내려오기만을 기다리고 있었어요. 사람 낯을 안 가리는 새끼 고양이이기 때문에 내가 그곳에 있으면 곧 내려올 거라고 생각했죠. 하지만 내려오지 않았어요. 울음소리조차 들리지 않았어요. 주위가 점점 어두워졌어요. 난 무서워져서 집안 식구들에게 알리러 갔어요. 모두들 조금 있으면 내려올 테니 그냥 놔두라고 말했죠. 하지만 고양이는 결국 돌아오지 않았어요."

"돌아오지 않았다고?"

"네. 고양이는 그대로 사라져버렸어요. 마치 연기처럼. 고양이가 밤사이 나무에서 내려와 어딘가로 놀러 가버린 거라고 모두들 말했어요. 고양이는 흥분하면 높은 나무 위로 올라가고, 올라간 건 좋지만 아래를 내려다보면 무서워서 내려오지 못하는 경우가 자주 있다, 지금도 나무 위에 있다면 필사적으로 울면서 자기가 그곳에 있다는 사실을 알릴 것이다, 그런데 울음소리가 들리지 않는 것을 보면 다른 곳으로 가버린 게 틀림없다, 그런 말이었죠. 하지만 난 그렇게 생각하지 않았어요. 고양이는 가지에 매달려서 울지도 못할 정도로 겁에 질려 있는 거라고 생각했어요. 그래서 학교에서 돌아오면 툇마루에 앉아 소나무를 올려다보며 가끔씩 큰 소리로 이름을 불렀어요. 하지만 대답이 없었죠. 일주일 정도 지나자 나도 포기했어요. 난 그 새끼 고양이를 귀여워

했기 때문에 그 일은 무척 슬픈 사건이었어요. 소나무를 볼 때마다 높은 가지에 매달린 채 딱딱하게 굳어 죽어 있는 불쌍한 새끼 고양이를 상상했어요. 새끼 고양이는 어디로도 가지 못한 채 그곳에서 바싹 말라 굶어 죽은 거예요."

스미레는 얼굴을 들고 뮤를 바라봤다.

"그 이후 고양이는 한 마리도 기르지 않았어요. 지금도 고양이는 좋아해요. 하지만 소나무에 올라간 채 돌아오지 않은 그 불쌍한 새끼 고양이를 나의 유일한 고양이로 여기기로 결심했어요. 그 고양이를 잊어버리고 다른 고양이를 귀여워할 순 없어요."

◐

"우리는 그날 오후 그런 이야기를 항구 카페에서 했어요. 그때는 단지 무해한 추억 얘기로 생각했는데 시간이 지나고 보니 거기서 나눴던 이야기 전부에 의미가 있는 듯한 느낌이 들어요. 단순한 추측일지도 모르지만."

뮤는 그렇게 말하고 내게 옆얼굴을 보이며 창밖을 바라봤다. 바다를 넘어오는 바람이 주름진 커튼을 흔들고 있었다. 그녀가 밤의 어둠으로 눈길을 주자, 집 안의 정적이 한층 더 깊어진 듯한 느낌이 들었다.

"한 가지 질문을 해도 괜찮겠습니까? 이야기의 맥을 끊는 것 같아 미안하지만 아까부터 신경 쓰이는 것이 있어서요. 당신은 스미레가 이 섬에서 행방불명되어 연기처럼 사라져 버렸다고 말했습니다. 나흘 전에. 그리고 경찰에 신고했죠. 그렇죠?"

뮤는 고개를 끄덕였다.

"그런데 당신은 스미레의 가족에겐 연락하지 않고 나를 이곳으로 불렀습니다. 왜죠?"

"스미레의 신상에 무슨 일이 일어났는지 아무 단서도 없어요. 사정이 분명해지기 전에 부모님에게 연락을 드려 걱정을 끼치는 게 올바른 건지 어떤지 알 수 없었어요. 꽤 망설였지만 좀 더 상황을 살펴보기로 했어요."

스미레의 핸섬하고 멋진 아버지가 페리를 타고 이 섬으로 찾아오는 모습을 상상해봤다. 가슴을 앓고 있는 새어머니도 동행할까? 그러면 확실히 복잡한 이야기가 될 것이다. 하지만 사건은 이미 복잡한 영역으로 들어가 있는 것처럼 생각되었다. 이렇게 작은 섬에서 외국인이 나흘간이나 사람들의 눈에 띄지 않는다는 것은 간단한 일이 아니다.

"그렇다면 왜 나를 부른 거죠?"

뮤는 다리를 바꿔 꼬면서 손가락으로 집듯이 스커트 자락을 끌어내렸다.

"당신밖에 의지할 사람이 없으니까요."

"한 번도 만난 적이 없는데요?"

"스미레는 당신을 누구보다도 믿고 있었어요. 당신은 어떤 이야기라도 있는 그대로 받아들일 수 있는 사람이라고요."

"그건 소수 의견입니다."

뮤는 눈을 가늘게 뜨고 평소와 같은 작은 주름을 만들면서 웃었다.

나는 일어서서 그녀 앞으로 다가가 그녀 손에서 빈 글라스를 가볍게 집어 들었다. 그런 다음 주방으로 가서 쿠르부아지에를 글라스에 따르고 거실로 돌아와 그녀 손에 건네줬다. 그녀는 고맙다고 말하고 글라스를 받아 들었다. 시간이 흐르면서 커튼이 몇 번 소리 없이 흔들렸다. 바람에는 이국땅의 냄새가 배어 있었다.

"당신은 정말로 진실을 알고 싶나요?" 그녀의 목소리에는 이제야 뭔가를 결심한 듯한 건조한 울림이 있었다.

나는 고개를 들고 뮤의 얼굴을 봤다. "한 가지 확실한 것이 있습니다. 그건 진실을 알고 싶지 않았다면 난 이곳에 오지 않았을 거라는 사실입니다."

뮤는 잠시 동안 왠지 모르게 눈이 부신 듯한 눈길로 커튼 쪽을 바라봤다. 그러고 나서 조용한 목소리로 이야기를 시작했다.

"우리가 항구 카페에서 고양이에 관한 이야기를 한 날 밤의 일이었어요."

9

항구 카페에서 고양이 이야기를 나눈 뒤 뮤와 스미레는 식료품 쇼핑을 하고 별장으로 돌아왔다. 그리고 저녁 식사 시간이 될 때까지 평소처럼 각자 시간을 보냈다. 스미레는 자기 방으로 들어가 노트북을 마주하고 글을 썼다. 뮤는 거실 소파에 앉아 머리 뒤로 손깍지를 끼고 줄리어스 캐천이 연주하는 브람스의 발라드를 눈을 감은 채 들었다. 오래된 LP지만 연주에 온화한 정감이 넘쳐서 듣는 맛이 있었다.

"음악이 방해되는 거 아니야?" 뮤는 도중에 한 번, 스미레의 방을 들여다보고 물었다. 문은 활짝 열려 있었다.

"브람스라면 괜찮아요." 스미레가 고개를 돌리고 대답했다.

스미레가 집중해서 글을 쓰고 있는 모습을 보는 것은 뮤로서는 처음이었다. 스미레의 얼굴에는 지금까지 본 적이 없는 긴장감이 떠돌고 있었다. 사냥을 하는 동물처럼 입가가 굳게 다물어져 있고, 눈동자가 깊어 보였다.

"무슨 글을 쓰고 있어?" 뮤가 물었다. "새로운 스푸트니크 소설?"

스미레는 입가의 긴장을 약간 무너뜨렸다. "별거 아니에요. 언젠가 도움이 될지 몰라서 머리에 떠오른 것을 적어두는 것뿐이에요."

소파로 돌아온 뮤는 음악이 오후의 빛 속에 그려내는 작은 세계에 마음을 적시며 브람스를 아름답게 연주할 수 있다면 얼마나 멋질까 하고 생각했다. 일찍이 그녀는 브람스의 소품, 특히 발라드를 질색했다. 그녀는 그 끝없이 이동하는 그늘과 한숨의 세계에 몸을 맡길 수 없었다. 지금의 그녀라면 브람스를 그때보다 훨씬 아름답게 연주할 수 있을 것이다. 하지만 뮤는 알고 있었다. 나는 이제 아무것도 연주할 수 없다는 사실을.

여섯 시 반이 되자 두 사람은 주방에서 함께 음식을 만들어 베란다 테이블에 늘어놓고 먹었다. 허브가 들어간 도미수프와 야채 샐러드와 빵이었다. 화이트와인을 따고 식후에는 뜨거운 커피를 마셨다. 섬 그늘에서 어선이 모습을 드러내더니 희고 짧은 항적을 그리며 항구로 들어오는 것이 보였다. 따뜻한 저녁 식사가 집에서 어부들을 기다리고 있을 것이다.

"그런데 우리는 언제 이곳을 떠나죠?" 스미레가 싱크대에서 그릇을 씻으며 물었다.

"앞으로 일주일 정도 이곳에서 느긋하게 보내고 싶지만 그게 한도야." 뮤는 벽에 걸린 캘린더를 보며 말했다. "나야 언제까지나 이곳에 있고 싶지만."

"나 역시 그래요." 그렇게 말하고 스미레는 싱긋 웃었다. "하지만 어쩔 수 없죠. 마음에 드는 것들은 모두 언젠가 끝이 나게 마련이니까."

두 사람은 평소처럼 열 시 전에 각자의 방으로 들어갔다. 뮤는 소매가 긴 흰 면으로 만든 잠옷으로 갈아입고 베개에 얼굴을 묻고는 곧 잠이 들었다. 그러나 얼마 지나지 않아 자신의 심장박동에 놀라 잠에서 깨어났다. 그녀는 머리맡에 있는 여행용 시계에 눈길을 줬다. 열두 시 반이 지난 시각이었다. 방 안은 아주 어둡고 깊은 정적에 싸여 있었다. 그런데도 누군가가 숨을 죽이고 가까운 곳에 숨어 있는 듯한 느낌이 들었다. 그녀는 이불을 목까지 끌어올리고 귀를 기울였다. 심장이 가슴속에서 날카로운 신호음을 두들기기 시작한다. 그 밖에는 아무것도 들리지 않는다. 하지만 틀림없이 누군가가 그곳에 있다. 불길한 꿈의 연속 같은 것이 아니라는 사실은 분명하다. 그녀는 손을 뻗어 소리가 나지 않도록 창문의 커튼을 몇 센티미터 끌어당겼다. 맑은 물처럼 달빛이 방 안으로 스며들었다. 그녀는 눈만 움직여 방 안을 살폈다.

어둠에 눈이 익자 방구석 쪽에 무엇인가 검은 윤곽이 어
렴풋이 떠올랐다. 문 입구 근처의 화장대 그늘, 어둠이 더욱
깊이 모여 있는 장소다. 그것은 키가 작고 둥글게 웅크린 어
떤 존재였다. 깜박 잊고 놔둔 커다란 우편물 자루처럼 보이
기도 했다. 어쩌면 동물일지도 모른다. 커다란 개? 하지만
현관에는 자물쇠가 걸려 있고, 방문도 닫아두었다. 개가 멋
대로 방 안에 들어올 수는 없다.

뮤는 조용히 호흡을 계속하면서 그 형체를 뚫어지게 응
시했다. 입 속이 바싹 타들었다. 잠들기 전에 마셨던 브랜디
냄새가 희미하게 남아 있었다. 그녀는 손으로 커튼을 조금
더 당겨 달빛이 방 안으로 더 많이 들어오게 했다. 그리고
그 검은 형체에서, 엉킨 실을 풀듯 윤곽선을 하나하나 구분
해갔다. 그것은 인간의 신체 같았다. 머리카락을 앞으로 늘
어뜨리고 두 개의 가느다란 다리가 날카로운 각도로 구부
러져 있다. 누군가가 바닥에 앉아 머리를 다리 사이에 묻고
몸을 둥글게 웅크리고 있는 것이다. 조금이라도 더 웅크려
허공에서 떨어지는 물체를 피하려 하는 것처럼.

스미레였다. 그녀는 늘 입는 파란색 파자마를 입고 문과
화장대 사이에 벌레처럼 몸을 동그랗게 말고 앉아 있었다.
미동도 없다. 숨소리도 들리지 않는다.

정체를 알아내자 뮤는 한숨을 내쉬었다. 스미레는 이곳에

서 대체 무엇을 하고 있는 것일까? 뮤는 조용히 몸을 일으키고 머리맡에 있는 스탠드의 스위치를 켰다. 노란 불빛이 무심하게 방 안 구석구석을 밝혔다. 그래도 스미레는 움직이지 않았다. 불이 켜졌다는 사실조차 눈치채지 못하는 듯했다.

"아니, 왜 그래?" 뮤는 말을 걸었다. 처음에는 작은 목소리로, 그러고는 더욱 큰 소리로.

반응이 없다. 뮤의 목소리가 귀에 닿지 않는 듯했다. 뮤는 침대에서 나와 스미레가 있는 곳으로 걸어갔다. 맨발바닥에 카펫의 거친 감촉이 평소보다 강하게 느껴졌다.

"몸이 안 좋아?" 뮤는 스미레 옆에 쭈그려 앉으며 물었다.

역시 반응이 없다.

뮤는 그때, 스미레가 입에 뭔가를 물고 있는 것을 알아챘다. 항상 세면대 위에 놓아두는 핑크색 핸드 타월이었다. 뮤는 그것을 빼내려 했지만 빼낼 수 없었다. 스미레가 강한 힘으로 물고 있었기 때문이다. 눈을 뜨고 있었지만 아무것도 보고 있지 않았다. 뮤는 타월을 빼내는 걸 포기하고 스미레의 어깨에 손을 댔다. 그녀의 파자마가 흠뻑 젖어 있었다.

"파자마, 벗는 게 좋겠어. 땀에 젖어서 그대로 있으면 감기에 걸릴 거야."

하지만 스미레는 일종의 방심 상태에 있는 것처럼 보였

다. 아무것도 들리지 않고 아무것도 보이지 않는 것이다. 어쨌든 뮤는 스미레의 파자마를 벗기기로 했다. 이대로 두면 몸이 차갑게 식어버린다. 8월이라고는 해도 섬의 밤은 때로 피부에 한기가 느껴질 정도로 서늘하다. 두 사람은 매일 수영복도 입지 않고 수영을 했고, 서로 벌거벗은 모습을 보는데 익숙해져 있었다. 이런 경우라면, 마음대로 옷을 벗겨도 스미레가 신경 쓰지 않을 것이다.

뮤는 스미레의 몸을 받치면서 파자마 단추를 풀고 시간을 들여 웃옷을 벗겼다. 그리고 바지를 벗겼다. 딱딱하게 굳어 있던 스미레의 몸은 곧 조금씩 풀어지더니 이윽고 축 늘어져버렸다. 뮤는 스미레의 입에서 타월을 빼냈다. 타월은 침으로 흠뻑 젖어 있었고, 거기에는 뭔가를 대신하듯이 스미레의 이빨 자국이 선명하게 나 있었다.

스미레는 파자마 속에 속옷을 입고 있지 않았다. 뮤는 근처에 있던 타월을 집어 들고 스미레의 몸에 있는 땀을 닦아냈다. 우선 등을 닦고 겨드랑이 아래부터 가슴을 닦아줬다. 배를 닦고 허리부터 허벅지 근처를 간단하게 닦아냈다. 스미레는 얌전히 몸을 맡기고 있었다. 의식은 여전히 없는 듯했지만, 눈 속을 들여다보니 지각의 빛이 희미하게 보였다.

뮤가 스미레의 벌거벗은 몸에 손을 댄 것은 처음이었다.

스미레의 피부는 탄력이 있고 어린아이처럼 매끄러웠다. 안아 올리자 몸이 생각보다 무거웠고 땀 냄새가 났다. 뮤는 스미레의 몸을 닦으면서 가슴속의 고동이 다시 커지는 것을 느꼈다. 입 안에 침이 고여 몇 번이나 삼켜야 했다.

달빛에 비친 스미레의 나체는 고대의 도자기처럼 요염했다. 유방은 작지만 완벽한 형태를 이루고 있고 딱딱해진 한 쌍의 유두가 그곳에 자리 잡고 있었다. 검은 음모는 땀에 젖어 아침 이슬을 머금은 풀처럼 빛나고 있었다. 달빛 아래서 힘을 잃은 스미레의 나체는 해변의 압도적인 햇살 아래서 봤을 때와는 전혀 다른 존재로 보였다. 볼썽사납게 남아 있는 어린아이 같은 부분과 세월의 흐름이 맹목적으로 빚어낸 일련의 생생한 성숙함이 뒤섞여 욱신거리는 생명의 아픔을 그려내고 있었다.

뮤는 보아서는 안 될 타인의 비밀을 훔쳐보고 있는 듯한 느낌이 들었다. 가능하면 그 피부에서 눈을 떼고 어린 시절에 외웠던 바흐의 소곡을 머릿속에 더듬으면서 타월로 스미레의 몸에 밴 땀을 조용히 닦아냈다. 그리고 젖은 이마에 달라붙어 있는 앞 머리카락을 닦았다. 스미레는 작은 귓속까지 땀을 흘리고 있었다.

그런 뒤 뮤는 스미레의 팔이 조용히 자기 몸을 감싸는 것을 느꼈다. 스미레의 숨결이 목덜미에 느껴졌다.

"괜찮아?"

스미레는 대답하지 않았다. 팔의 힘이 약간 강해졌을 뿐이었다. 뮤는 그녀를 안아 들다시피 해서 자기 침대로 옮겼다. 자리에 눕히고 이불을 덮어줬다. 스미레는 그대로 침대에 누워 그제야 눈을 감았다.

뮤는 잠시 동안 스미레의 모습을 보고 있었지만 스미레는 그 상태 그대로 조금도 움직이지 않았다. 그녀는 깊이 잠이 든 것처럼 보였다. 뮤는 주방으로 가서 생수를 글라스에 따라 몇 잔을 연거푸 들이켰다. 그리고 거실 소파에 앉아 천천히 심호흡하며 마음을 가라앉혔다. 심장박동은 꽤 안정되었지만 오랫동안 계속된 긴장 때문에 늑골의 일부분이 고통을 호소했다. 주위는 숨 막힐 듯한 침묵에 싸여 있었다. 사람의 목소리도 들리지 않고 개 짖는 소리도 들리지 않는다. 밀려오는 파도도, 부는 바람도 없다. 어째서 이토록 모든 것이 깊은 정적에 싸여 있는 것일까. 뮤는 이해할 수 없었다.

뮤는 세면장으로 가서 땀으로 축축해진 스미레의 파자마와 땀을 닦은 타월과 그녀가 물고 있던 타월을 세탁물 바구니에 던져 넣고 비누로 세수했다. 그리고 거울에 비친 자기 얼굴을 바라봤다. 이 섬으로 온 뒤 머리를 염색하지 않았기 때문에 머리카락은 수북이 쌓인 눈처럼 새하였다.

방으로 돌아왔을 때 스미레는 눈을 뜨고 있었다. 눈에는 아직도 희미하고 불투명한 베일이 쳐져 있었지만 의식의 빛은 회복되어 있었다. 그녀는 어깨까지 이불을 뒤집어쓰고 누워 있었다.

"미안해요. 가끔 이런 일이 있어요." 스미레가 잠긴 목소리로 말했다.

뮤는 침대 옆에 걸터앉아 미소를 띠고는 손을 뻗어 스미레의 머리카락을 쓰다듬었다. 머리카락은 아직도 땀에 젖어 있었다. "샤워라도 하는 게 좋겠어. 땀을 너무 많이 흘렸어."

"고마워요. 하지만 지금은 이대로 가만히 있고 싶어요."

뮤는 고개를 끄덕이고 새 목욕 타월을 스미레에게 건네준 뒤 서랍에서 새 파자마를 꺼내 머리맡에 놓아두었다. "이걸 입도록 해. 여분의 잠옷은 가져오지 않았을 테니까."

"저, 오늘 밤 여기서 자도 돼요?" 스미레가 물었다.

"그래, 그대로 자도록 해. 난 네 침대에서 잘 테니까."

"내 침대는 땀에 흠뻑 젖어 있을 거예요. 시트든 뭐든. 그리고 혼자 있고 싶지 않아요. 나를 이곳에 혼자 내버려두지 말아요. 하룻밤만이라도 좋으니까 함께 자주지 않을래요? 또 악몽을 꾸기 싫어요."

뮤는 잠시 생각하고 나서 고개를 끄덕였다. "하지만 그전에 파자마만이라도 입도록 해. 이렇게 좁은 침대에서 벌거벗은 사람이 옆에 있으면 아무래도 마음이 편치 않으니까."

스미레는 천천히 일어나 이불 속에서 나왔다. 그리고 뮤의 파자마를 입었다. 우선 허리를 굽혀 바지를 입고 나서 웃옷을 입었다. 단추를 채우는 데 시간이 걸렸다. 손끝에 힘이 제대로 들어가지 않는 듯했다. 그러나 뮤는 도와주지 않고 물끄러미 바라보고만 있었다. 스미레가 파자마 단추를 채우는 모습이 마치 무슨 종교적인 의식처럼 보였다. 달빛이 그녀의 유두에 기묘한 경직을 안겨줬다. 뮤는 이 아이가 처녀일지도 모른다는 생각이 문득 들었다.

스미레는 실크 파자마를 입고 나서 다시 침대에 누워 안쪽으로 몸을 붙였다. 뮤가 들어간 자리에는 아까의 땀 냄새가 남아 있었다.

"저… 조금만 안아봐도 돼요?" 스미레가 말했다.

"나를 안고 싶어?"

"그래요."

뮤가 어떻게 대답할까 망설이고 있는 동안 스미레가 손을 뻗어 그녀의 손을 잡았다. 손바닥에도 땀의 감촉이 남아 있었다. 따뜻하고 부드러운 손이었다. 그러고 나서 뮤의 등에 두 팔을 휘감았다. 뮤의 복부 바로 윗부분에 스미레의 유방이 지그시 눌렸고, 뮤의 유방 사이에 스미레의 뺨이 있었다.

두 사람은 꽤 오랫동안 그 상태로 있었다. 이윽고 스미레가 몸을 가늘게 떨기 시작했다. 울려고 하는 거라고 뮤는 생각했다. 하지만 제대로 울 수 없는 듯했다. 그녀는 스미레의 어깨에 팔을 두르고 가깝게 끌어당겨 안아줬다. 아직 어린 아이야, 하고 뮤는 생각했다. 외롭고 무서워서 누군가의 체온을 그리워하고 있는 거야. 소나무 가지에 매달려 있는 새끼 고양이처럼.

스미레가 몸을 약간 위쪽으로 움직였다. 그녀의 코끝이 뮤의 목에 닿았다. 두 사람의 유방이 맞닿았다. 뮤는 입에 고인 침을 삼켰다. 스미레의 손이 그녀의 등을 쓰다듬고 있었다.

"당신을 좋아해요." 스미레가 작은 목소리로 말했다.

"나도 네가 좋아." 뮤는 그렇게 말했다. 달리 어떤 말을 해야 좋을지 알 수 없었기 때문이다. 그리고 그건 진실이었다.

스미레의 손가락이 뮤의 잠옷 단추를 풀기 시작했다. 뮤는 그걸 막으려 했다. 하지만 스미레는 멈추지 않았다. "조금만요." 스미레가 말했다. "아주 조금이면 되니까."

뮤는 저항할 수 없었다. 스미레의 손가락이 뮤의 유방에 닿았다. 그 손가락은 조용히 유방의 곡선을 따라 움직였다. 스미레의 코끝이 뮤의 목덜미 위에서 좌우로 흔들리고 있었다. 스미레는 뮤의 유두의 감촉을 느꼈다. 부드럽게 쓰다듬기도 하고 가볍게 꼬집기도 했다. 처음에는 조심조심, 그러고는 조금씩 힘을 주어서.

◐

뮤는 거기서 이야기를 멈췄다. 얼굴을 들고 뭔가를 찾는 듯한 눈으로 나를 봤다. 뺨 주위가 약간 상기되어 있었다.

"당신에겐 설명해두는 게 좋을 것 같아요. 옛날에 기묘한 일이 있었는데, 그 때문에 내 머리카락이 새하얗게 세어버렸어요. 단 하룻밤 만에, 한 올도 남김없이. 그 이후 난 줄곧 머리를 검게 염색했어요. 하지만 스미레는 내가 염색한다는 사실을 알고 있었고 이 섬으로 오고 나서는 귀찮기도 해서 염색하지 않았어요. 이 섬에는 나를 아는 사람이 한 사람도 없으니까 어떻게 해도 괜찮다고 생각한 거죠. 하지만 당신이 올지 몰라 다시 검게 염색했어요. 첫 대면인데 묘한 인상을 줄 수는 없어서요."

시간이 침묵 속을 흐르고 있었다.

"난 동성애 경험이 없고, 스스로 그런 경향이 있다고 생각한 적도 없었어요. 하지만 만약 스미레가 진지하게 요구한다면 그에 호응해도 상관없다고 생각했어요. 적어도 혐오

감 같은 건 없었어요. 스미레라서 그런 것뿐이지만. 그래서 스미레의 손가락이 내 몸을 더듬거나 그녀 혀가 내 입 속으로 들어왔을 때도 저항하지 않았어요. 이상한 기분이 들었지만 그것에 익숙해지려고 했죠. 난 그대로 내버려뒀어요. 나는 스미레를 좋아하고, 그녀가 행복해질 수 있다면 무슨 일을 해도 상관없다고 생각했죠.

하지만 아무리 그렇게 생각해도 내 몸은 마음과 다른 곳에 있었어요. 무슨 뜻인지 알겠어요? 스미레가 내 몸을 그렇게까지 소중하게 만진다는 것 자체는 어떤 점에선 기쁘기까지 했어요. 하지만 내 마음이 아무리 그렇게 느껴도 내 몸은 그녀를 거부하고 있었어요. 스미레를 받아들이려 하지 않았죠. 내 몸에서 흥분하고 있는 건 심장과 머리뿐이고, 나머지 부분은 돌덩어리처럼 딱딱하게 굳어 있었어요. 슬프지만 어쩔 수 없는 일이었어요. 물론 스미레도 그걸 알고 있었죠. 스미레의 몸은 뜨겁게 타올라 부드럽게 젖어 있었어요. 하지만 난 거기에 호응할 수 없었어요.

난 그녀에게 설명했어요. 당신을 거부하는 게 아니다, 하지만 나는 그것이 불가능하다, 14년 전에 어떤 사건이 일어난 이후 나는 이 세상 누구와도 몸을 섞을 수 없게 되었다, 그건 어딘가 다른 장소에서 이미 결정되어버린 것이라고. 난 그녀에게 뭔가 내가 할 수 있는 일이 있다면 해주겠다고 말했어요. 손가락이나 입을 사용한 행위를. 하지만 그녀가 바라는 건 그런 게 아니었고, 그건 나도 알고 있었어요.

그녀는 내 이마에 살며시 키스하고 미안하다고 말했어요. 난 단지 당신이 좋을 뿐이에요,라고. 꽤 망설였지만 역시 이렇게 할 수밖에 없었다고. 나도 너를 좋아한다고 스미레에게 말했어요. 그러니까 신경 쓰지 말라고. 앞으로도 함께 지내고 싶다고.

오랫동안 스미레는 베개에 얼굴을 묻고 마치 둑이 터진 듯이 흐느꼈어요. 난 그동안 줄곧 그녀의 벌거벗은 등을 쓰다듬고 있었죠. 어깨에서 허리까지 이어진 그녀의 뼈마디를 하나하나 손가락 끝으로 느끼면서. 나도 스미레처럼 눈물을 흘리고 싶었지만 울 수 없었어요.

그때 난 이해할 수 있었어요. 우리는 멋진 여행을 함께하고 있지만 결국 각자의 궤도를 그리는 고독한 금속 덩어리에 지나지 않는다는 사실을요. 멀리서 보면 유성처럼 아름답게 보이지만 실제 우리는 각자 그 틀 안에 갇힌 채 어디로도 갈 수 없는 죄수 같은 존재에 불과해요. 두 개의 위성이 그리는 궤도가 우연히 겹칠 때 우리는 이렇게 얼굴을 마주볼 수 있고 어쩌면 마음을 풀어 합칠 수도 있겠죠. 하지만 그건 잠깐의 일이고 다음 순간에는 다시 절대적인 고독 속에 있게 되는 거예요. 언젠가 완전히 타버려 제로가 될 때까지 말이에요."

"한 차례 울고 난 뒤 스미레는 일어나 바닥에 떨어져 있던 파자마를 집어 들고 조용히 입었어요." 뮤가 말했다. "그리고 이제 자기 방으로 돌아가서 잠시 동안 혼자 있고 싶다고 말했어요. 그래서 여러 가지 생각을 너무 깊이 하지 말라고 일러뒀죠. 내일이 되면 또 다른 하루가 시작될 것이고, 여러 가지 일들이 원래대로 잘 풀릴 테니까. 그래요,라고 말하고 스미레는 몸을 숙여 내 뺨에 자기 뺨을 댔어요. 눈물범벅인 그녀의 뺨은 따뜻했어요. 그녀가 내 귀에 뭔가를 속삭이는 느낌이 들었어요. 하지만 목소리가 너무 작았기 때문에 난 알아들을 수 없었어요. 다시 들어보려 했을 때 그녀는 이미 등을 돌렸고요.

그녀는 목욕 타월로 눈물을 닦고 방을 나갔어요. 문이 닫히자 난 다시 침대에 누워 눈을 감았어요. 이런 일이 일어난 뒤라서 틀림없이 잠을 제대로 잘 수 없을 거라고 생각했는데 실제로는 곧, 이상할 정도로 금세 잠들어버렸어요.

아침 일곱 시에 깨어났을 때, 스미레의 모습은 집 안 어디에도 없었어요. 아마 아침 일찍 일어나(어쩌면 전혀 잠을 자지 않았을지도 모르지만) 혼자서 해변으로 갔을 거라고 생각했어요. 잠시 동안 혼자 있고 싶다고 말했으니까요. 메모 한 장 없는 게 약간 이상하다고 느꼈지만, 지난밤의 일도 있고 해서 기분이 혼란스러워 그런 거라고 생각했죠.

난 빨래를 하고 스미레의 침구를 말리고 나서 베란다에서 책을 읽으며 돌아오기를 기다렸어요. 하지만 점심때가 다 됐는데도 스미레는 돌아오지 않았어요. 신경이 쓰였기 때문에 잘못된 일이라고 생각하면서도 그녀의 방 안을 조사해봤죠. 혹시 혼자서 섬을 떠나버린 건 아닐까 걱정이 되었거든요. 하지만 짐은 평소대로 있었고 지갑과 여권도 남아 있고 방 한구석에 수영복과 운동화가 마른 채 놓여 있었어요. 책상 위에는 동전과 메모지와 여러 가지 열쇠가 흩어져 있었고요. 열쇠 중에는 이 별장의 현관 열쇠도 있었죠.

뭔가 이상한 느낌이 들었어요. 우리가 그 해변에 갈 때는 늘 운동화를 신고 수영복 위에 티셔츠를 입고 산을 넘어갔거든요. 캔버스 백에 타월과 생수를 넣어서. 하지만 백도, 운동화도, 수영복도 모두 방에 그대로 있었어요. 사라진 건 근처 잡화점에서 산 싸구려 샌들과 내가 사준 얇은 실크 파자마뿐이었죠. 이 근처를 잠깐 산책하고 있을 뿐이라 해도 그런 차림새로 오랫동안 바깥에 있을 수는 없잖아요.

그날 오후 내내 그녀를 찾아다녔어요. 집 근처를 빙글빙글 돌고, 해변까지 갔다 오고, 마을로 내려가서 거리를 왔다 갔다 하고, 다시 집으로 돌아오고. 하지만 스미레는 어디

에도 없었죠. 해가 점점 기울더니 밤이 되었어요. 전날 밤
과 달리 바람이 세게 부는 밤이었어요. 파도 소리가 밤늦도
록 들려왔어요. 난 그날 밤 아주 작은 소리에도 눈을 떴어
요. 출입문에는 자물쇠를 걸지 않았고요. 하지만 날이 밝아
도 스미레는 돌아오지 않았어요. 그녀의 침대는 내가 정리
해둔 그대로였어요. 그래서 항구 근처에 있는 지역 경찰서
에 갔죠.

경찰 가운데 영어를 할 줄 아는 사람이 있어서 난 그에게
설명했어요. 함께 온 여자가 모습을 감춰서 이틀 밤째 돌아
오지 않는다고. 하지만 진지하게 들어주지 않았어요. 친구
분은 곧 돌아올 것이다, 흔히 있는 일이다, 이곳에서는 모두
흥에 겨워 도에 지나친 행동을 하곤 한다, 여름이고 모두 젊
은 사람들이다,라는 말만 들었을 뿐이죠. 다음 날 다시 경찰
서에 갔을 때 그들은 어제보다 조금 진지하게 이야기를 들
어줬어요. 하지만 여전히 움직여주진 않았어요. 그래서 난
아테네에 있는 일본 영사관에 전화를 걸어 사정을 설명했
어요. 고맙게도 전화를 받은 상대는 친절한 사람이었어요.
그가 경찰서장에게 그리스어로 뭔가를 강력하게 말했고,
그 덕분에 경찰이 수사에 들어가게 됐죠.

하지만 단서는 발견되지 않았어요. 경찰이 항구와 집 근
처에서 탐문 수사를 했지만 스미레의 모습을 본 사람은 없

었어요. 페리 선장도, 매표소 남자도 지난 며칠간 젊은 일본인 여성을 페리에 태운 기억은 없다고 말했어요. 그렇다면 스미레는 아직 이 섬에 있는 셈이잖아요. 사실 그녀는 페리 티켓을 살 돈도 지니고 있지 않았어요. 게다가 이 좁은 섬 안을 젊은 일본인 여성이 파자마 바람으로 돌아다닌다면 눈에 띄지 않을 리 없죠. 바다에서 수영하다가 익사했을지도 모른다고 판단한 경찰은 그날 아침 산 너머 해변에서 줄곧 수영을 하고 있었다는 독일인 중년 부부를 만나 이야기를 들어봤어요. 바다에서도, 오가는 길에서도 일본인 여성은 보지 못했다고 그 부부는 말했어요. 가능한 한 수사를 계속하겠다고 경찰은 약속했고 실제로 그렇게 해줬어요. 하지만 무엇 하나 알아내지 못한 채 시간만 흘러갔죠."

뮤는 크게 한숨을 내쉬고 두 손으로 얼굴 아랫부분을 절반쯤 감쌌다.

"도쿄로 전화를 걸어 당신을 이곳으로 오게 하는 수밖에 없었어요. 나 혼자서는 더 이상 어쩔 수 없는 상황까지 왔으니까."

나는 거친 산속을 혼자서 헤매고 있는 스미레의 모습을 상상해봤다. 얇은 실크 파자마에 비치 샌들을 신은 모습으로.

"파자마는 어떤 색이죠?"

"파자마 색이요?" 뮤가 의아하다는 얼굴로 되물었다.

"스미레가 입고 사라졌던 파자마 말입니다."

"글쎄요, 무슨 색깔이었지. 생각나지 않아요. 밀라노에서 사놓고는 한 번도 입어보지 않았거든요. 어떤 색깔이었더라? 옅은 색깔이었는데. 아마 연녹색이었을 거예요. 아주 가볍고 주머니도 안 달려 있어요."

"다시 한번 아테네 영사관에 전화해서 누가 좀 이 섬까지 와달라고 해보세요. 그리고 스미레의 부모님께도 연락해달라고 하세요. 마음이 무거운 건 알겠지만 더 이상 잠자코 있어서는 안 될 것 같습니다."

뮤는 작게 고개를 끄덕였다.

"아시다시피 스미레에겐 약간 극단적인 면이 있고, 가끔 엉뚱한 짓을 하기도 합니다. 하지만 당신에게 말도 없이 나흘씩이나 집을 비우는 것 같은 짓은 하지 않습니다. 그런 점에서는 성실하거든요. 그러니까 스미레가 나흘씩이나 돌아오지 않는다는 것은 돌아올 수 없는 이유가 있는 겁니다. 어떤 이유인지는 알 수 없지만 아마 심각한 내용이겠죠. 걷다가 우물 같은 곳에 빠져서 구조를 기다리고 있는지도 모릅니다. 어쩌면 누군가에게 강제로 끌려갔을지도 모릅니다. 살해당해 매장되었을지도 모르고요. 젊은 여성이 얇은 파자마 한 벌만 입고 산속을 걷고 있다면 어떤 일이 일어날지 모르니까. 어쨌든 서둘러 방법을 모색해야 합니다. 하지만 일단 오늘은 이대로 자기로 하죠. 내일도 긴 하루가 될 테니까."

"스미레가 그러니까… 어디선가 자살했을 거라고 생각하지 않나요?"

"물론 자살했을 가능성이 전혀 없다고는 말씀드리지 못하겠습니다. 하지만 만약 이곳에서 스미레가 자살하려고 결심했다면 반드시 메시지를 남겼을 겁니다. 이런 식으로 모든 걸 내팽개쳐서 당신에게 의심이 쏠리게 하는 일 같은 건 할 사람이 아닙니다. 그녀는 당신을 좋아하니까, 무엇보다 뒤에 남겨질 당신의 기분이나 입장을 생각할 겁니다."

뮤는 팔짱을 끼고 잠시 동안 내 얼굴을 바라봤다. "정말로 그렇게 생각해요?"

나는 고개를 끄덕였다. "틀림없습니다. 그런 성격이니까요."

"고마워요. 가장 듣고 싶었던 말이에요."

뮤는 나를 스미레의 방으로 안내했다. 마치 커다란 주사위 같은, 장식이 없는 정사각형의 방이었다. 작은 목제 침대가 하나 있고, 글을 쓰기 위한 책상과 의자와 작은 화장대와 소소한 물건을 넣기 위한 서랍이 있었다. 책상 다리 근처에는 중간 정도 크기의 붉은색 여행 가방이 놓여 있었다. 정면의 창문은 산을 향해 열려 있었고 책상 위에는 최신형 매킨토시 노트북이 놓여 있었다.

"그녀의 물건은 모두 정리해서 당신이 잠잘 수 있도록 해 놓았어요."

혼자 있게 되자 갑자기 지독하게 졸렸다. 이미 열두 시가 가까웠다. 나는 옷을 벗고 이불 속으로 파고들었다. 하지만 쉽게 잠들 수 없었다. 바로 얼마 전까지 이 침대에서 스미레 가 자고 있었다는 생각이 떠올랐다. 그리고 장시간의 이동 에 따른 흥분이 몸속에 여운처럼 남아 있었다. 딱딱한 침대 위에서 내가 아직 끝나지 않은 이동을 계속하고 있는 듯한 착각에 휩싸였다.

이불 속에서 뮤가 들려준 긴 이야기를 다시 한번 떠올리며 중요한 부분을 나열해봤다. 하지만 머리가 제대로 돌아가지 않았다. 사건을 체계적으로 생각할 수가 없다. 별수 없다, 모든 건 내일 생각하자. 문득 스미레의 혀가 뮤의 입 속으로 들어가는 모습을 상상했다. 그것도 내일 생각하자고 생각했다. 아쉽게도 내일이 오늘보다 나은 하루가 될 전망은 별로 없다. 하지만 지금 여기서 그런 일을 생각한다고 해서 도움 될 것은 없다. 나는 눈을 감고 점점 깊은 잠 속으로 빠져들었다.

10

잠에서 깨어났을 때, 뮤는 베란다에 아침 식사를 차리는 중이었다. 여덟 시 반, 새로운 태양이 세상을 새로운 빛으로 채우고 있었다. 뮤와 나는 베란다 테이블에 앉아 눈부시게 빛나는 바다를 바라보면서 아침 식사를 했다. 토스트와 달걀을 먹고 커피를 마셨다. 흰 새 두 마리가 언덕 경사면을 따라 해안을 향해 미끄러지듯이 내려갔다. 근처 어딘가에서 라디오 소리가 들려왔다. 아나운서는 빠른 어조의 그리스어로 뉴스를 읽고 있었다.

시차가 가져오는 기묘한 나른함 같은 것이 머리 중심부에 있었다. 그 때문인지 모르겠지만 현실과 현실처럼 보이는 사물의 경계가 잘 구분되지 않았다. 나는 그리스의 이 작은 섬에서 어제 처음 만난 아름다운 연상의 여성과 둘이서 아침 식사를 하고 있다. 이 여성은 스미레를 사랑한다. 그러나 성욕을 느낄 수는 없다. 스미레는 이 여자를 사랑하고 게다가 성욕도 느낀다. 나는 스미레를 사랑하고 성욕을 느낀다.

스미레는 나를 좋아하긴 해도 사랑하지는 않고 성욕을 느끼지도 않는다. 나는 다른 익명의 여자에게 성욕을 느낄 수 있다. 하지만 사랑하지는 않는다. 무척 복잡하다. 마치 실존주의 연극의 줄거리 같다. 모든 상황은 거기서 길이 막혀 그 누구도 어디로도 갈 수 없다. 선택의 여지가 없다. 그리고 스미레 홀로 무대에서 모습을 감추었다.

뮤가 텅 빈 내 컵에 커피를 새로 따라줬다. 나는 예의를 표했다.

"당신은 스미레를 좋아하죠?" 뮤가 물었다. "그러니까 여자로서."

나는 빵에 버터를 바르며 간단히 고개를 끄덕였다. 버터는 차갑고 딱딱해서 바르는 데 시간이 걸렸다. 나는 얼굴을 들고 이렇게 덧붙였다. "그런 건 선택의 여지가 없는 문제입니다."

우리는 잠자코 아침 식사를 계속했다. 라디오 뉴스가 끝나고 그리스 음악이 들려왔다. 바람이 불어와서 부겐빌레아 꽃을 흔들고 있었다. 눈을 들어 바다를 응시하자 무수히 많은 흰 파도가 밀려오고 있는 것이 보였다.

"여러 가지로 생각해봤는데, 난 오늘 일찌감치 아테네로 가봐야겠어요." 뮤가 과일 껍질을 벗기면서 말했다. "전화로는 충분히 설명할 수 없으니 직접 영사관에 가서 이야기하는 쪽이 좋을 것 같아요. 그 결과, 영사관 직원과 함께 돌아오게 될지도 모르고, 아니면 스미레의 부모님이 아테네에 도착하기를 기다렸다가 함께 이곳으로 돌아올지도 몰라요. 어쨌든 가능하면 그동안 당신이 이곳에 머물러줬으면 해요. 섬 경찰로부터 뭔가 연락이 올지도 모르고, 스미레가 갑자기 돌아올 가능성도 있으니까요. 이런 부탁을 해도 괜찮을까요?"

상관없다고 나는 대답했다.

"난 경찰서로 가서 수사 진행 상황을 물어보고, 항구에서 소형 보트를 빌려 로도스로 갈게요. 왕복하는 데 시간이 걸리니까 아테네에서 호텔을 잡아 머물게 될 것 같아요. 이틀이나 사흘, 그 정도가 될 테지만."

나는 고개를 끄덕였다.

뮤는 오렌지 껍질 벗기기를 끝내고 나이프의 날을 냅킨으로 정성스럽게 닦았다. "그런데 당신은 스미레의 부모님을 만나본 적이 있나요?"

한 번도 없다고 나는 대답했다.

뮤는 세상의 끝에서 부는 바람처럼 깊은 한숨을 내쉬었다. "대체 어떻게 설명해야 좋을까요."

그녀의 곤혹스러운 마음은 나도 잘 이해할 수 있었다. 설명할 수 없는 것을 대체 어떻게 설명해야 좋을까?

나는 그녀를 항구까지 배웅했다. 뮤는 하이힐을 신고 갈아입을 옷을 넣은 작은 가방을 들고 숄더백을 메고 있었다. 나는 그녀와 함께 경찰서로 가서 이야기를 들었다. 마침 근처에 여행을 와 있던 뮤의 친척으로 행세했다. 단서는 여전히 제로였다. 그러나 그들은 염려 말라면서 밝은 표정을 지어 보였다. "그렇게 걱정하실 필요 없습니다. 보십시오. 이곳은 평화로운 섬입니다. 물론 범죄가 전혀 없는 건 아닙니다. 말다툼도 있고 술에 취하면 정치적인 문제로 시비가 일기도 합니다. 어차피 사람 사는 게 그런 거니까, 그건 세계 어디나 똑같습니다. 하지만 그래봤자 모두 자기들끼리 옥신각신하고 맙니다. 지난 15년 동안 이 섬에서 외국인이 심각한 범죄의 대상이 된 적은 한 번도 없습니다."

확실히 그 말대로인지도 모른다. 하지만 스미레의 신변에 무슨 일이 일어났는가에 대해서는 그들은 설명하지 못했다.

"섬 북쪽에 커다란 종유석 동굴이 있는데 그곳에 들어갔다면 밖으로 나오지 못할 수도 있습니다." 그들이 말했다. "동굴 속이 복잡한 미로처럼 되어 있으니까요. 하지만 거긴 무척 멉니다. 젊은 아가씨가 걸어서 갈 수는 없습니다."

바다에 빠졌을 가능성은 없냐고 물어봤다.

그들은 고개를 저었다. 이 근처는 강한 해류가 없다, 게다가 지난 일주일 동안 날씨가 매우 맑아서 바다도 특별히 거칠어지지 않았다, 많은 어부들이 매일 바다로 나가 고기를 잡고 있다, 만약 젊은 아가씨가 수영하다가 익사라도 했다면 반드시 누군가가 봤을 것이다,라는 설명이었다.

"우물은 어떻습니까? 어딘가에 깊은 우물이 있어서 산책하던 중 그곳에 빠졌을 거라곤 생각하지 않습니까?"

경찰관은 고개를 저었다. "이 섬에서는 아무도 우물을 파지 않습니다. 그럴 필요가 없기 때문입니다. 용수가 많고 마르지 않는 샘물도 몇 개 있습니다. 게다가 암반이 단단해서 구멍을 파는 게 무척 힘듭니다."

경찰서를 나오자 나는 뮤에게 두 사람이 매일 다녔다는 산 너머 해변까지 가능하면 오전 중에 가보고 싶다고 말했다. 그녀는 키오스크에서 간단한 섬 지도를 사서 길을 표시해주고, 가는 데만 걸어서 45분 정도 걸리니까 튼튼한 신발을 신고 가는 게 좋다고 충고했다. 그런 다음 항구로 가서 작은 택시 보트 운전사를 상대로 프랑스어와 영어를 절반씩 섞어가면서 로도스섬까지의 운임을 흥정했다.

"모든 일이 잘되면 좋겠어요." 뮤는 헤어질 때 그렇게 말했다. 하지만 그 눈은 다른 것을 말하고 있었다. 그런 일이 간단히 일어나지는 않을 거라는 사실을 그녀는 잘 알고 있었고 나도 알고 있었다. 배에 엔진이 걸리자 그녀는 왼손으로 모자를 누르면서 내게 오른손을 흔들어 보였다. 그녀가 탄 택시 보트가 항구 밖으로 사라져버리자 내 몸속에서 작은 부품 몇 개가 빠져나가버린 듯한 기분이 되었다. 나는 항구 주변을 잠시 동안 정처 없이 걷다가 선물 가게에서 짙은 색 선글라스를 샀다. 그러고 나서 서둘러 계단을 올라 별장으로 돌아왔다.

해가 높이 솟으면서 열기를 더해갔다. 나는 수영복 위에 반팔 면 셔츠를 입고, 선글라스를 걸치고, 조깅화를 신고서 해변까지 좁고 험한 산길을 걸어갔다. 모자를 가져올 걸 그랬다고 후회했지만 물론 이미 지난 일이었다. 오르막길을 조금 걷자 이내 목이 말랐다. 나는 멈춰 서서 물을 한 모금 마시고 얼굴과 팔에 뮤에게서 빌린 선크림을 발랐다. 길은 마른 먼지가 새하얗게 덮여 있어서 강한 바람이 불면 그것이 가루가 되어 허공에 날렸다. 가끔씩 나귀를 끌고 가는 마을 사람들과 스쳐 지났다. 그들은 큰 목소리로 내게 인사했다. "칼리메에라!" 나도 같은 인사를 했다. 그렇게 해야 올바른 행동일 것이다.

산에 무성하게 자라는 나무들은 어느 것이나 키가 작고

비틀린 모양을 하고 있었다. 산양과 양들은 찌푸린 얼굴로 바위투성이의 경사면을 돌아다니고 있었다. 목에 걸린 방울에서는 카랑카랑 메마른 소리가 났다. 가축을 돌보는 것은 주로 어린 소년들과 노인들이었다. 그들은 내가 지나가면 우선 흘깃 곁눈질을 하고, 뭔가 신호처럼 아주 잠깐 동안 손을 들어 보였다. 나도 똑같이 손을 들어 인사했다. 확실히 스미레가 이런 곳을 혼자 헤매고 다닐 리는 없다. 몸을 숨길 장소도 없고 반드시 누군가의 눈에 띄었을 것이다.

해변에는 사람 그림자가 없었다. 나는 셔츠와 수영복을 벗고 알몸이 되어 바다에 뛰어들었다. 물은 느낌이 좋았고 투명했다. 꽤 깊은 곳까지 가도 바닥에 있는 돌까지 선명하게 보였다. 해안 후미진 곳에 커다란 요트 한 척이 정박하고 있었는데, 돛을 내린 높은 마스트가 거대한 메트로놈처럼 천천히 좌우로 까딱거리고 있었다. 그러나 갑판에는 인기척이 없었다. 파도가 칠 때마다 무수히 많은 작은 돌이 움직이며 내는 달그락 소리만이 나른하게 울려 퍼졌다.

수영하고 나서 해변으로 돌아와 벌거벗은 채 타월 위에 누워 새파란 하늘을 올려다봤다. 바닷새가 해안 후미진 곳의 상공을 빙빙 돌며 물고기를 찾고 있었다. 하늘에는 구름 한 점 눈에 띄지 않는다. 30분 정도 그곳에 누운 채 잠깐 졸기도 했지만 그사이 해변을 찾은 사람은 한 명도 없었다. 그동안 나는 문득 기분이 이상할 정도로 착 가라앉는 느낌을 받았다. 그 해변은 외톨이로 찾아오기에는 너무나 고요하고 너무나 아름다웠다. 그곳에는 어떤 종류의 죽음을 상기시키는 힘이 있었다. 나는 옷을 입고 산길을 걸어 별장으로 돌아왔다. 더위는 더욱 심해졌다. 나는 기계적으로 발을 움직이면서 스미레가 뮤와 이 길을 걸으며 어떤 것을 생각했을지 추측해봤다.

그녀는 어쩌면 자신의 내부에 있는 성욕에 대해 거듭 생각했을지도 모른다. 내가 스미레와 함께 있을 때, 가끔씩 나 자신의 성욕에 대해 생각했던 것과 똑같이. 그때 스미레의 기분을 나는 상상할 수 있었다. 스미레는 옆에 있는 뮤의 나체를 떠올리고 그녀를 안고 싶다고 생각했을 것이다. 거기에는 기대가 있고, 흥분이 있고, 포기가 있고, 망설임이 있고, 혼란이 있고, 두려움이 있다. 마음이 부풀어 오르기도 하고 오그라들기도 한다. 모든 것이 잘될 것처럼 여겨지기도 하고, 아무것도 안 될 것 같은 기분이 들기도 한다. 하지만 결국, 잘되지 않았던 것이다.

나는 산꼭대기까지 올라가 그곳에서 한숨 돌리고 물을 마신 뒤에 언덕을 내려갔다. 별장 지붕이 보이기 시작한 곳에서, 스미레가 이 섬에 오고 나서 방에 틀어박혀 뭔가를 열심히 쓰고 있었다는 뮤의 말을 떠올렸다. 스미레는 대체 무엇을 쓰고 있었던 것일까? 뮤는 그 점에 대해서는 그 이상 아무것도 말하지 않았고, 나도 굳이 묻지 않았다. 하지만 스미레가 쓴 글 가운데 실종의 단서가 숨겨져 있을지도 모른다. 왜 그 점을 신경 쓰지 못했을까?

별장으로 돌아오자 스미레의 방으로 가서 노트북 스위치를 켜고 하드디스크를 살펴봤다. 특이한 점은 발견되지 않았다. 이번 유럽 여행의 경비 명세가 있고, 주소록이 있고, 스케줄표가 있었다. 그것들은 모두 뮤의 일과 관련된 사무적인 내용이었다. 그녀가 개인적으로 쓰고 있는 글은 어디에서도 찾을 수 없었다. 메뉴에서 '최근 사용한 문서'를 꺼내 봤지만 거기에는 기록이 전혀 남아 있지 않았다. 아마 의도적으로 지워버렸을 것이다. 스미레는 그 글을 누군가가 마음대로 읽게 하고 싶지 않았던 것이다. 그렇다면 그녀는 자기 글을 플로피디스크에 복사해서 어딘가에 보관하고 있을 것이다. 스미레가 그 디스크를 갖고 모습을 감췄다고 보기는 어려웠다. 파자마에는 주머니가 없으니까.

책상 서랍을 뒤져봤다. 몇 장의 디스크가 있었지만 전부하드디스크에 들어 있는 내용을 백업한 것이거나 일과 관계있는 다른 자료였다. 의미가 있어 보이는 내용은 찾을 수 없었다. 나는 책상 앞에 앉아 내가 스미레라면 그런 디스크를 어디에 넣어둘 것인지 생각해봤다. 방은 좁고 물건을 감출 만한 장소는 어디에도 없다. 스미레는 자기가 쓴 글을 타인이 마음대로 읽는 것에 대해서는 매우 신경질적이었다.

그렇다면 붉은색 여행 가방이다. 이 방에 있는 물건 중에 잠글 수 있는 것은 그것뿐이니까.

산 지 얼마 안 된 그 가방은 속이 빈 것처럼 가볍고 흔들어봐도 소리가 나지 않았다. 하지만 네 자리의 번호 키가 걸려 있었다. 나는 스미레가 암호로 쓸 만한 번호를 몇 개 시험해봤다. 그녀의 생일, 주소, 전화번호, 우편번호… 어느 것도 맞지 않았다. 당연하다. 누구라도 생각할 수 있는 번호는 암호로서 소용이 없다. 그것은 스미레가 늘 기억하고 있는 숫자이면서도 그녀의 개인 정보와는 연관되지 않는 것이어야 한다. 오랫동안 생각하고 나서 나는 문득 구니타치의(즉 나의) 시외 전화번호를 맞춰봤다. 0425. 소리를 내면서 자물쇠가 열렸다.

가방 안쪽의 사이드포켓에 검고 천으로 만든 작은 파우치가 들어 있었다. 지퍼를 여니 녹색 표지의 작은 일기장과 디스크가 들어 있었다. 나는 우선 일기장을 살펴봤다. 익히 보아온 그녀 글씨다. 그러나 의미가 있어 보이는 내용은 아무것도 적혀 있지 않았다. 어디로 가서 무엇을 했다. 누구와 만났다. 호텔 이름. 휘발유 가격. 저녁 식사 메뉴. 와인의 이름과 맛. 그런 기록이 거의 단어만 나열하듯 쓰여 있었다. 단 한 줄도 쓰여 있지 않은 흰 페이지가 오히려 더 많을 정도였다. 아무래도 일기 쓰기는 스미레가 잘하는 분야는 아닌 듯했다.

디스크에는 제목이 붙어 있지 않았다. 라벨에 스미레의 독특한 글씨로 날짜가 적혀 있을 뿐이었다. 19××년 8월. 나는 그 디스크를 노트북에 넣고 열어봤다. 두 개의 문서가 들어 있었다. 어느 쪽에도 제목은 붙어 있지 않다. 1과 2라는 번호가 있을 뿐이다.

문서를 열기 전에 방 안을 찬찬히 둘러봤다. 화장대 옆에는 스미레의 웃옷이 걸려 있다. 그녀의 선글라스가 있고, 그녀의 이탈리아어 사전이 있고, 그녀의 여권이 있다. 서랍 안에는 그녀의 볼펜과 샤프펜슬이 들어 있다. 책상 앞에 있는 창문 밖으로는 바위투성이의 완만한 경사면이 펼쳐져 있다. 이웃집 담 위를 새까만 고양이가 걷고 있다. 그리고 장식이 없는 정사각형의 방은 오후로 접어든 정적에 둘러싸여 있다. 눈을 감으니 내 귀에 아침에 사람 없는 백사장에서 귀를 기울였던 파도 소리가 아직 남아 있다. 다시 한번 눈을 뜨고 이번에는 현실 세계에 귀를 기울인다. 아무것도 들리지 않는다.

아이콘을 더블 클릭 하자 문서가 열렸다.

11

문서 1

「사람이 얻어맞으면 피가 나는 법이다」

나는 지금, 말하자면 긴 운명의 즉각적인 귀결로서(운명에 '즉각적'인 것 이외의 귀결이 과연 존재하는가 하는 건 꽤 흥미로운 문제지만 그것은 제쳐두고) 그리스의 이 섬에 있다. 바로 얼마 전까지만 해도 이름조차 들어본 적이 없는 작은 섬에. 시각은… 새벽 네 시가 조금 넘었다. 물론 아직 날은 밝지 않았다. 순진무구한 산양들은 평온하게 집합적인 잠에 빠져 있다. 창밖의 밭에 늘어서 있는 올리브나무는 지금 깊은 자양분의 어둠을 빨아들이고 있을 것이다. 그리고 늘 그렇듯 달이 있다. 달은 음울한 제사장처럼 차갑게 지붕 위에 떠 있으면서 두 팔로 불임不姙의 바다를 받쳐 들고 있다.

세계 어디를 가도 나는 이 시간이 다른 어떤 시간보다도 좋다. 이 시간은 나 혼자만의 것이다. 그리고 나는 책상 앞에 앉아 이 글을 쓰고 있다. 이제 곧 날이 밝을 것이다. 어미의 겨드랑이(오른쪽이든 왼쪽이든)에서 태어나는 돼지처럼 새로운 태양이 산 너머에서 불쑥 얼굴을 내밀 것이다. 이윽고 사려 깊은 뮤가 조용히 눈을 뜰 것이다. 여섯 시가 되면 우리는 간단한 아침 식사를 만들어 먹고 뒷산을 넘어 언제나 아름다운 해변을 향해 갈 것이다. 그런 일상적인 하루가 시작되기 전에 (소매를 걷어붙이고) 이 일을 끝내버리고 싶다.

몇 통의 긴 편지를 계산에 넣지 않는다면 순수하게 나 자신을 위해 글을 쓰는 것은 무척 오랜만이기 때문에 과연 끝까지 제대로 써낼 수 있을지 자신이 없다. 하지만 생각해보면 글이 '술술 써진다'는 자신이 있었던 적은 세상에 태어나서 지금까지 한 번도 없지 않았는가. 나는 다만 글을 쓰지 않으면 안 되니까 써온 것뿐이다.

어째서 쓰지 않으면 안 되는가? 그 이유는 분명하다. 무엇인가에 대해 생각하기 위해서는 일단 그 무엇인가를 글로 써볼 필요가 있기 때문이다.

어린 시절부터 줄곧 그랬다. 뭔가 알 수 없는 것이 있으면 발치에 흩어져 있는 단어들을 하나하나 주워 올려 글의 형태로 늘어놓아본다. 만약 그 글이 도움이 되지 않으면 다시 어지럽게 늘어놓았다가 다른 형태로 바꾸어 늘어놓아본다.

그런 일을 몇 번 되풀이하면 마침내 나는 남들만큼 생각할 수 있게 되었다. 글을 쓴다는 것은 내게 그렇게 귀찮지도, 고통스럽지도 않았다. 다른 아이들이 예쁜 공깃돌이나 도토리를 줍는 것과 마찬가지로 나는 몰두해서 글을 썼다. 숨 쉬는 것처럼 지극히 자연스럽게 종이와 연필을 사용해 차례차례 글을 썼다. 그리고 생각했다.

어떤 문제를 생각할 때마다 일일이 그런 과정을 거쳐야 한다면 결론을 내리는 데 시간이 많이 걸릴 거라고 당신은 말할지도 모른다. 아니, 말하지 않을지도 모른다. 물론 실제로 시간이 걸렸다. 초등학교에 들어갔을 즈음 주위에서 나를 '저능아'가 아닐까 하고 여길 정도였다. 나는 같은 반 아이들과 제대로 보조를 맞출 수 없었다.

그런 격차가 안겨주는 위화감은 초등학교를 졸업할 무렵에는 꽤 줄어들어 있었다. 주위 세계에 나 자신을 맞춰가는 방법을 나는 어느 정도까지 터득했다. 하지만 격차 그 자체는 대학을 그만두고 공식적으로 사람들과의 유대 관계를 끊어버릴 때까지 줄곧 내 속에 있었다. 풀숲 속에 조용히 있는 뱀처럼.

여기서 우선 명제 하나.

나는 일상적으로 문자의 형태로 자기 자신을 확인한다.

그렇지?

그렇고말고!

그런 까닭에 나는 지금까지 꽤 많은 양의 글을 써왔다. 일상적으로… 거의 매일. 엄청난 속도로 쉴 새 없이 퍼져가는 광활한 목장의 풀을 혼자서 계속 열심히 깎는 것처럼. 오늘은 여기, 내일은 저기… 한 바퀴 돌고 되돌아올 즈음이면 풀은 원래대로 다시 무성해져 있다.

그러나 뮤를 만나고 나서 나는 글이란 것을 거의 쓰지 않게 되어버렸다. 왜일까? K가 말한 픽션=트랜스미션설은 꽤 설득력이 있다. 확실히 그것은 사물의 한 면에 있어서는 진실일지도 모른다. 하지만 그것만은 아닌 듯한 느낌이 든다. 그래, 좀 더 단순하게 생각해봐야 한다. 단순하게, 더 단순하게.

나는 결국 생각하는 것―물론 내가 개인적으로 정의할 때의 사고, 즉 생각하는 것―을 그만둔 것이다. 나는 겹쳐진 두 개의 스푼처럼 뮤 옆에 찰싹 달라붙어 그녀와 함께 어딘가로(어딘가 정체를 알 수 없는 곳이라고 표현해야 할 것 같다) 흘러가고 있으며 '뭐 그래도 좋아'라고 생각하고 있는 것이다.

아니, 그러기는커녕 뮤에게 붙어 있기 위해 나는 극단적으로 몸을 가볍게 만들 필요가 있다. 생각한다고 하는 기본적

211

인 행위조차 내게는 상당히 무거운 짐이 되어버린다. 요약하자면 그뿐이다.

목장의 풀이 아무리 길게 자란다 해도 나는 이제 (흥!) 알바 아니다. 나는 풀밭에 벌렁 드러누워 하늘을 쳐다보고 흘러가는 흰 구름을 바라보고 있다. 그리고 그 구름의 흐름에 운명을 맡기고 있다. 싱그러운 풀 냄새에, 스치듯 불어오는 바람의 속삭임에 가만히 마음을 맡기고 있다. 내가 무엇을 알고 무엇을 모르는지―그 차이조차 이제 어찌 되어도 상관없는 일이다.

아니, 틀렸다. 그건 내게 원래부터 어찌 되어도 상관없는 것이었다. 더 정확하게 기술해야 한다. 정확, 정확.

생각해보면 내가 알고 있는(그렇다고 생각하고 있는) 일도 그 것을 일단 '모르는 일'로 해서 문장의 형태로 만들어본다―그것이 글을 쓰는 내게 최초의 룰이었다.

'아, 이거라면 알고 있어. 굳이 시간을 들여 쓸 필요는 없어'라고 생각하기 시작하면 그것으로 끝. 나는 어디로도 갈 수 없다. 구체적으로 예를 들어 말하면, 주위에 있는 누군가에 대해 '아아, 이 사람이라면 잘 알고 있어. 일일이 생각할 것까지도 없어. 괜찮아'라고 안심하고 있으면 나는(또는 당신은) 지독한 배신을 당하게 될지도 모른다. 우리가 이미 충분히 알고 있다고 생각하는 사물의 이면에는 우리가 알지 못하는 것이 거의 같은 정도로 숨어 있는 것이다.

이해라는 것은 항상 오해의 전체에 불과하다.

그것이 (여기에서만의 이야기지만) 내가 세계를 인식하는 작은 방법이다.

우리가 사는 세상에서 '알고 있는 것'과 '알지 못하는 것'은 사실 샴쌍둥이처럼 숙명적으로 구분하기 어렵게 뒤섞여 존재하고 있다. 혼돈, 혼돈.

도대체 누가 바다와 바다가 반영시키는 사물을 구분할 수 있을까? 아니면 비와 외로움을 쉽게 구분할 수 있을까?

그래서 나는 '알고 있는 것'과 '알지 못하는 것'을 구분하는 일을 깨끗하게 포기한다. 그것이 나의 출발점이다. 생각하기에 따라서는 매우 험한 출발점인지도 모른다. 하지만 사람은, 모름지기 우선 어디서부터든 출발하지 않으면 안 된다. 그렇다면? 그런 까닭에 테마와 문체, 주체와 객체, 원인과 결과, 나와 나의 손가락 관절, 모든 것을 더욱 구분 불가능한 사물로서 인식하게 된다. 모든 가루가 주방 바닥에 흩어져 소금도, 후추도, 밀가루도, 전분도, 하나로 뒤섞여버린다—말하자면.

나와 나의 손가락 관절─그렇다. 문득 정신을 차려보니 나는 컴퓨터 앞에 앉아 또 손가락 관절을 꺾고 있다. 담배를 끊고 얼마 후부터 이 나쁜 버릇이 살아났다. 나는 우선 오른손 다섯 손가락의 관절 뿌리 부분을 하나하나 꺾은 다음 왼손 다섯 손가락의 관절 뿌리 부분도 꺾는다. 자랑할 건 아니지만 나는 매우 큰 소리를─무엇인가의 목을 맨손으로 꺾을 때와 같은 메마르고 불길한 소리를─기세 좋게 낼 수 있다. 초등학교 시절부터 그 소리의 크기에서는 같은 반 남자아이 어느 누구에게도 지지 않았다.

대학에 들어가고 나서 얼마 뒤 그것이 그다지 칭찬받을 만한 특기가 아니라는 사실을 K가 슬쩍 가르쳐줬다. 어느 나이에 도달하면 여자는 적어도 사람들 앞에서 손가락 관절을 큰 소리 내서 꺾거나 해서는 안 된다는 사실을. 그런 짓을 하면 마치 「007 위기일발」에 나온 로테 레냐처럼 보인다는 것이었다. 그래서─어째서 그때까지 아무도 내게 그런 사실을 가르쳐주지 않았던 것일까?─나는 '과연 그렇겠구나' 하고 생각했고 노력 끝에 손가락 꺾는 버릇을 그만두었다. 로테 레냐를 아주 좋아하지만 그런 식으로 보이는 건 곤란하다. 하지만 담배를 끊은 뒤 문득 정신을 차려보면 나는 책상 앞에 앉아 무의식적으로 손가락 관절을 자주 꺾고 있다. 우두둑 우두둑. 내 이름은 본드, 제임스 본드.

이야기를 원래대로 돌리자. 시간이 별로 없다. 길을 에둘러 갈 여유가 없다. 지금은 로테 레냐가 어찌 되든 상관없다. 비유에 시간을 할애할 여유도 없다. 앞에서도 썼듯이 우리의 내부에는 '알고 있(다고 생각하)는 것'과 '알지 못하는 것'이 한 치의 양보도 없이 동거하고 있다. 그리고 많은 사람들은 그 둘 사이에 편의적으로 칸막이를 세우고 살고 있다. 그쪽이 쉽고 편리하니까. 하지만 나는 그 칸막이를 깨끗하게 치워버린다. 그렇게 하지 않으면 안 되니까. 칸막이 따윈 싫어하니까. 그게 나라는 인간이니까.

그러나 다시 한번 샴쌍둥이의 비유를 해도 된다면 그녀들이 늘 사이가 좋을 수는 없다. 항상 서로를 이해하기 위해 노력하는 건 아니다. 오히려 그 반대인 경우가 많다. 오른손은 왼손이 하려고 하는 걸 모르고, 왼손은 오른손이 하려고 하는 걸 모른다. 그렇게 해서 우리는 혼란에 빠지고, 길을 잃고… 그리고 무엇인가에 충돌한다. 쿵!

즉 내가 여기서 말하고 싶은 것은 '알고 있(다고 생각하)는 것'과 '알지 못하는 것'을 그대로 사이좋게 동거시키려 할 때는 나름대로 교묘한 대응책이 필요하다는 점이다. 그 대웅책이란—그래, 그대로—사고하는 것이다. 바꿔 말하면 자기 자신을 어딘가에 단단히 고정해두는 것이다. 그렇게 하지 않으면 우리는 틀림없이 달갑지 않게 벌 받을 '충돌 코스'로 나아가게 된다.

설문.

그렇다면 진지하게 생각하지 않으면서(들판에 드러누워 유유히 하늘의 흰 구름을 바라보고 풀이 자라나는 소리를 들으면서) 게다가 충돌(쿵!)도 피하려면 우리는 대체 어찌해야 할까? 어렵다고? 아니, 아니다, 순수하게 논리적으로 말하면 그건 간단하다. C'est simple. 꿈을 꾸는 것이다. 꿈을 계속 꾸는 것. 꿈의 세계로 들어가 나오지 않는 것. 그곳에서 영원히 살아가는 것.

꿈속에서 당신은 사물을 구분할 필요가 없다. 전혀 없다. 원래 처음부터 그곳에 경계선 같은 것은 존재하지 않기 때문이다. 따라서 꿈속에서는 충돌이 거의 일어나지 않는다. 설사 일어난다 해도 거기에는 고통이 없다. 하지만 현실은 다르다. 현실은 끈질기게 물고 늘어진다. 현실, 현실.

옛날, 샘 페킨파가 감독한 영화 「와일드 번치」가 공개되었을 때 한 여성 저널리스트가 기자회견장에서 손을 들고 질문했다. "대체 어떤 이유에서 그렇게 많은 피를 흘리는 묘사가 필요한 거죠?" 그녀는 엄숙한 목소리로 그렇게 물었다. 출연 배우 가운데 한 사람인 어니스트 보그나인이 난처한 표정으로 그 말에 대답했다. "아시겠습니까, 레이디. 사람이 얻어맞으면 피가 나는 법입니다." 이 영화가 제작된 것은 베트남전쟁이 한창이던 시대였다.

나는 이 대사가 좋다. 그것이 현실의 근본적인 모습이다. 구분하기 어렵게 존재하는 일을 구분하기 어려운 일로서 받아들이고 피를 흘리는 것. 총격과 유혈.

아시겠습니까, 사람이 얻어맞으면 피가 나는 법입니다.

바로 그래서 나는 글을 써왔다. 나는 일상적으로 사고하고, 지속적인 사고의 연장선에 있는 이름 없는 영역에서 꿈을 수태한다―비이해라는 우주적이고 압도적인 양수 속에 떠 있는, 이해라는 이름의 눈 없는 태아. 내가 쓰는 소설이 대책 없이 길어지다가 마지막에는(지금 이 순간) 수습할 수 없게 되는 것은 아마 그 때문일 것이다. 나는 아직 그 규모에 맞는 보급선을 확보할 수 없는 것이다. 기술적으로, 어쩌면 아직 도의적으로.

하지만 이건 소설이 아니다. 뭐라고 말하면 좋을까―요컨대 그냥 글이다. 멋지게 끝낼 필요는 없다. 나는 우선 소리 내어 사물을 생각하고 있는 것뿐이다. 여기서 나는 도의적인 책임 같은 건 없다. 나는… 음, 단지 생각하고 있을 뿐이다. 나는 요즘 꽤 오랫동안 아무것도 생각하지 않았고, 앞으로도 한동안은 아무것도 생각하지 않을 것이다. 하지만 어쨌든 지금은 생각하고 있다. 날이 밝을 때까지, 나는 생각한다.

그러나 그렇게 말하면서도 매번 익숙해져 있는 어슴푸레한 의문을 떨쳐버릴 수 없다. 나는 전혀 쓸모없어 보이는 일에 시간과 에너지를 쏟아붓고 있는 것이 아닐까? 모두가 긴 장마로 난감해하는 장소를 향해 무거운 물통을 열심히 나르고 있는 것이 아닐까? 나는 쓸데없는 노력을 버리고 거기 있는 자연의 흐름에 몸을 맡겨야 하는 것이 아닐까?

충돌? 충돌이란 건 무엇일까?

바꾸어 말해보자.

에에 또, 무엇으로 바꿔 말해야 하지?

그렇다―이런 거다.

이런 명확하지 않은 글을 쓰고 있을 바에야 따뜻한 침대 속으로 다시 파고들어 뮤를 생각하면서 자위라도 하는 게 훨씬 제대로 된 일이지 않을까. 그런 것이다.

나는 뮤의 엉덩이 곡선을 아주 좋아하고, 그녀의 눈처럼 새하얀 머리카락을 좋아한다. 하지만 그녀의 음모는 머리의 백발과 대조적으로 새까맣고 멋진 모양을 하고 있다. 검고 작은 속옷에 싸여 있는 그녀의 엉덩이도 섹시하다. 그 안에 있는, 새까만 T자형 음모를 나는 끝없이 상상한다.

하지만 그런 것을 생각하는 것은 이제 관두자. 단호하게 그만두자. 정처 없는 성적 망상 회로의 스위치를 확실하게 끄고 (찰칵) 이 글을 쓰는 일에 우선 정신을 집중하자. 날이 밝기 전의 귀중한 시간을 더욱 소중하게 쓰고 싶다. 무엇이 유효하고 무엇이 유효하지 않은지를 결정하는 것은 어딘가 다른 장소에 있는 누군가 다른 사람이다. 그리고 나는 지금 그런 사람에 대해 보리차 한 잔 정도의 흥미밖에는 갖고 있지 않다.

그렇지?
그럼.
그렇다면 앞으로 나아가자.

꿈 이야기를 (실제로 꾼 꿈이든, 창작이든) 소설 속에 쓴다는 것은 위험한 시도다, 라고 사람들은 말한다. 꿈이 지닌 불합

리한 정합성整合性을 단어를 사용해 재구성할 수 있는 것은 재능을 부여받은 소수의 작가들뿐이라고. 나도 그 말에 이의를 제기하는 것은 아니다. 그럼에도 불구하고 나는 굳이 여기서 꿈 이야기를 쓰고 싶다. 나는 막 꿈을 꾸고 난 참이다. 그 꿈을 나 자신에 관한 하나의 사실로서 여기에 기록한다. 성실하고 정직한 한낱 창고지기로서 문학성과는 (흐음) 거의 관계없이.

사실을 말하자면 이와 유사한 꿈을 지금까지 몇 번 꾸었다. 세부 내용은 각각 다르다. 장소도 다르다. 그러나 패턴은 언제나 같다. 꿈에서 깨어났을 때 내가 느끼는 아픔의 질도 (그 깊이와 길이도) 거의 비슷하다. 거기서는 하나의 테마가 되풀이되고 있다. 시계가 나쁜 커브 길에서 항상 기적을 울리는 밤 기차처럼.

「스미레의 꿈」

(이 부분은 3인칭으로 기술한다. 그쪽이 더 정확하게 느껴지니까.)

스미레는 옛날에 돌아가신 어머니를 만나기 위해 긴 나선

형 계단을 올라가고 있었다. 계단 맨 끝에는 어머니가 기다리고 있을 것이다. 어머니는 스미레에게 전해주고 싶은 게 있다. 앞으로 살아가기 위해 스미레가 반드시 알아둬야 할 중대한 사실을. 스미레는 어머니를 만나는 것이 두려웠다. 저세상 사람과 만나는 것은 처음이고, 어머니가 어떤 사람인지도 모르기 때문이다. 어쩌면 그녀는 스미레에게—스미레는 상상도 할 수 없는 일이 원인이 되어—적의나 악의를 가지고 있을지도 모른다. 하지만 만나지 않을 수 없다. 이것이 그녀에게 주어진 처음이자 마지막 기회니까.

긴 계단이다. 오르고 올라도 좀처럼 꼭대기에 닿지 않는다. 스미레는 숨을 헐떡이면서 서둘러 계속 걸어 올라갔다. 이대로라면 시간이 지나버릴 수도 있다. 어머니는 언제까지나 건물 안에 머무를 수 없다. 스미레의 이마에서 땀이 배어 나왔다. 이윽고 계단이 끝났다.

계단 꼭대기는 넓은 무도장이고 정면의 막다른 곳은 벽으로 되어 있었다. 튼튼한 석벽이다. 정확히 얼굴 높이 되는 곳에 환기구 같은 둥근 구멍이 뚫려 있다. 직경 50센티미터 정도의 좁은 구멍이다. 그리고 스미레의 어머니는 다리부터 억지로 끼워진 것 같은 답답한 모습으로 그 안에 들어가 있었다. 정해진 시간이 끝나버렸다는 것을 스미레는 깨달았다.

어머니는 얼굴을 이쪽으로 향한 채 그 좁은 공간에 누워 있었다. 그녀는 호소라도 하듯 스미레의 얼굴을 보고 있었다. 스미레는 그 여자가 자기 어머니라는 사실을 한눈에 알았다. 이 사람이 자신에게 생명과 육체를 부여해준 것이다. 하지만 어머니는 무슨 이유에서인지 가족사진에 찍혀 있는 어머니와는 다른 사람이었다. 진짜 어머니는 아름답고 젊었다. 역시 그 여자는 진짜 어머니가 아니었다고 스미레는 생각했다. 그녀는 아버지에게 농락당하고 있었던 것이다.

"엄마!" 스미레는 힘껏 소리쳤다. 가슴속에서 무엇인가 칸막이가 벗겨지는 듯한 감촉이 있었다. 그러나 스미레가 그 말을 입 밖에 냄과 동시에 어머니는 마치 거대한 진공으로부터 잡아당겨지는 듯이 구멍 안쪽으로 끌려 들어갔다. 어머니는 입을 열고 스미레를 향해 뭔가 소리쳤다. 하지만 그 말은 구멍 틈새로부터 웅웅 울려 나오는 메아리 같은 바람 소리 때문에 스미레의 귀에는 들리지 않았다. 그리고 다음 순간, 어머니의 모습은 구멍 속 어둠으로 끌려 들어가서 사라져버렸다.

뒤를 돌아보니 계단은 사라지고 없었다. 지금은 사방이 석벽으로 둘러싸여 있다. 계단이 있던 곳에는 나무 문이 달려 있다. 손잡이를 돌려 문을 안쪽으로 여니 맞은편은 하늘이었다. 그녀는 높은 탑 꼭대기에 있었다. 아래를 내려다보자 높이 때문에 눈이 어쩔했다. 하늘에는 작은 비행기 같은 물체들이 수없이 날고 있었다. 누구라도 만들 수 있는 1인승의 간단한 비행기다. 대나무와 가벼운 나무로 만들어져 있다. 좌석 뒷부분에는 주먹 크기 정도의 엔진과 프로펠러가 붙어 있다. 스미레는 큰 소리로 지나쳐 가는 비행사들을 향해 자기를 이곳에서 구출해달라고 부탁했다. 그러나 비행사들은 그녀 쪽으로 얼굴도 돌리지 않았다.

이런 옷을 입고 있기 때문에 자기 모습이 누구의 눈에도 띄지 않을 거라고 스미레는 생각했다. 그녀는 병원에서 입는 것 같은 익명적인, 길고 하얀 가운을 입고 있었다. 그녀는 그 옷을 모두 벗고 알몸이 되었다. 가운 안에는 아무것도 입고 있지 않았다. 벗은 가운은 문밖의 공간에 버렸다. 그것은 인연의 줄에서 풀려난 영혼처럼, 바람을 타고 훨훨 먼 곳으로 사라졌다. 바람이 그녀의 몸을 훑고 음모를 흔들었다. 문득 정신을 차려보니 그때까지 가까운 곳을 날고 있던 소형 비행기들이 모두 잠자리로 변해 있었다. 하늘이 형형색색의 커다란 잠자리들로 가득 찼다. 그것들의 커다란 공 모양 눈은 모든 방향을 향해 반짝반짝 빛나고 있었다. 그리고 그 날갯짓 소리는 라디오 볼륨을 올리는 것처럼 점차 커져 가더니 이윽고 참을 수 없을 정도의 굉음이 되었다. 스미레는 그 자리에 주저앉아 눈을 감고 귀를 막았다.

거기서 잠이 깼다.

스미레는 그 꿈을 세세한 부분까지 생생하게 기억하고 있었다. 그대로 그림으로 그릴 수 있을 정도로. 그러나 어두운 구멍 속으로 빨려 들어가 사라져버린 어머니의 얼굴만은 아무래도 기억해낼 수 없었다. 게다가 어머니가 했던 중요한 말도 역시 허무의 공백 속에서 잃어버렸다. 스미레는 침대 위에서 베개를 힘껏 깨물고 한없이 울었다.

「이발사는 이제 구멍을 파지 않는다」

그 꿈을 꾼 뒤, 나는 중대한 결심을 한 가지 했다. 내 나름의 근면한 곡괭이 끝은 마침내 단단한 바윗덩이를 때린다. 딱! 뮤에게 내가 무엇을 원하고 있는가를 분명하게 보여주겠다고. 이처럼 어정쩡한 상태를 언제까지나 계속할 수는 없다. 어느 이야기에 나오는 나약한 이발사처럼 뒷마당에 구멍을 파고, '나는 뮤를 사랑한다!'고 소리치며 속마음을 드러낼수는 없다. 그런 일을 계속한다면 나는 나 스스로를 잃어버리게 될 것이다. 모든 새벽과 모든 석양이 나를 한 조각씩 한조각씩 빼앗아갈 것이다. 그러는 사이 나라는 존재는 흐름에모두 깎여나가 '아무것도 없는' 것이 되어버릴 것이다.

　사물은 수정처럼 아주 분명하다. 수정, 수정.
　나는 뮤를 안고 싶고, 그녀에게 안기고 싶다. 나는 이미 너무나 많은 중요한 것들을 넘겨줬다. 나는 이 이상 그들에게아무것도 주고 싶지 않다. 지금부터라도 아직 늦은 건 아니다. 때문에 나는 뮤와 하나가 되지 않으면 안 된다. 그녀 몸의 안쪽까지 들어가야만 한다. 그녀를 내 몸 안쪽까지 받아들이고 싶다. 탐욕으로 번들거리는 두 마리의 뱀처럼.
　만약 뮤가 나를 받아주지 않는다면 어찌해야 할까?
　그럴 경우, 나는 사실을 받아들일 수밖에 없을 것이다.
　"아시겠습니까, 사람이 얻어맞으면 피가 나는 법입니다."

　피는 흘러야 한다. 나는 칼을 갈아 어딘가에서 개의 목을잘라야 한다.
　　　　그렇지?
　　　　그럼.

◑

이 글은 나 자신에게 보내는 메시지다. 그것은 부메랑과 비슷하다. 던져진 부메랑은 먼 곳의 어둠을 찢고 날아가 불쌍한 캥거루의 작은 영혼을 서늘하게 만들고 다시 내 손으로 돌아온다. 돌아온 부메랑은 던져진 부메랑과 같은 것이 아니다. 나는 그것을 알 수 있다. 부메랑, 부메랑.

12

문서 2

현재 시각은 오후 두 시 반. 바깥세상은 지옥처럼 뜨겁고 눈부시다. 바위와 하늘과 바다가 똑같이 하얗게 빛나고 있다. 잠시 바라보고 있으면 그것들이 서로의 경계선을 삼키며 하나의 혼돈으로 녹아들고 있음을 알게 된다. 모든 의식 있는 것들이 훤히 드러나는 빛을 피해 그늘 속에서 선잠을 자고 있다. 새들조차 날지 않는다. 하지만 집 안은 기분 좋게 선선하다. 뮤는 거실에서 브람스를 듣고 있다. 가는 어깨 끈이 달린 파란색 서머 드레스를 입고 새하얀 머리카락을 뒤로 조그맣게 묶고서. 나는 책상 앞에 앉아 이 글을 쓰고 있다.

"음악이 방해되는 거 아니야?" 뮤가 묻는다.

브람스라면 괜찮다고 대답한다.

나는 며칠 전에 뮤가 부르고뉴 마을에서 한 이야기를 기억을 더듬으며 재현하고 있다. 간단한 일은 아니다. 그녀의 이야기는 군데군데 끊어져 있고, 줄거리와 시간이 끊임없이 뒤섞여 있다. 어느 쪽이 앞이고 어느 쪽이 뒤인지, 무엇이 원인이고 무엇이 결과인지, 시간상으로 구분되지 않는다. 물론 뮤를 탓하는 것은 아니다. 기억에 매몰된 음모의 잔인한 면도칼이 그녀의 살을 가른다. 포도원 위에 떠오른 새벽 별이 스러져감에 따라 그녀의 뺨에서 생명의 빛깔이 사라져간다.

그녀를 설득해서 말을 시킨다. 격려하고 협박하고 달래고 칭찬하고 유혹한다. 레드와인 글라스를 기울이면서 우리는 날이 밝을 때까지 이야기를 계속한다. 둘이서 손을 맞잡고 그녀 기억의 궤적을 더듬어 분해하고 재구축해간다. 하지만 아무리 해도 뮤도 기억해내지 못하는 부분이 있다. 그 장소에 발을 들여놓으면 그녀는 조용히 혼란을 일으키면서 더 많은 와인을 마신다. 위험한 지역이다. 우리는 더 이상의 탐색을 포기하고 주의 깊게 그곳을 나와 안전한 지역으로 나아간다.

그 이야기를 해달라고 뮤를 설득하게 된 것은 뮤가 머리카락을 검게 염색하고 있다는 사실을 알고 나서다. 뮤는 조심성이 많기 때문에 그녀가 머리를 염색하고 있다는 사실은 주위의 누구도―극소수의 예외를 제외하고―알지 못한다. 하지만 나는 그것을 알아챘다. 긴 여행을 하면서 매일 함께 생활하고 있기 때문에 언젠가는 눈에 띄게 된다. 어쩌면 뮤가 굳이 숨기려 하지 않았던 것인지도 모른다. 그렇게 하려고 마음먹는다면 그녀는 더욱 주의 깊게 행동할 수 있었을 것이다. 뮤는 내게 알려져도 어쩔 수 없다고 생각했을 것이다. 아니, 어쩌면 알아채기를 바라고 있었는지도 모른다(이건 물론 추측에 불과하다).

   나는 그녀에게 솔직히 물어본다. 그래, 나는 솔직하게 문제를 물어보지 않고는 못 견디는 성격이다. 흰머리가 얼마나 많이 있어요? 언제부터 머리를 염색하고 있나요? 14년 동안이라고 그녀는 말한다. 14년 전에 머리카락이 한 올도 남김없이 새하얗게 변해버렸다고 한다. 무슨 병을 앓았나요? 그런 게 아니라고 뮤는 말한다. 어떤 일이 있었는데 그 때문에 머리가 새하얗게 되어버렸다고. 단 하룻밤 사이에.
   그 이야기를 듣고 싶다고 나는 말한다―애원한다. 당신에 대해서는 어떤 것이라도 좋으니까 알고 싶다고. 나도 어떤 것이든 숨기지 않고 말할 테니까. 하지만 뮤는 조용히 고개를 가로젓는다. 그녀는 지금까지 누구에게도 그 이야기를 한 적이 없다. 남편에게조차 사실을 알려주지 않고 있다. 14년 동안 자기 혼자만의 비밀로 그것을 간직해왔다.

하지만 결국 우리는 그 사건에 대해 날이 밝을 때까지 이야기를 나누게 된다. 어떤 일이든 말해야 할 때가 있는 거예요,라고 나는 뮤를 설득한다. 그렇게 하지 않으면 언제까지나 그 비밀에 마음이 계속 묶여 있게 된다.

내가 그렇게 말하자 뮤는 먼 곳의 경치를 바라보듯 나를 쳐다본다. 그녀의 눈동자 속에서 무엇인가가 떠올랐다가 천천히 가라앉는다. 그녀는 말한다. "내 쪽에는 청산해야 할 것이 아무것도 없어. 청산할 것은 그들에게 있지, 난 아니야."

나는 뮤가 하는 말의 진의를 이해할 수 없다. 솔직히 그렇게 말한다.

뮤는 말한다. "너한테 그 이야기를 해버리면 너와 나는 앞으로 줄곧 그 이야기를 둘이서 공유하게 되는 거야. 그렇지? 하지만 그렇게 하는 것이 과연 올바른 행동인지 아닌지는 나도 모르겠어. 내가 여기서 상자의 뚜껑을 열어버린다면 너 역시 이 이야기에 포함되어버릴지 몰라. 그게 네가 바라는 거야? 내가 어떤 희생을 지불하더라도 잊고 싶어 하는 것을 넌 알고 싶은 거야?"

나는 그렇다고 말한다. 어떤 내용이라도 좋다, 당신과 공유하고 싶다고. 아무것도 숨기지 말고.

뮤는 와인을 한 모금 마시고 눈을 감는다. 시간이 느슨해져가는 듯한 침묵이 존재한다. 그녀는 망설이고 있다.

그러나 결국, 그녀는 말하기 시작한다. 조금씩. 한 조각씩. 그 가운데 어떤 것은 즉시 움직이기 시작하고, 어떤 것은 언제까지나 그 자리에 머물러 있다. 거기서 다양한 종류의 낙차가 생긴다. 어떤 경우에는 낙차 그 자체가 의미를 띠기 시작한다. 나는 글을 정리하는 사람으로서 그것들을 주의 깊게 그러모아야 한다.

뮤의 관람차 이야기

뮤는 그해 여름, 프랑스 국경에 가까운 스위스의 작은 마을에서 혼자 살기로 한다. 그녀는 스물다섯 살로 파리에 살면서 피아노 공부를 하고 있다. 이 마을에 온 것은 아버지의 부탁을 받아 어떤 상담을 결정짓기 위해서였다. 상담 자체는 간단한 것으로, 거래 회사의 담당자와 한 번 저녁 식사를 하면서 계약서에 사인하는 것으로 끝났다. 하지만 그녀는 이 마을이 한눈에 마음에 든다. 한적하고 아름다운 마을이다. 호수가 있고, 호수 옆에는 중세의 성곽이 있다. 그녀는 이 마을에서 잠시 동안 생활하기로 한다. 근처 마을에서 여름 음악제도 열리고 있다. 자동차를 빌려 매일 그곳을 다녀올 수도 있다.

때마침 단기로 임대하는, 가구가 딸린 아파트가 하나 비어 있다. 마을 끝자락에 있는, 언덕 위에 세워진, 느낌이 좋은 작고 깨끗한 아파트다. 전망도 좋다. 가까운 곳에 피아노 연습을 할 수 있는 장소도 있다. 임대료가 싸진 않지만 부족한 돈은 아버지에게 부탁하면 어떻게든 될 것이다.

뮤는 그 마을에서 일시적으로, 그러나 마음 편한 생활을 시작한다. 음악제를 다녀오고, 가까운 곳을 산책하고, 몇 명의 사람들과 얼굴을 익힌다. 마음에 드는 레스토랑과 카페를 발견한다. 그녀의 방 창문을 통해 마을 외곽에 있는 유원지가 보인다. 유원지에는 커다란 관람차가 있다. 문이 달린 형형색색의 상자가 운명을 연상시키는 커다란 수레바퀴에 매달려 천천히 허공을 돌고 있는 것이 보인다. 그것은 일정한 높이에 도달하면 내려오기 시작한다. 관람차는 어디로도 가지 않는다. 위까지 올라갔다가 다시 돌아올 뿐이다. 거기에는 이상하게 마음을 편하게 하는 것이 있다.

밤이 되면 관람차에 무수한 조명이 켜진다. 유원지가 영업을 끝내고 관람차가 회전을 멈춰도 그 조명은 꺼지지 않는다. 날이 밝을 때까지 줄곧, 마치 하늘의 별들과 경쟁이라도 하듯 수레바퀴는 밝게 빛나고 있다. 뮤는 창가 의자에 앉아 라디오 음악을 들으며 관람차가 오르내리는 모양을(또는 기념비처럼 정지한 모습을) 질리지도 않고 바라본다.

그녀는 마을에서 한 남자를 알게 된다. 쉰 살 전후의 핸섬한 라틴계 남자다. 키가 크고, 특히 콧날이 아름다우며 머리카락은 새까맣다. 그가 카페에서 그녀에게 말을 걸어온다. 어디서 왔냐고 묻는다. 일본에서 왔다고 그녀는 대답한다. 두 사람은 이야기를 한다. 이름은 페르디난도라고 한다. 태어난 곳은 바르셀로나지만 5년 전부터 이 마을에서 가구 디자인 일을 하고 있다고 한다.

그는 편안한 말투로 이야기하고 농담을 한다. 세상 이야기를 나누고 그들은 헤어진다. 이틀 뒤 두 사람은 다시 같은 카페에서 만난다. 그가 이혼한 독신자라는 사실을 알게 된다. 스페인을 떠난 것은 새로운 장소에서 다시 시작하고 싶었기 때문이라고 그는 말한다. 그러나 그녀는 그 남자에 대해 그다지 좋은 인상을 갖고 있지 않다는 사실을 깨닫는다. 육체적으로 자기를 요구하고 있다는 사실을 감지한다. 그녀는 성욕의 냄새를 맡는다. 그것이 그녀를 두렵게 만든다.

그녀는 이제 그 카페 근처에 가지 않기로 한다.

그러나 그 이후 그녀는 페르디난도의 모습을 마을에서 자주 발견하게 된다. 마치 그가 자기 뒤를 쫓고 있다는 느낌마저 갖게 된다. 어쩌면 의미 없는 망상일지도 모른다. 작은 마을이기 때문에 누군가와 얼굴을 자주 마주치는 것은 특별히 부자연스러운 일이 아니다. 그는 뮤와 눈이 마주치면 싱긋 미소를 짓고 친하게 인사한다. 그녀도 인사한다. 하지만 뮤는 조금씩 불안 섞인 초조감을 느끼게 된다. 이 마을에서의 조용한 생활이 페르디난도라는 남자에 의해 위협받고 있는 것처럼 느끼기 시작한다. 그것은 악장의 첫 부분에 상징적으로 제시되는 불협화음처럼 그녀의 평온한 여름에 불길한 예감의 얼룩을 안겨준다.

하지만 페르디난도의 출현은 어디까지나 얼룩의 일부에 불과하다. 열흘 정도 그곳에서 생활한 뒤, 그녀는 마을에서의 생활 모든 부분에서 어떤 종류의 폐쇄감을 느끼기 시작한다. 마을은 구석구석까지 아름답고 청결하지만 어딘가 속이 좁고 독선적인 구석이 있는 것을 느끼기 시작한다. 사람들은 친절하고 상냥하다. 하지만 그녀는 동양인을 대하는, 눈에 보이지 않는 감정적인 차별이 있다는 것을 느낀다. 레스토랑에서 나오는 와인에는 기묘한 뒷맛이 있다. 구입한 야채에는 벌레가 붙어 있다. 음악제 연주는 어느 것이나 맥이 빠진 것처럼 들린다. 그녀는 음악에 의식을 집중할 수 없다. 처음에는 편안하게 느껴졌던 아파트도 취미가 고상하지 않은 촌스러운 집처럼 보인다. 여러 가지 사물들이 처음의 빛을 잃어간다. 불길한 얼룩이 점차 커져간다. 그리고 그녀는 그 얼룩으로부터 눈을 돌릴 수 없게 된다.

밤에 전화벨이 울린다. 그녀는 손을 뻗어 수화기를 집는다. "알로!"라고 말한다. 전화가 갑자기 끊어진다. 그런 일이 몇 번 계속된다. 페르디난도가 아닐까 하고 그녀는 생각한다. 하지만 증거는 없다. 대체 어떻게 전화번호를 알아냈을까? 구식 전화기는 코드를 뽑을 수도 없다. 뮤는 잠도 제대로 잘 수 없게 된다. 수면제를 먹게 된다. 그녀는 식욕을 잃는다.

빨리 이곳을 떠나야겠다고 생각한다. 하지만 어찌 된 일인지 자신을 이 마을에서 제대로 빼낼 수가 없다. 그녀는 그럴듯한 이유를 붙인다. 방세는 한 달 치를 선불로 냈고 음악제에 다닐 수 있는 티켓도 샀다. 파리에 있는 그녀의 아파트는 여름휴가 동안 단기 임대로 돌려놓았다. 이제 와서 나가달라고 할 수도 없다—자신에게 그렇게 납득시킨다. 그리고 무엇보다 실제로 무슨 일이 있었던 건 아니다. 뭔가 구체적인 피해를 입은 것도 아니다. 싫은 꼴을 당한 것도 아니다. 여러 가지 일에 지나치게 신경질적으로 된 것뿐이다.

그녀는 여느 때처럼 집 근처의 작은 레스토랑에서 저녁 식사를 한다. 마을에 살기로 작정하고 2주일이 지난 때였다. 식사를 마치고 오랜만에 밤공기를 마시고 싶어 긴 산책을 한다. 이 일 저 일 생각하면서 정처 없이 거리에서 거리로 걸음을 옮긴다. 정신을 차리고 보니 유원지 입구 앞에 있다. 관람차가 있는 보통 유원지. 시끄러운 음악과 사람들을 불러 모으는 목소리, 어린아이들의 환성. 손님 대부분은 가족이거나 그 지방의 젊은 커플들이다. 어린 시절 아버지에게 이끌려 유원지에 갔던 때의 일을 뮤는 기억해낸다. 함께 커피 컵을 탔을 때의 냄새다. 아버지의 트위드 웃옷 냄새를 그녀는 아직도 기억하고 있다. 그녀는 그것을 타고 있는 동안 아버지의 옷소매에 줄곧 매달려 있었다. 그 냄새는 아주 먼 곳에 있는 어른들 세계의 표시였고, 어린 뮤에게는 안도감의 상징이었다. 그녀는 아버지가 그리워진다.

그녀는 기분 전환 삼아 티켓을 사서 유원지로 들어간다. 그곳에는 다양한 작은 가게들이 있고, 좌판이 나와 있다. 표적을 쏘는 카운터가 있다. 뱀 구경을 하는 곳이 있다. 점을 보는 가게가 있다. 수정 구슬을 앞에 둔 여자가 손짓하며 뮤를 부른다. "마드무아젤, 이쪽으로 와보세요. 중요한 일이에요. 당신의 운명이 크게 바뀌려 하고 있어요"라고 몸집이 큰 그 여자가 말한다. 뮤는 웃으며 그냥 지나친다.

뮤는 아이스크림을 사서 벤치에 앉아 먹으며 오가는 사람들의 모습을 바라본다. 그리고 자신의 마음이 사람들의 왁자지껄함 속에서 멀리 떨어진 곳에 있다는 것을 느낀다. 한 남자가 다가와 독일어로 말을 건다. 서른 살 정도, 금발의 작은 체구에 콧수염을 기르고 있다. 제복을 입으면 잘 어울릴 듯한 남자다. 그녀는 고개를 젓고 웃으며 손목시계를 가리킨다. "사람을 기다리고 있어요"라고 프랑스어로 말한다. 자신의 목소리가 평소보다 높고 메말라 있음을 깨닫는다. 남자는 더 이상 아무 말도 하지 않고 멋쩍은 미소를 지으며 가볍게 경례하듯 손을 들어 보이고는 사라진다.

뮤는 일어서서 정처 없이 걷기 시작한다. 누군가 다트를 던지자 풍선이 터진다. 곰이 쿵쿵 소리를 내며 춤을 춘다. 오르간이 「아름답고 푸른 도나우」를 연주하고 있다. 얼굴을 드니 관람차가 천천히 허공을 돌고 있다. '그래, 저 관람차를 타보자'라고 그녀는 생각한다. 관람차 안에서 내 아파트를 바라보는 거야. 보통 때와는 반대로. 숄더백 안에는 때마침 소형 쌍안경이 들어 있다. 음악제에 갔을 때 관람석이 무대와 멀리 떨어져 있을 경우에 대비해 가지고 다니는 것인데 백에 넣어둔 채로 있었다. 작고 가볍지만 성능은 좋다. 그것을 사용하면 방 안까지 꽤 깨끗하게 볼 수 있을 것이다.

그녀는 관람차 앞의 매표소에서 티켓을 산다. "마드무아젤, 이제 슬슬 끝낼 시간입니다." 담당자인 노인이 그녀에게 말한다. 혼잣말하듯 아래를 내려다보며 중얼중얼 말한다. 그러고는 고개를 젓는다. "슬슬 끝낼 시간이 다 되었습니다. 이게 마지막 한 바퀴입니다. 한 바퀴만 돌면 그것으로 끝입니다." 그는 턱에 흰 수염을 기르고 있다. 수염은 담배 연기 색으로 누렇게 물들어 있다. 쿨럭쿨럭 기침을 한다. 뺨은 오랜 세월 동안 북풍에 시달렸는지 붉은색을 띠고 있다.

"괜찮아요. 한 바퀴면 충분해요." 뮤는 티켓을 사서 플랫폼으로 올라간다. 관람차 승객은 그녀 한 사람밖에 없는 것 같다. 눈이 닿는 어느 상자에도 승객의 모습은 보이지 않는다. 매우 많은 텅 빈 상자들이 하릴없이 빙글빙글 공중을 돌고 있을 뿐이다. 마치 세계 자체가 갈수록 기운을 잃으며 종말을 향해 가는 것처럼.

그녀가 붉은색 상자 안에 들어가 자리에 앉자 노인이 다가와 문을 닫고 밖에서 문을 걸어 잠근다. 안전을 위해서일 것이다. 관람차가 늙은 동물처럼 덜컹덜컹 몸을 흔들며 공중으로 올라가기 시작한다. 주위에 빼곡하게 들어차 있는 잡다한 가게들이 눈 밑에서 작아진다. 그에 따라 마을의 불빛이 어둠 속에서 떠오른다. 왼쪽으로는 호수가 보인다. 호수에 떠 있는 유람선에도 조명이 켜져 수면을 부드럽게 비추고 있다. 먼 곳의 산등성이에는 마을들의 불빛이 흩어져 있다. 그 아름다움이 그녀의 가슴을 조용하게 옥죈다.

마을 외곽의 언덕 위, 그녀가 살고 있는 곳 근처가 보이기 시작한다. 뮤는 쌍안경의 초점을 맞춰 자신의 아파트를 찾는다. 하지만 쉽게 보이지 않는다. 관람차가 점점 꼭대기에 가까워진다. 서둘러야 한다. 그녀는 필사적으로 쌍안경의 시야를 상하좌우로 이동시켜 목표 건물을 찾아내려고 한다. 그러나 이 마을에는 서로 닮은 건물이 너무 많다. 관람차는 이윽고 정점에 다다르더니 숙명적인 하강으로 이어진다. 그녀는 간신히 목표 건물을 발견한다. 저거다! 그러나 그곳에는 생각보다 많은 창문이 있다. 사람들 대부분은 창문을 열고 여름의 바깥 공기가 집 안으로 들어오게 하고 있다. 그녀는 창문에서 창문으로 쌍안경을 이동시켜 마침내 3층 오른쪽에서 두 번째 방을 잡아낸다. 하지만 그때 이미 관람차는 지상에 가까워지고 있다. 그녀의 시야가 다른 건물의 벽에 가려진다. 안타까운 일이다. 조금 더 시간이 있다면 방 안을 들여다볼 수 있을 텐데.

관람차가 지상의 플랫폼에 가까워진다. 천천히. 그녀는
문을 열고 내리려 한다. 하지만 문이 열리지 않는다. 밖에
서 문을 걸어 잠갔다는 사실을 그녀는 기억해낸다. 매표소
에 있던 노인의 모습을 눈으로 찾아본다. 그러나 노인의 모
습은 보이지 않는다. 그는 어디에도 없다. 매표소 불도 벌써
꺼져 있다. 그녀는 고함을 쳐서 누군가를 부르려 한다. 하
지만 소리쳐 부를 상대가 보이지 않는다. 관람차가 다시 올
라가기 시작한다. 이거야 정말, 그녀는 한숨을 내쉰다. 말도
안 되는 일이다. 분명 노인이 화장실에 가서 그녀를 내려줄
타이밍을 놓쳐버렸을 것이다. 다시 한 바퀴 돌고 오는 수밖
에 없다.

그것도 괜찮다고 그녀는 생각한다. 노인의 건망증 덕분
에 공짜로 한 바퀴 더 탔다고 생각하면 된다. 이번에야말로
자기 방을 들여다봐야겠다고 마음먹는다. 그녀는 쌍안경을
두 손으로 단단히 쥐고 창밖으로 얼굴을 내민다. 방향과 위
치를 대충 파악해둔 덕분에 이번에는 어려움 없이 자기 방
의 창문을 발견한다. 창문은 열려 있고 방 안의 전등도 켜진
채다(그녀는 어두운 방에 들어서는 것이 싫었고, 저녁 식사를 마치면
곧 돌아갈 생각이었다).

자신이 살고 있는 방을 먼 곳에서 쌍안경으로 본다는 것은 뭐랄까 꽤 기묘한 일이다. 마치 자기 자신을 엿보고 있는 듯한 꺼림칙한 느낌조차 든다. 그러나 그곳에는 자신이 없다. 당연한 일이다. 테이블 위에는 전화가 있다. 그곳에 전화를 걸어보고 싶다고 생각한다. 책상 위에는 쓰다 만 편지가 놓여 있다. 그것을 여기서 읽어보고 싶다고 생각한다. 하지만 물론 그렇게까지 자세히는 볼 수 없다.

이윽고 관람차가 공중을 통과해 하강하기 시작한다. 하지만 하강을 시작하자마자 관람차가 큰 소리를 내며 갑자기 멈춰 선다. 그녀는 벽에 어깨를 강하게 부딪히면서 하마터면 쌍안경을 바닥에 떨어뜨릴 뻔했다. 수레바퀴를 돌리던 모터 소리가 사라지고 부자연스러운 정적이 주변을 감싼다. 조금 전까지 배경음악으로 들렸던 화려한 음악은 사라져버렸다. 지상에 있는 가게들의 불빛도 대부분 꺼져 있다. 그녀는 귀를 기울인다. 희미한 바람 소리, 그것 말고는 아무것도 들리지 않는다. 완전한 무음 상태. 사람을 부르는 목소리도 없고 아이들의 환성도 없다. 처음 얼마 동안 도대체 무슨 일이 일어난 것인지 그녀는 이해하지 못한다. 하지만 곧 알게 된다. 이곳에 홀로 남겨진 것이다.

그녀는 절반쯤 열린 창문 밖으로 몸을 내밀고 다시 한번 아래를 내려다본다. 자신이 아주 높은 곳에 있다는 사실을 깨닫는다. 그녀는 소리를 질러보려고 한다. 도움을 청하려고. 하지만 누구의 귀에도 닿지 않으리란 건 고함을 치기 전에 이미 알고 있다. 지상에서 상당히 떨어진 곳에 있는 데다 그녀의 목소리는 결코 크지 않다.

노인은 어디로 간 것일까? 틀림없이 술을 마셨을 거라고 뮤는 생각한다. 그 안색, 그 입김, 그 탁한 목소리, 틀림없다. 그 남자는 술에 취해 자신을 관람차에 태운 사실을 까맣게 잊고 기계를 세워버렸다. 지금쯤 어딘가 술집에서 맥주나 진을 마시면서 더욱 취해 기억을 잃어버렸을 것이다. 뮤는 입술을 깨문다. 내일 점심때까지 이곳에서 빠져나갈 수 없을지도 모른다. 아니면 저녁때까지? 유원지가 몇 시에 문을 여는지 그녀는 알지 못한다.

한여름이라고 해도 스위스의 밤은 춥다. 뮤는 얇은 블라우스에 짧은 면 스커트의 가벼운 차림이다. 바람이 불기 시작한다. 그녀는 다시 창밖으로 몸을 내밀어 땅 위를 내려다본다. 불빛의 수가 아까보다 더 줄어들었다. 유원지의 종업원들은 하루 일의 정리를 끝내고 모두 돌아가버린 것 같다.

그렇다고 해도 누군가는 경비를 위해 남아 있을 것이다. 그녀는 크게 숨을 들이쉬고 있는 힘껏 소리쳐본다. "도와주세요!" 그리고 귀를 기울인다. 그렇게 몇 번을 반복한다. 반응이 없다.

그녀는 숄더백 안에서 수첩을 꺼내 볼펜으로 '유원지 관람차 안에 갇혀 있어요. 도와주세요'라고 프랑스어로 쓴다. 메모지를 창문 밖으로 떨어뜨린다. 메모지가 바람에 실려 날아간다. 바람이 마을 방향으로 불고 있으니까 잘하면 마을 한가운데에 떨어질 것이다. 그러나 누군가가 메모지를 주워 들고 읽는다 해도 그가(또는 그녀가) 과연 그것을 믿어줄까? 다음 페이지에는 자신의 이름과 주소를 덧붙여 쓴다. 그쪽이 신빙성을 가질 것이다. 이것이 장난이나 농담이 아니라 실제로 발생한 일이라고 사람들이 생각해줄지도 모른다. 그녀는 수첩의 절반 정도 페이지를 찢어 한 장씩 바람에 날려 보낸다.

그리고 문득 생각이 떠올라 백에서 지갑을 꺼내 10프랑짜리 지폐 한 장만 남기고 나머지를 모두 빼낸 뒤 그 속에 메모지를 넣는다. '당신 머리 위에 있는 관람차 안에 여자 한 명이 갇혀 있어요. 도와주세요.' 그녀는 창밖으로 지갑을 떨어뜨린다. 지갑은 곧장 지면을 향해 떨어진다. 하지만 어디에 떨어졌는지 보이지 않고 지면에 부딪히는 소리도 들리지 않는다. 동전 지갑도 똑같이 메모지를 넣어 아래로 떨어뜨린다.

그녀는 손목시계를 본다. 바늘이 열 시 반을 가리키고 있다. 그녀는 백 안에 무엇이 들어 있는지 확인해본다. 간단한 화장품과 거울, 여권, 선글라스, 렌터카와 방 열쇠, 과일 껍질을 벗길 때 쓰는 아미 나이프, 작은 셀로판 봉지에 든 크래커 세 조각, 프랑스어 소설책. 저녁 식사는 마쳤으니까 아침까지 공복감으로 고통받지는 않을 것이다. 날씨가 이렇게 쌀쌀하니 목도 그다지 마르지 않을 것이다. 다행스럽게 요의도 아직 느껴지지 않는다.

그녀는 플라스틱 벤치에 앉아 머리를 벽에 기댄다. 그리고 이제 와서 해봤자 소용없는 생각들을 이것저것 떠올린다. 어째서 유원지에 와 관람차 같은 걸 타버린 걸까? 레스토랑을 나와서 그대로 집으로 돌아가는 게 좋았을 것이다. 그랬다면 지금쯤 느긋하게 따뜻한 물에 목욕하고 나서 침대에 누워 책을 읽고 있을 것이다. 여느 때처럼. 어째서 그렇게 하지 않았을까? 그리고 어째서 그들은 그런 엉터리 알코올중독자 노인을 고용한 것일까?

바람이 관람차를 흔든다. 바람을 차단하기 위해 창문을 닫으려 했지만, 그녀의 힘으로는 창문을 조금도 들어 올릴 수 없다. 뮤는 포기하고 바닥에 주저앉는다. 카디건을 가져왔으면 좋았을걸, 하고 후회한다. 집을 나올 때 블라우스 위에 걸칠 얇은 카디건을 가져갈까 말까 망설였다. 그러나 여름밤은 무척이나 쾌적해 보였고, 레스토랑은 그녀 아파트에서 세 블록밖에 떨어져 있지 않다. 유원지까지 산책하고 관람차에 탈 거라곤 그 시점에서는 생각도 하지 않았다. 여러 가지 일들이 제대로 풀리지 않는다.

긴장을 풀기 위해 손목시계와 은팔찌, 조개 모양의 귀걸이를 풀어 백에 넣는다. 그리고 바닥 한구석에 웅크리듯 몸을 둥글게 말고 아침까지 푹 자고 싶다고 생각한다. 그러나 물론 그렇게 쉽사리 잠들 수는 없다. 춥고 불안하다. 가끔씩 바람이 강하게 불어와 관람차가 심하게 흔들린다. 그녀는 눈을 감고 가공의 건반 위에서 손가락을 조그맣게 움직이면서 모차르트의 C단조 소나타를 연주해본다. 특별한 이유도 없이 그녀는 어린 시절에 연주했던 그 곡을 지금도 송두리째 외우고 있다. 하지만 완만한 2악장 도중에서 머리가 멍해지고 가물가물해진다. 그녀는 잠에 떨어진다.

얼마나 잤는지 모른다. 긴 시간은 아닐 것이다. 잠에서 문득 깨어난 그녀는 한순간 자기가 있는 곳이 어디인지 깨닫지 못한다. 그러다 서서히 기억이 돌아온다. 그렇다. 유원지 관람차에 갇혀 있는 것이다. 백에서 시계를 꺼내 보니 열두 시를 지나고 있다. 뮤는 바닥에서 천천히 몸을 일으킨다. 부자연스러운 자세로 잠을 잔 탓에 온몸의 관절이 쑤신다. 그녀는 하품을 몇 번 하고 몸을 편 뒤 손목을 문지른다.

바로 다시 잠이 들 것 같지 않아서 마음을 추스르기 위해 백에서 읽고 있던 소설책을 꺼내 읽기 시작한다. 마을 서점에서 산 신간 미스터리물이다. 관람차의 조명이 밤새도록 켜져 있는 것은 행운이었다. 그러나 시간을 들여 몇 페이지를 읽어나갔는데도 책의 내용이 전혀 머릿속에 들어오지 않는다는 것을 깨닫는다. 두 눈은 분명히 글을 쫓고 있지만 의식은 어딘가 다른 곳을 헤매고 있다.

뮤는 포기하고 책을 덮는다. 그리고 얼굴을 들어 밤하늘을 바라본다. 날씨가 꽤나 흐린 듯 별은 보이지 않는다. 초승달도 희미해져 있다. 조명 때문에, 관람차 창유리에 그녀의 얼굴이 기묘할 정도로 선명하게 비치고 있다. 뮤는 그런 자신의 얼굴을 오랫동안 물끄러미 바라본다. "이것도 언젠가 끝날 거야." 그녀는 자기 자신을 향해 말을 건다. "기운 내. 나중에는 틀림없이 우스운 이야깃거리가 될 거야. 스위스의 유원지에서 밤새 관람차에 갇혀 있었다는."

하지만 그것은 우스운 이야깃거리가 되지 않는다. 진짜 이야기는 거기서부터 시작된다.

◐

　잠시 후, 그녀는 쌍안경을 손에 들고 아파트의 자기 방을 다시 한번 들여다본다. 아까부터 변화는 전혀 없다. 당연하다고 그녀는 생각한다. 그리고 조용히 미소를 짓는다.

　그녀는 아파트의 다른 창문으로 시선을 옮긴다. 한밤중이 지나서인지 많은 사람들이 잠들어 있다. 대부분의 창문이 어두워져 있다. 몇 사람만 아직도 방에 불을 켜고 있다. 낮은 층 사람들은 주의 깊게 커튼을 쳐놓았다. 그러나 높은 층에 사는 사람들은 남들의 눈을 의식할 필요가 없어 커튼을 열어놓고 시원한 밤바람을 방 안으로 받아들이고 있다. 그 안에는 각각의 생활이 조용히 혹은 분명하게 전개되고 있다(한밤중에 쌍안경을 들고 관람차 안에 앉아 있는 사람이 있을 거라고 누가 생각하겠는가). 하지만 뮤는 타인의 사적인 광경을 훔쳐보는 데는 그다지 관심이 없다. 그보다는 텅 빈 자기 방을 바라보는 편이 훨씬 더 흥미가 있다.

　주위를 한 번 돌아보고 자기 방 창문으로 시선을 돌렸을 때 뮤는 자기도 모르게 숨을 삼킨다. 침실 창문으로 벌거벗은 남자의 모습이 보였기 때문이다. 처음에 그녀는 자기 방을 착각한 거라고 생각한다. 그래서 쌍안경을 상하좌우로 이동시켜본다. 그러나 그것이 자기 방 창문이라는 사실은 틀림없다. 가구도, 꽃병 속의 꽃도, 벽에 걸린 그림도 똑같다. 그리고 남자는 페르디난도다. 틀림없다. 그 페르디난도다. 그는 실오라기 하나 걸치지 않은 모습으로 그녀의 침대에 걸터앉아 있다. 그의 가슴과 배는 시커먼 털로 뒤덮여 있고, 긴 페니스가 의식을 잃은 생물처럼 아래로 축 늘어져 있다.

저 남자가 내 방에서 도대체 뭘 하고 있는 걸까? 그녀의 이마에서 식은땀이 배어 나온다. 어떻게 내 방에 들어갈 수 있었을까. 영문을 알 수 없다. 그녀는 화가 나고 혼란스럽다. 그때 한 여자가 모습을 보인다. 여자는 하얀 반소매 블라우스와 파란색의 짧은 면 스커트를 입고 있다. 여자? 뮤는 쌍안경을 단단히 쥐고 눈으로 자세히 본다. 그것은 뮤 자신이다.

뮤는 이제 아무것도 생각할 수 없다. 나는 이곳에서 나의 방을 쌍안경으로 보고 있다. 그 방 안에는 내가 있다. 뮤는 몇 번이나 쌍안경의 초점을 맞춰본다. 하지만 아무리 봐도 그건 나다. 지금 내가 몸에 걸치고 있는 것과 똑같은 옷을 입고 있다. 페르디난도는 그녀를 안아서 침대로 옮긴다. 그리고 키스를 하면서 그녀의 옷을 부드럽게 벗긴다. 그녀의 블라우스를 벗기고, 브래지어를 풀고, 스커트를 벗기고,

목덜미에 입을 맞추면서 유방을 손바닥으로 감싸듯 애무하고, 한동안 애무를 계속한 뒤에 한 손으로 팬티를 벗긴다. 그 속옷도 지금 내가 입고 있는 것과 똑같다. 뮤는 숨을 쉴 수가 없다. 도대체 무슨 일이 일어나고 있는 것일까?

정신을 차리자 어느 틈엔가 페르디난도의 페니스가 발기해 막대기처럼 딱딱해져 있다. 엄청나게 큰 페니스. 지금까지 본 적이 없을 정도로 크다. 그는 그녀의 손을 잡고 그것을 움켜쥐게 한다. 그리고 그녀의 몸 구석구석을 애무하고 핥는다. 그는 그것에 충분한 시간을 들인다. 그녀는 저항하지 않는다. 그녀는(방 안의 뮤는) 그의 애무에 몸을 맡기고 육욕의 시간을 즐기고 있는 듯이 보인다. 그녀는 가끔씩 손을 뻗어 페르디난도의 페니스와 고환을 애무한다. 그리고 자기 몸의 모든 부분을 아낌없이 그의 앞에 펼쳐놓는다.

뮤는 그 이상한 정경으로부터 눈을 뗄 수 없다. 기분이 매우 나쁘다. 목이 칼칼하게 말라 침을 삼킬 수도 없다. 그리고 욕지기가 난다. 모든 것이 중세의 어떤 종류의 우화 그림처럼 그로테스크하게 과장되고, 악의에 가득 차 있는 느낌이 든다. 뮤는 생각한다. 저들은 나에게 일부러 그것을 보여주고 있다. 저들은 내가 보고 있다는 사실을 확실히 알고 있다. 하지만 뮤는 눈을 뗄 수가 없다.

공백.

그러고 나서 무슨 일이 일어난 것일까?

그후에 일어난 일을 뮤는 기억하지 못한다. 기억은 거기서 끊어져 있다.

기억나지 않는다고 뮤는 말한다. 그녀는 두 손으로 얼굴을 감싸고 조용히 말한다. 내가 알고 있는 것은 그것이 엄청나게 무서운 일이었다는 것뿐이야. 나는 이쪽에 있는데 또하나의 내가 저쪽에 있었고 그는, 페르디난도는 저쪽의 나에게 모든 행위를 했지.

모든 행위라니, 어떤 행위죠?

난 아무것도 기억하지 못해. 하지만 그건 분명히 모든 행위였어. 그는 나를 관람차 안에 가둬둔 채 저쪽의 나에게 자기가 하고 싶은 대로 했어. 난 섹스에 대해 공포심을 가지고 있지는 않아. 꽤 자유롭게 섹스를 즐긴 시기도 있었지. 하지만 내가 그곳에서 본 것은 그런 게 아니었어. 그건 나를 더럽히는 것만을 목적으로 행해진 의미 없는 음란한 행위였어. 페르디난도가 모든 기교를 총동원해서, 굵은 손가락과 거대한 페니스를 사용해서, 나라는 존재를 더럽히고 있었어(하지만 저쪽에 있는 나는 자기가 더럽혀지고 있다는 사실을 눈치채지 못하는 것 같았어). 그리고 최후의 순간, 페르디난도가 아닌 사람이 되어버렸어.

페르디난도가 아닌 사람이 되어버렸다고요? 나는 뮤의 얼굴을 들여다본다. 페르디난도가 아니라면 그는 대체 누구인 거예요?

나도 모르겠어. 기억이 나지 않아. 하지만 어쨌든 최후의 순간에 그는 페르디난도가 아니었어. 어쩌면 그는 애초부터 페르디난도가 아니었을지도 몰라.

정신을 차리고 보니 뮤는 병원 침대에 누워 있다. 벌거벗은 몸에 하얀 병원 가운이 입혀져 있다. 신체 관절 마디마디에 통증이 느껴진다. 의사가 설명해준다. 아침 일찍 유원지 종업원이 그녀가 떨어뜨린 지갑을 발견하고 상황을 알게 된다. 관람차가 내려지고, 구급차가 온다. 관람차 안에서 뮤는 의식을 잃은 채 몸을 웅크리고 쓰러져 있다. 심한 충격을 받은 듯하다. 동공이 정상적으로 반응하지 않는다. 팔과 얼굴에는 적지 않은 수의 찰과상이 있고, 블라우스는 피로 더럽혀져 있다. 병원으로 옮겨져 응급처치를 받는다. 그녀가 어떻게 해서 상처를 입게 되었는지는 아무도 모른다. 하지만 어느 것도 흔적이 남을 만큼 심한 상처는 아니다. 경찰이 관람차를 조작했던 노인을 연행한다. 노인은 유원지 문을 닫기

직전에 뮤를 관람차에 태운 사실을 전혀 기억하지 못한다.

다음 날, 그 지역 경찰관이 병원에 와서 질문을 한다. 뮤는 제대로 대답할 수 없다. 그들은 그녀의 여권 사진과 얼굴을 비교하고 눈썹을 찌푸린다. 실수로 부적절한 음식을 먹었을 때와 같은 기묘한 표정을 얼굴에 떤다. 그리고 조심스레 질문한다. 마드무아젤, 실례되는 질문이지만 당신 나이가 정말 스물다섯 살입니까? 그렇습니다,라고 그녀는 말한다. 여권에 있는 그대로입니다. 어째서 그들이 일부러 그런 질문을 하는 것인지 그녀는 이해할 수 없다.

하지만 조금 뒤 세면대에서 얼굴을 씻으려고 거울 속에 있는 자신의 얼굴을 봤을 때, 그 이유를 알게 된다. 머리카락이 한 올도 남김없이 하얗게 세어버린 것이다. 마치 방금 쌓인 눈처럼 새하얗게. 그녀는 처음에는 누군가 다른 사람의 얼굴이 비치고 있는 것이라고 여긴다. 뒤를 돌아본다. 하지만 아무도 없다. 세면장 안에 있는 사람은 뮤뿐이다. 다시 한번 거울에 눈길을 준다. 그곳에 비치고 있는 백발의 여자가 그녀 자신이라는 사실을 이해한다. 뮤는 정신을 잃고 그대로 바닥에 쓰러진다.

그리고 뮤는 자기 존재를 잃어버린다.

"난 이쪽에 남아 있어. 하지만 또 한 사람의 나는, 아니면 절반의 나는 저쪽으로 옮겨 가버렸어. 내 검은 머리카락과 내 성욕과 생리와 배란 그리고 살아가기 위한 의지 같은 것을 가진 채. 그 나머지 절반이 여기에 있는 나인 거야. 난 줄곧 그렇게 느껴왔어. 스위스 작은 마을의 관람차 안에서 어떤 이유로 나라는 인간이 결정적으로 둘로 찢어져버린 거야. 어쩌면 그건 무언가의 거래 같은 것이었는지도 몰라. 하지만 무언가를 빼앗겨버린 건 아니야. 그건 아직 저쪽에 그대로 존재하고 있을 거야. 난 그걸 알 수 있어. 우리는 한 장의 거울에 의해 격리되어 있을 뿐이야. 하지만 그 유리 한 장의 틈을 난 도저히 뛰어넘을 수가 없어. 영원히."

뮤는 가볍게 손톱을 깨문다.

"물론 누구나 영원을 이야기할 수는 없어. 그렇지? 우리는 언제 어디선가 재회해서 다시 하나로 융합할지도 몰라. 하지만 매우 큰 문제가 하나 남아 있어. 거울 어느 쪽의 이미지가 나라는 인간 본연의 모습인지, 나로선 판단할 수 없게 되었다는 거야. 본래의 내가 페르디난도를 받아들인 나인지, 아니면 페르디난도를 혐오하고 있는 나인지. 그런 혼돈을 다시 한번 감당할 자신이 나에겐 없어."

뮤는 여름방학이 끝났어도 대학으로 돌아가지 않는다. 그
녀는 유학을 포기하고 그대로 일본으로 돌아온다. 그리고
두 번 다시 피아노 건반에 손을 대지 않는다. 음악을 만들어
낼 힘이 그녀로부터 모조리 사라졌다. 이듬해에 아버지가
사망한다. 그녀는 회사의 경영을 인수한다.

"피아노를 연주할 수 없게 된 건 확실히 쇼크였지만 그리
아깝다고는 생각하지 않았어. 조만간 그렇게 될 거라고 어
렴풋이 깨닫고 있었으니까. 어쨌든…" 뮤는 미소 짓고 말을
잇는다. "세계는 피아니스트로 넘쳐나고 있어. 세계에는 스
무 명의 현역 톱 피아니스트가 있으면 그걸로 충분해. 레코
드 가게에 가서 「발트슈타인」이나 「크라이슬레리아나」나
아무거나 좋으니까 찾아보면 너도 알게 될 거야. 클래식 음
악 레퍼토리는 한정되어 있고, CD 진열장의 공간도 한정되
어 있지. 세계 음악 산업에는 현역으로 뛰는 일류 피아니스
트가 스무 명 정도만 있으면 충분해. 내가 사라져버려도 누
구도 곤란해하지 않아."

뮤는 눈앞에서 열 개의 손가락을 펴고 몇 번이나 뒤집는
다. 기억을 다시 한번 확인하듯.

"프랑스로 와서 1년이 지났을 무렵, 이상한 점을 깨달았어. 나보다 분명히 테크닉이 떨어지고 나만큼 노력하지 않는 사람들이 훨씬 더 청중의 마음을 깊이 움직인다는 것을. 음악 콩쿠르에 나가도 난 최종 단계에서 그런 사람들에게 밀려났지. 처음엔 뭔가 잘못되었다고 생각했어. 하지만 똑같은 일이 몇 번이나 반복되었어. 그 때문에 난 초조했고 화도 났어. 공정하지 않다고 생각했지. 하지만 그러는 동안 나도 조금씩 알게 되었어. 내게는 뭔가가 결여되어 있다는 것을. 잘은 모르겠지만 뭔가 중요한 것이. 감동적인 음악을 만들어내기 위해 필요한 사람으로서의 깊이라고 하면 될까. 일본에 있을 때는 그걸 깨닫지 못했어. 그곳에서 난 누구에게도 지지 않았고, 내 연주에 의문을 품을 겨를도 없었어. 하지만 파리에서 수많은 재능 있는 사람들에게 둘러싸이고 나서야 나도 마침내 그 사실을 이해하게 됐지. 해가 높이 솟아 지상의 안개가 걷히는 것처럼 선명하게."

뮤는 한숨을 쉰다. 그러고는 얼굴을 들고 미소 짓는다.

"난 어렸을 때부터 주위와는 관계없이 내 안에 개인적인 규율을 만들어놓고 그것을 지키는 걸 좋아했어. 자립심이 강하고 성실한 성격이었지. 난 일본에서 태어나 일본 학교에 다니고 일본인 친구들과 놀면서 자랐어. 그러니까 기분상으로는 틀림없는 일본인이지만 국적은 외국인이었어. 내게 일본이라는 나라는 테크니컬한 의미에서 어디까지나 외국이었어. 부모님은 잔소리를 하지 않는 분들이었지만 그것만큼은 어릴 때부터 머릿속에 새겨 넣어줬어. 넌 이곳에서는 외국인이라고. 난 이 세계에서 살아가려면 나 자신을 좀 더 강하게 만들지 않으면 안 된다고 생각하게 됐지."

뮤는 부드러운 목소리로 이야기를 계속한다.

"강해지는 것 자체는 나쁜 일이 아니야, 물론. 하지만 지금 생각해보면 난 내가 강하다는 사실에 너무 익숙해져서 약한 사람들을 이해하려 하지 않았어. 행복이란 것에도 너무 익숙해져서 행복하지 않은 사람들에 대해 이해하려 하지 않았어. 건강하다는 점에 너무 익숙해져서 건강하지 않은 사람들의 고통에 대해 이해하려 하지 않았어. 난 여러 가지 일이 제대로 되지 않아 곤란해하거나 초조해하는 사람들을 보면 그건 노력이 부족한 탓이라고 생각했어. 불평을 자주 하는 사람들을 기본적으로 게으름뱅이라고 생각했어. 당시 나의 인생관은 확고하고 실질적인 것이었지만 따뜻한 마음이 넓지 않았던 거야. 그 점에 대해 주의를 주는 사람은 주위에 한 명도 없었어.

열일곱 살이 되었을 때 처녀성을 잃었고, 그 이후에는 결코 적지 않은 수의 사람들과 잠을 잤어. 보이프렌드도 많이 있었고, 그런 분위기만 되면 잘 알지 못하는 사람과 잠을 잔

적도 있어. 하지만 누군가를 사랑한 적은—누군가를 마음으로부터 사랑한 적은 한 번도 없어. 솔직히 말해서 그럴 여유가 없었지. 어쨌든 일류 피아니스트가 되고 싶다는 생각이 머리에 가득 차 있어서 다른 길이나 돌아가는 길은 생각도 하지 않았어. 내게 무엇이 결여되어 있는지 그 공백을 깨달았을 때는 이미 때가 늦어버렸지."

그녀는 다시 눈앞에 양손을 펼치고 잠시 동안 생각에 잠긴다.

"그런 의미에서, 14년 전 스위스에서 일어났던 사건은 어떤 의미에서는 나 자신이 만들어낸 것인지도 몰라. 가끔 그런 생각을 해."

스물아홉 살 때 뮤는 결혼을 했다. 그녀는 성욕이란 것을 전혀 느낄 수 없었다. 스위스 사건 이후 누구와도 육체관계를 갖는 것이 불가능했다. 그녀 내부에서 무엇인가가 영원히 사라져버린 것이다. 그녀는 그 사실을—그 사실만을—그에게 설명했다. 그래서 자기는 누구와도 결혼할 수 없다고. 하지만 그는 뮤를 사랑하고, 설사 육체관계를 가질 수 없다 해도 그녀와 인생을 함께 나누고 싶다고 말했다. 뮤는 그 제안을 거부할 이유를 찾을 수 없었다. 뮤는 그를 어릴 때부터 알고 있었고, 늘 호감을 품고 있었다. 어떤 형태를 취하든, 생활을 함께할 상대로서 그 외의 사람을 생각할 수 없었다. 그리고 현실적으로 말한다면 회사를 경영하려고 하는 이상 결혼이라는 형식은 지극히 중요한 의미를 갖고 있었다.

"남편과는 주말에만 얼굴을 보지만 기본적으로는 잘 지내고 있어. 우리는 친구처럼 사이가 좋고, 생활의 파트너로서 일상적인 시간을 보내. 여러 가지 이야기를 하고, 인간적으로도 서로 신뢰하고 있어. 그가 어디에서 어떻게 성적인 처리를 하는지는 모르지만 내겐 별문제가 되지 않아. 어쨌든 우리 사이에 성적인 관계는 없어. 몸을 접촉하는 일도 없어. 미안하다고 생각하지만 난 그의 몸에 손을 대고 싶지 않아. 그냥 대고 싶지 않은 거야."

뮤는 이야기에 지쳤는지 두 손으로 조용히 얼굴을 감싼다. 창밖은 훤히 밝아져 있다.

"난 과거에 살아 있었고, 지금도 이렇게 살아서 현실적으로 너와 이야기를 나누고 있어. 하지만 여기에 있는 건 진짜 내가 아니야. 네가 보고 있는 건 나의 과거의 그림자에 불과해. 넌 정말로 살아 있지. 하지만 난 그렇지 않아. 이렇게 말을 하고 있어도 내 귀에는 내 목소리가 공허한 메아리처럼 들릴 뿐이야."

나는 잠자코 뮤의 어깨에 팔을 두른다. 나는 할 말을 찾지 못한다. 그래서 언제까지나 그녀의 어깨를 지그시 끌어안고만 있다.

나는 뮤를 사랑하고 있다. 말할 것도 없이 이쪽의 뮤를 사랑하고 있다. 하지만 그와 똑같이 저쪽에 있을 뮤도 사랑하고 있다. 나는 강하게 그렇게 느낀다. 그것에 대해 생각하기 시작하면 나 자신이 잘게 부서져 나가는 것을 몸 안에서 느낀다. 뮤의 분할이 나의 분할로 투영되어 덮쳐 오는 것 같다. 매우 절실하게, 선택의 여지 없이.

그리고 의문이 하나 있다. 만약 지금 뮤가 있는 이쪽이 본래의 실상의 세계가 아니라면(즉 이쪽이 저쪽이라면) 그곳에 이렇게 동시적으로 밀접하게 포함되어 존재하는 나라는 것은 도대체 무엇일까?

　나는 그 두 가지 문서를 각각 두 번씩 읽었다. 첫 번째는 약간 빨리, 두 번째는 천천히 세밀한 부분에 주의를 기울이면서 머리에 새겨 넣듯이. 둘 다 틀림없이 스미레가 쓴 글이었다. 그녀가 아니면 쓰지 않는 특징적인 어법이나 표현을 곳곳에서 볼 수 있었다. 거기에 감돌고 있는 톤은 평소 스미레의 문장과는 상당히 달랐다. 지금까지의 그녀의 문장에는 없었던 어떤 종류의 억제가 있고, 한 걸음 물러선 시선이 있다. 하지만 그녀가 쓴 문장이라는 점에는 의심의 여지가 없다.

　잠시 망설인 뒤 플로피디스크를 내 백의 주머니에 넣었다. 만약 스미레가 무사히 돌아온다면 원래 있었던 곳에 돌려놓으면 된다. 문제는 그녀가 돌아오지 않았을 때의 일이다. 그렇게 된다면 누군가가 짐을 정리할 것이고, 디스크를 발견할 것이다. 어떤 일이 있어도 나는 이 디스크에 담긴 글이 다른 누군가의 눈에 띄게 하고 싶지 않았다.

스미레의 글을 읽고 나자 집 안에 가만히 앉아 있을 수가 없었다. 나는 새 셔츠로 갈아입고 별장을 나와서 계단을 내려가 마을로 향했다. 항구 앞에 있는 은행에서 여행자수표 100달러를 환전하고 키오스크에서 영자 신문을 산 뒤 카페 파라솔 아래에 앉아 읽었다. 졸린 듯한 웨이터를 불러 레모네이드와 치즈 토스트를 주문했다. 그는 짧은 연필로 시간을 들여가며 주문표에 적었다. 땀이 웨이터의 하얀 셔츠 등 쪽에 커다란 얼룩을 만들고 있었다. 무엇인가를 호소하는 듯 절실한 모양을 한 얼룩이었다.

신문을 절반쯤 기계적으로 훑어본 뒤 항구의 오후 풍경을 멍하니 바라봤다. 어디선가 야윈 검둥개 한 마리가 다가와 코를 킁킁거리며 내 다리 냄새를 맡더니 흥미를 잃은 듯 어디론가 가버렸다. 사람들은 각자의 장소에서 한가하게 여름의 오후를 보내고 있었다. 조금이라도 제대로 움직이고 있다고 말할 수 있는 것은 카페 웨이터와 개 정도였지만, 그것도 언제까지 계속될지 의심스러웠다. 키오스크에서 아까 내게 영자 신문을 팔았던 노인은 파라솔 아래의 의자에 걸터앉은 채 다리를 크게 벌리고 잠들어 있었다. 광장 한가운데서 관자형을 당한 영웅의 동상은 평소처럼 오후의 강렬한 햇살을 불평 한마디 없이 등으로 받아내고 있었다.

나는 차가운 레모네이드로 손바닥과 이마를 식히면서 스미레가 쓴 글과 스미레의 실종 사이에 존재할지도 모를 관련성에 대해 두루 생각해봤다.

스미레는 꽤 오랫동안 글쓰기에서 멀어져 있었다. 결혼식 피로연 자리에서 뮤와 만난 이후로 쓰고 싶다는 의욕 자체를 잃어버렸다. 그럼에도 불구하고 그녀는 굳이 그리스의 이 섬에서 거의 같은 시기에 두 개의 글을 쓰게 되었다. 아무리 쓰는 속도가 빠르다고 해도 이 정도 분량의 글을 쓰려면 상당한 시간과 집중력이 필요했을 것이다. 무언가가 스미레를 강하게 자극해서 그녀를 일으켜 세워 책상 앞에 앉힌 것이다.

그건 대체 무엇이었을까? 더욱 초점을 좁혀 말한다면, 두 개의 글 사이에 겹치는 모티프가 있다면 그건 대체 무엇일까? 나는 얼굴을 들고 해안 절벽에 나란히 앉아 있는 바닷새를 보며 생각했다.

복잡한 일을 생각하기에는 세상이 너무 더웠다. 그리고 나는 나름대로 혼란스럽고 지쳐 있었다. 그럼에도 마치 패잔병들을 재편성하듯 내 속에 남아 있는 집중력을―북도, 나팔도 없이―하나로 긁어모았다. 의식을 재정비하고 생각했다.

"중요한 것은 다른 사람의 머리로 생각하는 큰일보다 자신의 머리로 생각하는 작은 일이다"라고 작게 소리 내어 말해봤다. 내가 항상 교실에서 학생들에게 하는 말이다. 하지만 정말 그럴까? 말로 하기는 쉽다. 하지만 실제로는 아무리 작은 일이라도 자신의 머리로 생각하기란 무척 어렵다. 아니, 오히려 작은 일일수록 자신의 머리로 생각하기가 더 어려운 것일지도 모른다. 특히 홈그라운드에서 멀리 떨어져 있을 때는.

스미레의 꿈. 뮤의 분열.

두 개의 다른 세계다, 잠시 후 문득 그런 생각이 들었다. 그것이 스미레가 쓴 두 개의 '문서'에 공통적으로 있는 요소다.

(문서 1)

여기에는 주로 스미레가 그날 밤에 꾼 꿈 이야기가 쓰여 있다. 그녀는 긴 계단을 올라 죽은 어머니를 만나러 간다. 하지만 그녀가 도착했을 때, 어머니는 이미 저쪽 세계를 향해 떠나려 하고 있다. 스미레는 그것을 막을 수 없다. 그리고 갈 곳 없는 탑 꼭대기에서 다른 세계의 존재들에게 둘러싸이게 된다. 스미레는 같은 패턴의 꿈을 지금까지 몇 번이나 꾸었다.

(문서 2)

여기에 쓰여 있는 것은 뮤가 14년 전에 체험한 기묘한 사건이다. 뮤는 스위스의 작은 마을에 있는 유원지에서 밤새도록 관람차 안에 갇혀 쌍안경으로 자기 방 안에 있는 또 다른 자신의 모습을 본다. 도플갱어다. 그리고 그 체험은 뮤라는 인간을 파괴해버린다(또는 그 파괴성을 드러낸다). 뮤의 표현에 따르면 그녀는 한 장의 거울을 사이에 두고 분할되어버린 것이다. 스미레는 뮤를 설득해서 그 이야기를 들었고, 글로 정리했다.

두 문서에서 공통적인 모티프는 분명히 '이쪽'과 '저쪽'의 관계다. 양쪽이 서로 주고받는 모습이다. 아마 그것이 스미레의 관심을 끈 모티프였을 것이다. 그렇기 때문에 그녀는 책상 앞에 앉아 긴 시간에 걸쳐 그것을 글로 써내려갔을 것이다. 스미레의 표현을 빌리면, 그녀는 그것을 글로 쓰는 일을 통해 무엇인가를 생각하려고 했던 것이다.

웨이터가 토스트 접시를 치우러 와서 나는 레모네이드를 한 잔 더 부탁했다. 얼음을 많이 넣어달라고 했다. 가져온 레모네이드를 한 모금 마시고 다시 이마를 식혔다.

'만약 뮤가 나를 받아주지 않는다면 어찌해야 할까?'라고 스미레는 첫 문서의 끝부분에 썼다. '그럴 경우, 나는 사실을 받아들일 수밖에 없을 것이다. 피는 흘러야 한다. 나는 칼을 갈아 어딘가에서 개의 목을 잘라야 한다.'

스미레는 무엇을 말하려 했던 것일까? 그녀는 자살을 암시하려 했던 것일까? 나로서는 그렇게 생각할 수 없었다. 나는 거기서 죽음의 냄새를 맡을 수 없었다. 거기에 있는 울림은 오히려 더욱 앞으로 나아가려고 하는, 새로운 의지 같은 것이다. 개나 피는 어디까지나 비유적인 것이다. 내가 이노카시라공원 벤치에서 그녀에게 설명했듯이. 그것이 의미하는 것은 주술적인 형태를 띤 생명의 부여다. 나는 이야기가 마술성을 획득하는 과정의 비유로서 그 중국의 문 이야기를 했다.

어딘가에서 개의 목을 잘라야 한다.

어딘가에서?

나의 사고는 단단한 벽에 부딪혀 거기서 앞으로 나아갈 수 없었다.

스미레는 대체 어디로 간 것일까? 이 섬 어디에 그녀가 갈 장소가 있을까?

스미레가 마을로부터 떨어진 장소에서, 우물 같은 깊은 곳에 떨어져 홀로 구조를 기다리고 있는 이미지를 아무래도 머리에서 떨쳐버릴 수 없었다. 그녀는 틀림없이 상처를 입고 고독과 굶주림과 갈증에 허덕이고 있을 것이다. 그렇게 생각하자 견딜 수 없는 기분이 되었다.

그러나 경찰은 이 섬에는 우물이 하나도 없다고 분명히 말했다. 그런 구멍이 마을 근처에 있다는 이야기도 들어본 적이 없다고. 이곳은 매우 작은 섬이다, 구멍 하나, 우물 하나라도 이곳에 있는 우리가 모를 리 없다고 그들은 말했다. 확실히 그 말대로일 것이다.

나는 궁리 끝에 하나의 가설을 세워본다.

스미레는 저쪽으로 간 것이다.

그것으로 여러 가지 사건이 설명된다. 거울을 통해 스미레는 저쪽으로 가버렸다. 틀림없이 저쪽에 있는 뮤를 만나기 위해 간 것이다. 이쪽의 뮤가 그녀를 받아들일 수 없는 이상, 그건 당연한 결과가 아닐까?

그녀는 쓰고 있다―나는 기억을 더듬어본다. '충돌을 피하려면 우리는 어찌해야 좋을까? 논리적으로 말하면 그건 간단하다. 꿈을 꾸는 것이다. 꿈을 계속 꾸는 것. 꿈의 세계로 들어가 나오지 않는 것. 그곳에서 영원히 살아가는 것.'

한 가지 의문이 있다. 커다란 의문이다. 어떻게 해야 그곳으로 갈 수 있을까?

논리적으로는 간단하다. 그러나 물론 구체적으로는 설명할 수 없다.

그래서 나는 다시 출발점으로 돌아온다.

도쿄를 생각해본다. 내 아파트 방과 내가 일하는 학교와 역의 쓰레기통에 슬쩍 버리고 온 주방의 음식 쓰레기를. 일본을 떠난 지 채 이틀도 지나지 않았는데 마치 다른 세계의 일처럼 느껴진다. 앞으로 일주일만 있으면 학교의 신학기가 시작된다. 내가 서른다섯 명의 아이들 앞에 서 있는 장면을 상상해본다. 멀리 떨어져 있으니 내가 직업적으로 누군가에게 공부를 가르치고 있다는 것이 무척 기묘하고 이치에 닿지 않는 것처럼 느껴진다. 상대가 열 살짜리 아이들이라고 해도.

선글라스를 벗고 손수건으로 이마의 땀을 닦고 나서 다시 선글라스를 걸친다. 그리고 바닷새들을 바라본다.

스미레를 생각한다. 이사할 때 그녀 옆에서 경험한 격렬한 발기를 생각한다. 그때까지 경험해본 적 없는 강력하고 단단한 발기였다. 마치 나 자신이 파열되어버릴 것 같은 정도였다. 그때 나는 상상 속에서―스미레가 말하는 '꿈의 세계' 속에서―그녀와 몸을 섞었다. 하지만 그 감촉은 다른 여성과의 현실 속 섹스보다도 훨씬 리얼했다.

나는 입 안에 고인 침을 남아 있는 레모네이드와 함께 삼켜버린다.

다시 한번 '가설'을 세워본다. 그 가설을 다시 한번 앞으로 밀고 나가본다. 스미레는 어딘가에서 멋지게 출구를 발견한 것이다. 나는 단순히 그렇게 가정해본다. 그것이 어떤 종류의 출구인지, 스미레가 어떻게 그것을 발견했는지 그것까지는 알 턱이 없다. 그 문제는 나중에 처리하자. 하지만 그것을 하나의 문이라고 생각해보자. 눈을 감고 그 문의 모습을 구체적인 정경을 그리며 머리에 떠올린다. 흔히 있는, 벽에 붙어 있는 지극히 자연스러운 문이다. 스미레는 어딘가에서 그 문을 발견하고 손을 뻗어 손잡이를 돌리고 그대로 밖으로 나간 것이다―이쪽에서 저쪽으로. 얇은 실크 파자마와 비치 샌들 차림으로.

그 문 너머에 어떤 광경이 있는지 나는 상상할 수 없다. 어쨌든 문은 닫히고 스미레는 다시 돌아오지 않는다.

별장으로 돌아와 냉장고 안에 있는 재료들로 간단한 저녁 식사를 만들었다. 토마토와 바실리코를 넣은 파스타, 샐러드, 암스텔 비어. 그러고 나서 베란다에 앉아 끝없는 생각에 잠겼다. 아니, 전혀 아무것도 생각하지 않았다. 누구에게서도 전화는 걸려오지 않았다. 아테네에 있는 뮤는 이곳으로 연락을 취하려고 노력하고 있을 것이다. 하지만 이 섬의 전화는 잘 연결되지 않는다.

파란 하늘이 어제와 마찬가지로 매 시각 그 깊이를 더해가고, 커다란 둥근 달이 바다 위에 떠오르더니 어느 틈엔가 별이 하늘에 구멍을 뚫었다. 언덕을 올라오는 바람이 히비스커스 꽃을 조용히 흔들었다. 제방 앞에 서 있는 무인 등대는 고풍스러운 빛을 깜박이고 있었다. 사람들이 당나귀를 끌고 언덕길을 천천히 내려갔다. 높은 톤의 대화 소리가 가까이 다가왔다가 멀어져갔다. 나는 그런 이국적인 정경을 오히려 자연스러운 일상생활로서 조용히 받아들이고 있었다.

결국 전화는 걸려오지 않았고, 스미레도 나타나지 않았다. 시간이 조용하게 느릿느릿 흘러 밤이 깊어져가기만 했다. 스미레의 방에 있던 카세트테이프 몇 개를 가져와 거실에 있는 오디오 장치로 틀어봤다. 그중 하나는 모차르트의 가곡집이었다. 엘리자베트 슈바르츠코프와 발터 기제킹(P)이라고 스미레의 글씨체로 라벨에 쓰여 있었다. 클래식 음악을 그리 잘 알진 못해도 아름다운 음악이라는 사실은 곧 이해할 수 있었다. 노래를 부르는 스타일이 약간 고풍스럽지만 품격 있는 유려한 문장을 읽고 있을 때처럼 등이 자연스레 펴지면서 기분 좋은 느낌이 들었다. 피아니스트와 가수의 밀고 당기고, 당기고 미는 섬세한 호흡이, 마치 눈앞에 실제로 두 사람이 있는 것처럼 선명하게 재현되었다. 거기

에 실린 곡 가운데 하나가 아마 「제비꽃」일 것이다. 나는 의
자에 몸을 묻고 눈을 감은 채 스미레와 그 음악을 공유했다.

음악 소리에 잠이 깼다. 그렇게 큰 소리는 아니었다. 들릴
듯 말 듯, 그렇게 멀리서 울리는 음악 소리였다. 그 소리는
얼굴 없는 선원이 밤바다에 가라앉은 닻을 천천히 끌어올
리듯이 서서히, 그러나 확실하게 나를 각성시켰다. 나는 침
대에서 몸을 일으킨 뒤 열린 창문으로 얼굴을 내밀고 귀를
기울였다. 틀림없이 음악 소리였다. 머리맡에 있는 손목시
계 바늘은 한 시를 지나고 있었다. 도대체 누가 이런 시각에
음악을 울리고 있는 것일까.

나는 즉시 바지와 셔츠를 걸치고 문밖으로 나가봤다. 근
처에 있는 집들의 불빛은 하나도 남김없이 꺼져 있었다. 인
기척도 없다. 바람도 없고 파도 소리도 들리지 않는다. 달빛
이 묵묵히 땅을 씻어내고 있을 뿐이다. 멈춰 서서 다시 귀
를 기울였다. 음악 소리는 아무래도 산꼭대기 쪽에서 들려
오는 듯했다. 하지만 그건 이상한 이야기다. 험한 산 위에는
마을이 하나도 없고, 그곳에 살고 있는 것은 수도원의 금욕
적인 수도승들과 몇 명의 양치기들뿐이다. 그들이 이런 시
각에 모여서 화려한 축제를 벌인다고는 생각할 수 없었다.

바깥 공기 속에 서자 음악 소리가 집 안에 있을 때보다 훨

썬 더 분명해졌다. 멜로디를 구분할 수는 없지만 리듬으로 볼 때 그리스 음악이라는 사실을 알 수 있었다. 그 소리에는 생음악 특유의 날카롭고 고르지 않은 울림이 있었다. 스피커에서 흘러나오는 다듬어진 음악이 아니었다.

그때쯤 내 머릿속은 완전히 깨어 있었다. 여름밤은 마음을 편안하게 해주는 신비한 깊이를 가지고 있었다. 스미레의 실종이라는, 마음에 걸리는 일이 없었다면 틀림없이 축제 기분까지도 느꼈을 것이다. 나는 두 손을 허리에 대고 몸을 곧게 편 다음 하늘을 올려다보며 심호흡을 했다. 밤의 서늘한 기운이 몸 안쪽을 씻어줬다. 어쩌면 스미레도 지금 어딘가에서 똑같은 음악을 듣고 있는 게 아닐까 하는 생각이 문득 들었다.

음악이 들려오는 쪽을 향해 조금 걸어가보기로 했다. 그 음악이 어디서 들려오는 것인지, 대체 누가 연주하고 있는 것인지, 눈으로 확인해보고 싶었다. 산 정상으로 향하는 길은 그날 아침 해변까지 걸어갔던 길과 같은 외길이기 때문에 헤맬 일은 없었다. 걸어갈 수 있는 데까지 걸어가보자.

달빛이 주위를 환하게 비추고 있기 때문에 걷는 데 불편하지는 않았다. 달빛은 바위와 바위 사이에 복잡한 그림자 형태를 만들어내며 지면을 불가해한 색으로 물들이고 있었다. 조깅화의 고무 바닥이 작은 돌을 밟을 때마다 부자연스럽게 과장된 소리를 냈다. 언덕길을 올라감에 따라 음악 소리가 점차 커져서 명확하게 들렸다. 연주는 역시 산 위에서 이뤄지고 있었다. 악기의 구성은 알 수 없는 타악기와 부주키, 그리고 아코디언과 피리였다. 기타도 포함되어 있을지 모른다. 그 악기들 소리 외에는 아무것도 들리지 않는다. 노랫소리도 없고 사람들의 환성도 없다. 다만 끊임없이 이어지는, 거의 무표정이라고 해도 좋을 정도로 담담한 페이스로 연주가 계속되고 있었다.

산 위에서 벌어지고 있는 일을 눈으로 보고 싶다는 기분이 들었고, 그와 동시에 그런 곳에는 가까이 가지 않는 게 좋지 않을까 하는 생각도 들었다. 내 속에는 억제하기 어려운 호기심과 동시에 직감적인 두려움 같은 것이 있었다. 하지만 무슨 일이 있어도 앞으로 나아가지 않으면 안 된다. 그것은 꿈속에서의 행동과 비슷하다. 꿈속에서 우리는 선택을 가능하게 하는 원리를 부여받지 못한다. 혹은 원리를 성립시키기 위한 선택의 여지를 부여받지 못한다.

어쩌면 스미레도 며칠 전에 똑같이 이 음악 소리 때문에 한밤중에 깨어나 호기심에 이끌려 파자마 바람으로 이 언덕길을 올라간 건 아닐까 하는 상상이 머릿속에 떠올랐다.

걸음을 멈추고 등 뒤를 돌아봤다. 언덕길 아래쪽이 마치 거대한 벌레가 기어간 흔적처럼 허연 살을 드러내고 마을까지 이어져 있었다. 나는 하늘을 올려다보고 달빛 아래에서 내 손바닥을 무심코 들여다봤다. 그러다 문득 그것이 내 손이 아니라는 사실을 깨달았다. 제대로 설명할 수는 없다. 하지만 어쨌든 나는 첫눈에 그것을 알 수 있었다. 내 손은 이미 내 손이 아니고 내 발은 이미 내 발이 아니었다.

푸르스름한 달빛을 받은 내 몸은 마치 벽토로 만들어진 흙 인형처럼 생명의 온기가 결여되어 있었다. 서인도제도의 마술사가 하듯이, 누군가가 주문을 걸어서 그 흙 인형에 나의 일시적인 생명을 불어넣은 것이다. 진짜 생명의 불꽃은 거기에 없다. 나의 진짜 생명은 어디에선가 잠들어버렸고 얼굴 없는 누군가가 그것을 가방에 넣어 지금 가져가려 하고 있다.

숨조차 제대로 쉴 수 없을 정도로 심한 오한을 느꼈다. 알 수 없는 곳에서 누군가가 내 세포를 바꿔치기하고 있었고, 누군가가 내 의식의 끈을 풀고 있었다. 생각하고 있을 여유가 없었다. 내가 할 수 있는 것은 평소의 피난처로 서둘러 도망치는 것이었다. 나는 숨을 한껏 들이마시고 그대로 의식의 바다 밑바닥으로 가라앉았다. 두 손으로 무거운 물을 헤치고 단숨에 내려가 그곳에 있는 커다란 돌을 두 팔로 끌어안았다. 침입자를 밀어내기 위해 물이 고막을 무겁게 눌렀다. 나는 눈을 꼭 감고, 숨을 멈추고 그것을 견뎠다. 일단 마음을 정하면 어려운 일은 아니다. 수압에도, 공기가 없는 것에도, 차가운 어둠에도, 혼돈이 만들어내는 신호에도, 곧 익숙해져버린다. 그것은 내가 어린 시절부터 몇 번이나 되풀이해서 습득하고 있는 행위였다.

시간이 뒤바뀌고 얽히며 붕괴하고 재배치되었다. 세계는 무한정으로 넓어지는 동시에 한정되어 있었다. 몇 개의 선명한 이미지가—이미지만이—그들 자신의 어두운 복도를 소리도 없이 지나쳐 갔다. 해파리처럼, 허공을 떠도는 영혼처럼. 그러나 나는 그것들에게 눈길을 주지 않았다. 내가 조금이라도 그 모습들을 인정하는 기미를 보이면 그것들은 즉시 어떤 의미를 띠기 시작할 게 틀림없다. 의미는 그대로 시간성에 달라붙고 시간성은 나를 두려움이 가득 찬 수면으로 밀어 올릴 것이다. 나는 마음을 굳게 닫고 그들의 행렬을 지나쳐 보냈다.

얼마나 오랜 시간 동안 그런 상태로 있었는지는 나도 모른다. 하지만 수면으로 떠올라 눈을 뜨고 조용히 숨을 내쉬었을 때 음악은 이미 멈춰 있었다. 사람들은 그 수수께끼 같은 연주를 끝내버린 듯했다. 귀를 기울였다. 아무 소리도 들리지 않는다. 전혀 아무것도 들리지 않는다. 음악도, 사람 목소리도, 바람의 속삭임도.

시간을 확인하려 했지만 손목에는 시계가 없었다. 침대 머리맡에 두고 온 것이다.

하늘을 올려다보자 아까보다 별의 수가 몇 개 더 늘어난 것처럼 보였다. 하지만 그것은 나의 착각일지도 모른다. 하늘 자체가 아까와 달라진 듯한 느낌마저 들었다. 몸 안에 있던 기묘한 괴리감은 이미 완전히 사라지고 없다. 나는 몸을 펴고 팔과 손가락을 구부려봤다. 위화감은 없다. 셔츠 겨드랑이 밑이 땀을 흘린 탓에 약간 차가워졌을 뿐이다.

나는 풀 위에서 일어나 언덕길을 계속 오르기 시작했다. 애써 여기까지 왔으니 어쨌든 꼭대기까지 가보자. 음악이 정말 그곳에 있었는지 없었는지, 그 기척만이라도 확인해보고 싶었다. 5분 정도 지나 정상에 도달했다. 내가 올라온 남쪽 경사면 아래로 바다와 항구와 조용히 잠든 마을이 내려다보였다. 적은 수의 가로등이 해안도로를 드문드문 비추고 있다. 한편 산 너머 쪽은 눈 닿는 곳까지 어둠에 싸여 있다. 작은 불빛 하나 보이지 않는다. 훨씬 더 먼 곳을 응시하자, 또 다른 산의 능선이 달빛 속에 떠올라 있는 것이 보였다. 그 앞에는 더욱 깊은 어둠이 고여 있다. 하지만 조금

전까지 화려한 축제가 벌어졌던 기척은 어디에도 없다.

음악이 정말 들렸던 것인지 지금은 그다지 자신을 가질 수 없었다. 내 귀 안에는 그 메아리가 아직 어렴풋이 남아 있었다. 하지만 시간이 지남에 따라 확신은 점차 모호해졌다. 음악 같은 것은 원래 존재하지 않았던 건지도 모른다. 내 귀가 뭔가 착각해 전혀 다른 장소와 시간 속에 존재하는 것을 잘못 주워들었을지도 모른다. 도대체 어떤 사람들이 새벽 한 시에 산꼭대기에 모여 음악을 연주하겠는가?

정상에서 하늘을 올려다보니 달은 놀라울 정도로 가깝게, 그리고 황량하게 보였다. 그것은 격심한 세월에 피부가 벗겨진 거친 바윗덩어리였다. 그 표면에 떠오른 여러 가지 형태의 불길한 그림자는 생명을 이어가기 위한 온기를 향해 촉수를 뻗는 맹목적인 암세포였다. 달빛은 거기에 있는 모든 소리를 왜곡하고 의미를 씻어내어 마음을 현혹하고 있었다. 그것은 뮤에게 또 하나의 자신의 모습을 목격하게 했다. 그것은 스미레의 고양이를 어딘가로 데려갔다. 그것은 스미레의 모습을 사라지게 했다. 그것은 (틀림없이) 존재할 리가 없는 음악을 연주하여 나를 이곳으로 데려왔다. 내 앞에는 바닥을 알 수 없는 어둠이 펼쳐져 있고, 등 뒤에는 옅은 빛의 세계가 있었다. 나는 이국의 산 위에 서서 달빛에 몸을 드러내고 있었다. 모든 것이 처음부터 주도면밀하게 계산되어 있었던 게 아닐까 하고 의심하지 않을 수 없었다.

별장으로 돌아와 뮤의 브랜디를 꺼내 마셨다. 그리고 그대로 잠을 자려고 했다. 하지만 잘 수 없었다. 잠깐이라도 눈을 붙일 수 없었다. 동쪽 하늘이 하얗게 밝아올 때까지 달과 인력과 술렁임이 나를 단단히 붙들고 있었다.

나는 밀폐된 아파트 방에서 죽을 정도로 배를 곯고 있는 고양이들의 모습을 상상했다. 그 부드럽고 자그마한 육식동물들을. 그곳에서 나는—실제의 나는—죽어 있고, 그것들은 살아 있었다. 그것들이 내 살코기를 먹고, 내 심장을 찢고, 내 피를 마시고 있는 모습을 떠올렸다. 귀를 기울이자 멀리 떨어진 어떤 장소에서 고양이들이 뇌를 핥고 있는 소리를 들을 수 있었다. 날렵한 몸매의 고양이 세 마리가 깨진 머리를 둘러싸고, 그 안에 고여 있는 끈적끈적한 잿빛 수프를 빨고 있었다. 그것들의 붉고 거친 혀끝이 내 의식의 부드러운 주름을 맛있다는 듯이 핥았다. 한 번 혀를 놀릴 때마다 내 의식은 아지랑이처럼 흔들리며 엷어졌다.

14

스미레의 행방은 알 수 없는 채 끝나버렸다. 뮤의 말을 빌리면 그녀는 연기처럼 사라져버렸다.

뮤는 이틀 뒤에 오전 편 페리를 타고 섬으로 돌아왔다. 일본 영사관원과 그리스 관광경찰 담당자와 함께였다. 지역 경찰과 그들 사이에 여러 이야기가 오갔고, 섬 주민들을 포함한 대대적인 수색이 실시되었다. 여권에서 뽑아낸 스미레의 사진이 그리스 전국지에 크게 게재되었고, 정보가 수집되었다. 그 결과 경찰과 신문사에 적지 않은 숫자의 제보가 들어왔지만 유감스럽게도 직접적인 단서는 되지 않았다. 대부분 다른 사람에 대한 정보였다.

스미레의 부모님도 섬으로 왔다. 그들이 도착하기 조금 전에 나는 섬을 나왔다. 이제 곧 신학기가 시작되기 때문이기도 했지만, 나로서는 무엇보다 그런 장소에서 스미레의 부모님과 얼굴을 마주치고 싶지 않았다. 거기에 덧붙여 일본 매스컴도 이 지역 신문을 통해 사건을 알게 되어 일본 영사관과 지역 경찰에 접촉하기 시작했다. 나는 뮤에게 이제 도쿄로 돌아가야겠다고 말했다. 내가 섬에 남아 있어봤자 스미레를 찾는 데 도움이 될 것 같지 않다고.

뮤는 고개를 끄덕였다. 당신이 지금까지 이곳에 있어준 것만으로도 큰 도움이 되었다고 그녀는 말했다. 정말이에요. 당신이 와주지 않았다면 난 혼자서 진작 포기해버렸을지 몰라요. 하지만 이제 괜찮아요. 스미레 부모님께는 내가 어떻게든 잘 설명할게요. 매스컴에도 적당히 대처할 거예요. 그러니까 뒷일은 이제 걱정하지 말아요. 당신은 원래 이 일에 아무 책임도 없으니까. 작정만 하면 난 꽤 터프해질 수 있고, 실질적인 일 처리에 익숙하거든요.

뮤는 항구까지 나를 배웅해줬다. 나는 오후 편 페리를 타고 로도스로 출발했다. 스미레가 실종된 지 꼭 열흘이 지났다. 그녀는 마지막에 나를 포옹했다. 매우 자연스러운 포옹이었다. 아무 말 없이 오랫동안 그녀는 내 등에 손을 두르고 있었다. 그녀의 피부가 오후로 접어드는 뜨거운 태양 아래에서 이상할 정도로 서늘하게 느껴졌다. 그 손바닥을 통해 뮤는 내게 무엇인가 전하려 하고 있었다. 나는 그것을 느낄 수 있었다. 눈을 감고 그 말에 귀를 기울였다. 하지만 그것은 말이라는 형태를 띠지 않은 그 무엇이었다. 말이라는 형태를 취해서는 안 되는 무엇이었다. 나와 뮤는 침묵 속에서 몇 가지 대화를 나눴다.

"잘 지내요"라고 뮤가 말했다.

"당신도요."

나와 뮤는 페리 승선장 앞에서 잠시 침묵에 빠졌다.

"저, 정직하게 대답해주면 좋겠어요." 배에 올라타기 직
전에 뮤가 진지한 목소리로 물었다. "당신은 스미레가 이미
살아 있지 않을 거라고 생각하나요?"

나는 고개를 저었다. "구체적인 근거는 없지만 스미레는
지금도 어딘가에서 살아 있을 거라는 느낌이 듭니다. 시간
이 꽤 지났는데도 그녀가 죽었다는 실감이 전혀 들지 않으
니까요."

뮤는 햇볕에 그을린 팔로 팔짱을 끼고 내 얼굴을 봤다.

"사실을 말하면 나도 그래요." 그녀가 말했다. "나도 당신
과 똑같이 느끼고 있어요. 스미레는 죽지 않았을 거라고. 하
지만 동시에 이제는 두 번 다시 그녀와 만날 수 없을 거라는
예감도 들어요. 그것도 아직 근거는 없지만."

나는 잠자코 있었다. 서로 연결된 침묵이 여러 가지 사물
의 틈을 메우고 있었다. 바닷새가 날카롭게 울면서 구름 한
점 없는 하늘을 가로질렀고, 카페에서는 여느 때처럼 웨이
터가 졸린 얼굴로 음료를 나르고 있었다.

뮤는 잠시 동안 입술을 굳게 다물고 생각에 잠겼다. 그런

뒤 말했다. "당신은 나를 미워하고 있진 않나요?"

"스미레가 사라진 일로?"

"그래요."

"어째서 내가 당신을 미워해야 하죠?"

"모르겠어요." 뮤의 목소리에는 오랫동안 억눌러왔던 피로 같은 것이 희미하게 배어 있었다. "스미레뿐 아니라 당신도 이제 두 번 다시 만날 수 없을 것 같다는 느낌이 들어요. 그래서 물어본 거예요."

"난 당신을 미워하지 않습니다."

"하지만 사람 앞일은 모르는 거잖아요."

"그런 식으로 사람을 미워하거나 하지는 않습니다."

뮤는 모자를 벗고 앞 머리카락을 다듬은 다음 다시 모자를 고쳐 썼다. 눈이 부신 듯한 시선으로 나를 봤다.

"그건 분명 당신이 누군가에게 무언가를 기대하거나 하지 않기 때문일 거예요." 그녀의 눈은 깊고 맑았다. 처음 그녀를 만났을 때 석양의 어둠처럼. "난 그렇지 않아요. 하지만 난 당신이 좋아요. 무척이나."

우리는 헤어졌다. 배가 스크루로 거품을 만들면서 후진하여 항구 밖으로 나온 뒤 몸을 비틀듯이 천천히 180도로 방향 전환을 하는 동안 뮤는 제방 끝에 서서 나를 배웅해줬다.

몸에 꼭 맞는 하얀 원피스를 입고, 바람에 날리지 않도록 가끔씩 한 손으로 모자를 누르면서 그리스 섬의 작은 항구에 서 있는 그녀의 모습은 현실의 것이라고 생각할 수 없을 정도로 허무하고 단정했다. 나는 갑판 난간에 몸을 기대고 줄곧 그녀를 바라봤다. 시간은 그곳에서 잠시 정지했고, 그 광경은 내 기억의 벽에 선명하게 각인되었다.

그러나 시간이 다시 움직이기 시작하자 뮤의 모습이 조금씩 작아지더니 희미한 하나의 점이 되고 이윽고 아지랑이 속으로 빨려 들어갔다. 마을이 멀어지고 산의 모습이 불확실해지더니 마지막에는 섬 자체가 빛의 안개와 얽히듯 희미하게 사라졌다. 이어 나타난 다른 섬들도 똑같이 모습을 잃었다. 잠시 시간이 지나자 내가 남겨두고 온 모든 것들이 마치 처음부터 존재하지 않았던 것 같은 느낌이 들었다.

그대로 뮤 옆에 있어야 했을지도 모른다는 생각이 들었다. 신학기 따위야 어찌 되어도 좋다. 섬에 남아서 그녀를 격려하고 납득이 갈 때까지 스미레를 함께 찾고 뭔가 괴로운 일이 있으면 꼭 껴안아줬어야 했다. 뮤는 나를 원하고 있었고, 나도 어떤 의미에서는 그녀를 원하고 있었다.

뮤는 내 마음을 이상하게 강한 힘으로 끌어당기고 있었다.

페리 갑판 위에서 멀어져가는 그녀의 모습을 바라보면서 나는 처음으로 그 사실을 깨달았다. 그것을 연애 감정이라고 부를 수는 없지만 꽤 비슷한 것이었다. 내 몸 전체를 수많은 가는 끈이 묶고 있는 듯한 감각이었다. 마음의 정리를 제대로 못 한 채 갑판 벤치에 앉아 비닐 가방을 무릎 위에 끌어안고, 배가 뒤로 만들어내는 새하얀 물보라를 언제까지나 바라봤다. 몇 마리의 갈매기가 그 물보라에 매달리듯 페리 뒤를 따라왔다. 뮤의 작은 손바닥의 감촉이 마치 영혼의 그림자처럼 내 등에 언제까지나 남아 있었다.

곧장 도쿄로 돌아올 작정이었지만 전날 예약한 비행기 좌석이 웬일인지 취소된 탓에 아테네에서 하룻밤을 묵게 되었다. 항공사가 마련해준 소형 버스를 타고 그들이 알선한 시내 호텔에 머물렀다. 플라카 근처의 아담하고 느낌 좋은 호텔이었지만, 독일인 단체 여행객들로 혼잡하고 무척 시끄러웠다. 특별히 할 일이 생각나지 않았기 때문에 시내를 산책하다가 누구를 위한 것도 아닌 작은 선물을 사고, 저녁에 아크로폴리스 언덕으로 올라갔다. 그리고 평평한 바위 위에 누워 산들바람을 맞으면서 조명을 받아 저녁의 푸른 어둠 속에 어슴푸레 떠오르는 하얀 신전을 바라봤다. 아름답고 환상적인 풍경이었다.

하지만 그곳에서 내가 느낀 것은 비유할 수 없는 깊은 적막감이었다. 정신을 차리고 보니 어느 틈엔가 나를 둘러싼 세계에서 몇 가지 색이 영원히 사라져버렸다. 그 텅 빈 폐허 같은 감정의 초라한 산꼭대기에서 내 인생을 아득히 먼 곳까지 내다볼 수 있었다. 그것은 어린 시절 공상과학소설 삽화에서 본 무인 행성의 황량한 풍경과 비슷했다. 그곳에는 어떤 생명체의 낌새도 없었다. 하루가 엄청나게 길고, 대기의 온도는 너무 덥거나 너무 춥거나 둘 중 하나였다. 나를 그곳까지 운반해준 비행체는 어느 틈엔가 모습을 감춰버렸다. 이제 다른 곳으로 갈 수 없다. 그곳에서 어떻게든 스스로의 힘으로 살아가야 한다.

스미레가 내게 얼마나 중요한, 없어서는 안 될 존재였는가를 새삼 깨달을 수 있었다. 스미레는 그녀밖에는 할 수 없는 방식으로 나를 이 세계와 연결시켜 머물게 해줬다. 스미레를 만나 이야기를 하고 있을 때, 또는 그녀가 쓴 글을 읽고 있을 때, 나의 의식은 조용히 확대되어 지금까지 본 적 없는 풍경을 볼 수 있었다. 그녀와 나는 자연스럽게 서로의 마음을 하나로 겹칠 수 있었다. 나와 스미레는 보통의 젊은 커플이 옷을 벗고 서로의 나체를 바라보듯이 각자의 마음을 열어서 보여줄 수 있었다. 그것은 다른 장소에서는, 다른 상대와는 아직 경험한 적이 없는 종류의 감정이었고, 우리는 그런 감정의 존재가 손상받지 않도록—말로 하지는 않았지만—소중하고 정중하게 다루었다.

그녀와 육체적인 기쁨을 함께 나눌 수 없었다는 것은 말할 것도 없이 내겐 괴로운 일이었다. 만약 그것이 가능했다면 두 사람 다 더욱 행복했을 것임에 틀림없다. 하지만 그것은 조수간만이나 계절의 변화와 마찬가지로 애써 노력한다고 해서 바꿀 수 있는 것이 아니다. 그런 의미에서 우리는 어디에도 갈 수 없는 운명이었던 것이라고 말할 수 있다. 나와 스미레가 지녔던 미묘한 우정 같은 관계는 아무리 현명하고 온건하게 고려한다 해도 언제까지나 계속될 수 있는 건 아니었을 것이다. 그때 우리가 손에 넣고 있었던 것은 기껏해야 길게 연장시킨 막다른 골목 같은 것뿐이었다. 그 점은 잘 알고 있었다.

그러나 나는 스미레를 누구보다 사랑했고 원했다. 어디에도 도달할 수 없다고 해서 그 마음을 간단히 내버릴 수는 없었다. 그것과 바꿔야 할 것은 어디에도 없기 때문에.

그리고 나는 언젠가 '당돌하고 커다란 전환'이 찾아오기를 꿈꾸고 있었다. 설사 실현될 가능성이 적다고 해도 적어도 내겐 꿈을 꿀 권리가 있었다. 물론 결코 실현될 것은 아니었지만.

스미레의 존재가 사라져버리자 나의 내부에서 여러 가지 것들을 찾아볼 수 없게 되었다는 사실이 판명되었다. 마치 썰물이 빠져나간 뒤, 해안에서 몇 개의 사물이 사라져버린 것처럼. 그곳에 남아 있는 것은 이미 정당한 의미를 가지고 있지 않은 일그러지고 공허한 세계였다. 어둡고 차가운 세계였다. 나와 스미레 사이에 일어났던 것과 같은 일들은 그 새로운 세계에서는 더 이상 일어나지 않을 것이다. 나는 그것을 알 수 있었다.

　사람에겐 각각 어떤 특별한 연령대에서밖에는 경험할 수 없는 특별한 사건이 존재한다. 그것은 아주 작은 불꽃 같은 것이다. 주의 깊고 운 좋은 사람은 그것을 소중히 보관하고 커다란 횃불로 키워내 생을 밝히며 살아갈 수 있다. 하지만 단 한 번이라도 잃어버리면 그 불꽃은 영원히 되찾을 수가 없다. 내가 잃어버린 것은 스미레만이 아니었다. 그녀와 함께 나는 귀중한 불꽃마저도 잃어버린 것이다.

　나는 '저쪽' 세계를 생각했다. 그곳에는 아마도 스미레가 있고, 잃어버린 뮤가 있을 것이다. 검은 머리에 풍부한 성욕을 가진 나머지 반쪽의 뮤가. 그녀들은 그곳에서 만나 서로를 채워주며 사랑을 나누게 될지도 모른다. '우리는, 도저히 말로는 표현할 수 없는 경험을 하고 있어'라고 스미레는 내게 말할 것이다(하지만 결국 그녀는 내게 그것을 '말로 표현'하게 된다).

그곳에는 과연 내가 있을 장소가 있을까? 그곳에서 나는 그녀들과 함께 있을 수 있을까? 그녀들이 격렬한 사랑을 나누고 있는 동안 나는 어딘가 방 한구석에서 발자크 전집을 읽으며 시간을 보낼 것이다. 그리고 샤워를 끝낸 스미레와 둘이서 긴 산책을 하며 여러 가지 이야기를 나눌 것이다(대화의 대부분을 끌어나가는 건 늘 그렇듯 스미레겠지만). 그런 굴레를 영원히 유지하는 것이 가능할까? 그게 자연스러운 일일까? '물론이지'라고 스미레는 말할 것이다. '일일이 물어볼 것도 없잖아. 당신은 나한테 단 하나밖에 없는 완전한 친구니까.'

하지만 그 세계로 가는 길을 알 수 없었다. 나는 아크로폴리스의 매끄럽고 단단한 바위 표면을 손으로 쓰다듬고 그곳에 배어 있는, 그곳에 봉인되어 있는 긴 역사를 생각했다. 나라는 인간은 꼼짝없이 시간성이 계속되는 그 속에 갇혀 있다. 그곳에서 빠져나올 수는 없다. 아니, 아니다―그렇지 않다. 결국 그곳에서 빠져나오기를 나는 바라지 않았던 것이다.

내일이 되면 비행기를 타고 도쿄로 돌아간다. 여름방학이 끝나고 끝없이 계속되는 일상 속에 다시 발을 들여놓게 된다. 그곳에는 나를 위한 장소가 있다. 내 아파트의 방이 있고, 내 책상이 있고, 내 교실이 있고, 내 학생들이 있다. 조용한 나날이 있고, 읽어야 할 소설이 있고, 때로는 정사도 있다.

그러나 두 번 다시 지금까지의 나 자신으로는 돌아가지 못할 것이다. 내일이 되면 나는 다른 사람이 되어 있을 것이다. 하지만 주변의 누구도 내가 전과는 다른 사람이 되어 일본으로 돌아왔다는 사실을 눈치채지 못할 것이다. 겉으로 보아서는 아무것도 변한 게 없을 테니까. 그럼에도 내 안에서는 무엇인가가 소진되고 소멸되어버렸다. 어디선가 피가 흐르고 있다. 누군가가, 무엇인가가 내 안에서 사라져간다. 얼굴을 숙이고 말없이. 문이 열리고 문이 닫힌다. 불이 꺼진다. 오늘이 내게 마지막 날인 것이다. 이것이 마지막 석양인 것이다. 날이 밝으면 지금의 나는 이제 이곳에 없다. 이 몸에는 다른 인간이 들어온다.

어째서 모두 이렇게까지 고독해져야만 하는 것일까. 어째서 그렇게 고독해질 필요가 있는 것일까. 이렇게 많은 사람들이 이 세상에서 살고 있고 각각 타인의 내부에서 무언가를 요구하고 있는데, 어째서 우리는 이렇게까지 고독하지 않으면 안 되는 것일까. 무엇 때문에? 이 행성은 사람들의 적막감을 자양분 삼아 회전을 계속하는 것일까?

나는 평평한 바위 위에 반듯이 누워 하늘을 올려다보면서 지금도 지구의 궤도를 돌고 있을 수많은 인공위성을 생각했다. 지평선은 아직 옅은 빛으로 띠를 두르고 있었지만 포도주처럼 짙은 빛깔로 물든 하늘에는 별 몇 개가 자태를 드러내고 있었다. 그 가운데서 나는 인공위성의 빛을 찾았다. 하지만 그것들의 모습을 육안으로 잡아내기에는 아직 하늘이 너무 밝다. 눈에 보이는 별들은 모두 못으로 박아놓은 것처럼 한곳에 머물러 있다. 나는 눈을 감고 귀를 기울인 채 지구의 인력을 단 하나의 끈으로 삼아 하늘을 계속 돌고 있는 스푸트니크의 후예들을 생각했다. 그것들은 고독한 금속 덩어리로서, 차단막도 없는 우주의 암흑 속에서 문득 마주쳤다가 스쳐 지나가고 그리고 영원히 헤어져버리는 것이다. 주고받는 말도 없이, 만나자는 약속도 없이.

15

일요일 오후에 전화벨이 울렸다. 9월 신학기가 시작되고 두 번째로 맞는 일요일이었다. 나는 그때 마침 약간 늦은 점심을 만들고 있었는데, 가스 불을 모두 끄고 수화기를 집어 들었다. 스미레의 소식을 전해줄 뮤의 전화가 아닐까 하고 생각했기 때문이다. 벨 소리에는 뭔가 절박한 느낌이 있었다. 내겐 그렇게 느껴졌다. 하지만 그것은 '걸프렌드'로부터 온 전화였다.

"아주 중요한 일이에요." 그녀는 드물게 인사도 없이 말했다. "지금 바로 이곳으로 와줄 수 있나요?"

목소리 상태로 보아 아무래도 뭔가 안 좋은 일이 일어난 듯했다. 어쩌면 우리 관계가 남편에게 탄로 난 것인지도 모른다. 나는 조용히 숨을 들이쉬었다. 만약 가르치고 있는 학생의 어머니와 동침하고 있다는 사실이 학교에 알려진다면 말할 것도 없이 나는 꽤 난처한 입장에 빠지게 된다. 최악의 경우에는 교직에서 물러나야 할지도 모른다. 하지만 동시에, 어쩔 수 없다는 생각도 들었다. 그런 일은 처음부터 각오하고 있었다.

"어디로 가면 됩니까?"

"슈퍼마켓이요."

전철을 타고 다치카와로 가서, 역 근처에 있는 그 슈퍼마켓에 도착한 것은 두 시 반이었다. 한여름이 다시 돌아온 것처럼 무더운 오후였지만 나는 그녀에게 들은 대로 하얀 셔츠에 넥타이를 매고 얇은 회색 양복을 입고 있었다. 그쪽이 선생님답게 보이고, 상대에게 좋은 인상을 줄 수 있을 거라고 그녀는 말했다. "당신은 가끔 학생처럼 보이거든요."

입구에서 쇼핑카트를 정리하고 있던 젊은 점원에게 보안실이 어디에 있냐고 물어보니, 이곳에는 없고 길 건너 별관 3층에 있다고 말했다. 가르쳐준 별관은 볼품없는 작은 3층 건물로, 그곳에는 엘리베이터조차 없었다. 콘크리트 벽을 달리고 있는 금은 '언제 어떻게 송두리째 무너질지 모르니까 특별히 주의하라'고 작은 목소리로 호소하고 있는 듯이 보였다. 나는 닳아빠진 좁은 계단을 올라가 '보안실'이라는 푯말이 걸린 문을 작게 노크했다. 굵은 남자 목소리가 대답했고, 문을 여니 방 안에 그녀와 그녀 아들의 모습이 보였다. 두 사람은 책상을 사이에 두고 경비원 제복을 입은 중년 남자와 대면하고 있었다. 그 밖에는 아무도 없었다.

넓다고는 할 수 없지만 그리 좁지도 않은 방이었다. 창가에 바로 이어서 책상이 세 개 나란히 놓여 있고, 반대 벽 쪽에는 철제 로커가 있다. 그 사이에 있는 벽에는 근무 시간표가 붙어 있고, 철제 선반에는 경비원 모자 세 개가 나란히 놓여 있다. 막다른 쪽에, 불투명 유리가 끼워져 있는 문 안쪽은 휴게실인 듯했다. 방 안에는 장식이라고 할 만한 게 전혀 없었다. 꽃도 없고, 그림도 없고, 달력도 없다. 벽에 걸린 둥근 모양의 시계만이 이상할 정도로 크게 보였다. 방은 묘하게 휑한 느낌을 주어 어떤 이유로 시간의 흐름에 남겨진 과거 세계의 한구석처럼 보였다. 담배와 서류와 사람의 땀이 긴 세월에 걸쳐 하나로 뒤섞인 것 같은 이상한 냄새가 났다.

담당 경비원은 땅딸막한 체격의 남자로 오십대 후반으로 보였다. 팔이 굵고 머리가 크고 백발이 섞인 머리카락은 숱이 많아 뻣뻣하고, 싸구려 냄새가 나는 헤어크림으로 억지로 눌러 붙여놓았다. 앞에 놓인 재떨이는 담배꽁초로 가득 차 있었다. 내가 방으로 들어서자 그는 검은 테 안경을 벗어 천으로 닦은 뒤 다시 걸쳤다. 새로운 사람과 만날 때면 하는 그의 습관적인 행동처럼 보였다. 안경을 벗을 때 눈이 달에서 주워 온 돌처럼 차갑게 보였다. 안경을 고쳐 쓰자 냉정함은 사라지고 힘이 넘치는 앙금 같은 것이 그 흔적을 채웠다.

어쨌든 그것은 사람을 편안하게 해줄 것을 목적으로 한 시선은 아니었다.

방은 더웠다. 창문이 열려 있었지만 바람은 전혀 들어오지 않았다. 거리의 소음만 들어올 뿐이었다. 신호 때문에 정지한 대형 트럭이 만년에 접어든 벤 웹스터의 테너 색소폰 톤을 연상시키는, 목이 쉰 듯한 에어브레이크 소리를 냈다. 모두 적잖이 땀을 흘리고 있었다. 나는 책상 앞으로 가서 간단히 인사하고 명함을 내밀었다. 경비원은 묵묵히 명함을 받아 들더니 입술을 굳게 다물고 잠시 동안 그걸 노려봤다. 그러고 나서 명함을 책상 위에 놓고 고개를 들어 내 얼굴을 봤다.

"꽤 젊은 선생님이시군요." 그가 말했다. "몇 년 정도 근무하셨습니까?"

나는 갑자기 생각하는 척했다. "3년째 됩니다."

"흐음" 소리를 내고 그는 더 이상 아무 말도 하지 않았다. 그러나 침묵 자체가 여러 가지 일을 웅변으로 말하고 있었다. 그는 다시 한번 명함을 손에 들고 무엇인가를 재확인하듯이 내 이름을 내려다봤다.

"나는 경비주임 나카무라라고 합니다." 그가 이름을 밝혔다. 명함은 주지 않았다. "의자는 저쪽에 남아 있는 것을 적당히 가져오세요. 방이 더워서 미안합니다. 에어컨이 고장

났거든요. 일요일에는 업자가 수리해줄 수 없다고 하고, 선풍기 같은 것도 없어서 산 채로 쪄 죽이는 것 같습니다. 더우실 테니까 선생님도 염려 마시고 웃옷을 벗으세요. 그렇게 간단히는 끝나지 않을 것 같고, 보고 있는 것만으로도 이쪽도 더우니까요."

나는 그의 말대로 의자를 하나 가지고 와서 웃옷을 벗었다. 셔츠가 땀에 젖어 피부에 달라붙어 있었다.

"늘 생각하는 거지만 선생님은 정말 부러운 직업입니다." 경비원이 말했다. 입가에는 진부한 미소가 떠올라 있었다. 하지만 안경 깊숙이 있는 눈은 한정된 움직임만을 찾는 심해의 포식 동물처럼 내 마음속을 살피고 있었다. 말투는 정중했지만 그건 어디까지나 표면적인 것이었다. 특히 그가 '선생님'이라는 단어를 입에 올리자 그 말이 영락없이 모멸적으로 들렸다.

"여름휴가를 한 달 이상 받을 수 있고, 일요일엔 일하러 나오지 않아도 되고, 야근도 없고, 촌지도 있고, 더 이상 말할 것이 없지 않겠습니까. 지금이 되고 보니 나도 열심히 공부해서 선생님이 되었으면 좋았을 걸 하는 생각이 듭니다. 하지만 어떤 인과관계인지 결국은 슈퍼마켓 경비원이 되어버렸죠. 머리가 나빴거든요. 우리 아이에게도 말하곤 합니다. 크면 선생님이 되라고요. 뭐니 뭐니 해도 학교 선생님이 가장 편하니까요."

　나의 '걸프렌드'는 심플한 파란색 반팔 원피스를 입고 있
었다. 머리카락은 머리 위로 틀어 올렸고, 양쪽 귀에는 작은
귀걸이를 달고 있었다. 힐이 있는 하얀색 샌들을 신었고 무
릎 위에는 하얀 백과 크림색의 작은 손수건이 놓여 있었다.
그녀와 만난 것은 그리스에서 돌아오고 나서 처음이었다.
그녀는 아무 말도 없이 울고 난 뒤 퉁퉁 부어오른 눈으로 나
와 경비원을 번갈아 봤다. 지금까지 꽤 추궁당했다는 것을
안색을 보고 알 수 있었다.

　나는 그녀와 잠깐 눈을 맞춘 뒤 아들 쪽을 봤다. 진짜 이름
은 니무라 신이치이지만 학급에서는 '홍당무'로 불리는 아
이였다. 야위고 갸름한 얼굴에 곱슬머리를 하고 있기 때문
에 정말로 홍당무처럼 보였다. 나도 보통 그 이름으로 불렀
다. 점잖고 필요 이상으로 말하지 않는 아이였다. 성적은 좋
은 편이고 숙제를 잊어버리지 않으며 청소 당번을 빼먹은
적도 없다. 문제도 일으키지 않는다. 그러나 수업 중에 손을
들고 발표하는 일도 없고, 리더십을 보이는 경우도 없다. 아
이들로부터 미움을 사지도 않지만 특별히 인기가 있는 것
도 아니다. 어머니는 그 점을 적잖이 불만스럽게 생각했지
만 교사의 입장에서 보면 착실한 아이였다.

"이야기 내용은 아이 어머니에게서 들으셨겠죠? 전화로?" 경비원이 내게 물었다.

"네. 절도라는 말을 들었습니다만."

"그렇습니다." 경비원은 그렇게 말하고 발치에 있는 종이 상자를 집어 들어 책상 위에 올려놓았다. 그리고 그것을 내쪽으로 가까이 밀었다. 상자 안에는 플라스틱으로 포장된 소형 호치키스가 여덟 개 들어 있었다. 나는 그중 하나를 들고 살펴봤다. 850엔이라는 가격표가 붙어 있었다.

"호치키스 여덟 개? 이게 전부입니까?"

"그렇습니다. 이게 전부입니다."

나는 호치키스를 상자 안에 도로 넣었다. "가격으로 치면 모두 6,800엔이군요."

"그렇습니다. 6,800엔. 분명 이렇게 생각하시겠죠. '물론 도둑질은 해선 안 되는 일이다. 범죄행위다. 하지만 고작 호치키스 여덟 개를 훔친 것으로 이렇게 소동을 피워서도 안 된다. 게다가 초등학생이지 않은가'라고 말입니다. 아닙니까?"

나는 아무 말도 하지 않았다.

"좋습니다, 그렇게 생각하셔도. 말 그대로니까. 세상은 호치키스 여덟 개를 훔치는 것보다 훨씬 악질적인 범죄로 넘쳐나고 있습니다. 여기서 경비원을 하기 전에는 오랫동안 현장을 뛰는 경찰관 일을 했기 때문에 그런 건 잘 알고 있습니다."

경비원은 내 눈을 똑바로 보면서 말했다. 나는 도전적인 인상을 주지 않으려고 주의하면서 그 시선을 줄곧 정면으로 받았다.

"처음이라면 가게 쪽도 이 정도의 도둑질 피해로 일일이 소동을 피우거나 하지는 않습니다. 우리도 손님을 상대하는 장사니까 필요 이상으로 일을 복잡하게 만들고 싶지는 않습니다. 일반적으로는 이 방에 끌고 와서 약간 겁을 주는 것으로 끝내고, 악질적인 경우라도 기껏해야 집에 연락해 주의를 주는 정도입니다. 학교에도 알리지 않습니다. 이런 일은 가능하면 온건하게 처리하는 것이 우리 매장의, 어린 아이의 도둑질에 대한 기본 방침이죠.

하지만 이 아이가 도둑질한 것은 오늘이 처음이 아닙니다. 지금까지 우리가 알고 있는 것만으로도 세 번째입니다. 아시겠습니까? 세 번째입니다. 게다가 첫 번째도, 두 번째도 이 아이는 자기 이름도, 다니고 있는 학교 이름도 완강하게 밝히지 않았습니다. 두 번 다 내가 상대했기 때문에 잘 기억하고 있습니다. 아무리 혼을 내도 일절 입을 열지 않았습니다. 경찰이 말하는 묵비권이란 겁니다. 잘못을 빌지도 않고, 반성하는 태도도 아니고, 반항적인 데다 지극히 태도가 나빴습니다. 이름을 알려주지 않으면 경찰한테 데려가겠다, 그래도 좋냐고 해도 여전히 입을 다물고 있었죠. 그래서 이번에는 할 수 없이 가지고 있던 버스 정기권을 강제로 빼앗아 보고 이름을 알았습니다."

그는 잠깐 틈을 두고 상세한 상황이 내 머리에 파악되기를 기다렸다. 그는 여전히 내 눈을 물끄러미 바라보고 있었고 나도 시선을 피하지 않았다.

"그리고 한 가지 더. 훔친 물건의 내용이 좋지 않습니다. 애교로 봐줄 수 없다는 겁니다. 처음에는 샤프펜슬 열다섯 자루였습니다. 금액으로 치면 9,750엔. 두 번째는 컴퍼스 여덟 개. 금액으로 치면 8천 엔입니다. 즉 늘 한 가지 물건을 통째로 훔치는 겁니다. 자기가 사용하기 위해서가 아닙니다. 단지 재미로 훔치든지, 학교에서 친구들한테 팔려고 그러는 겁니다."

나는 홍당무가 점심시간에 학급 친구들에게 훔친 호치키스를 팔고 있는 광경을 상상해봤다. 그것은 단순히 생각해도 있을 수 없는 가정이었다.

"이해하기 어려운데요? 한 슈퍼에서 그렇게 멋대로 도둑질할 수는 없을 텐데요? 그런 짓을 몇 번씩이나 계속하다 보면 당연히 얼굴이 알려지고 슈퍼에서 경계를 할 것이고 붙잡힐 경우 처벌도 무거워지게 됩니다. 제대로 훔칠 생각이라면 다른 곳으로 가는 게 보통이지 않습니까?"

"그런 건 나한테 물어보면 곤란합니다. 실제로 다른 슈퍼에서도 도둑질을 했을지 모르죠. 아니면 우리 슈퍼가 마음에 들었는지도 모르고요. 아니면 내 얼굴이 마음에 들지 않았는지도 모르고. 난 단순히 슈퍼마켓 경비원이니까 어려운 문제는 일일이 따지지 않습니다. 그렇게 많은 급료를 받고 있지도 않고요. 알고 싶으면 본인에게 직접 물어보시는 게 좋겠군요. 오늘도 이곳으로 데려온 지 세 시간이 지났지만, 그동안 이 아이는 단 한 마디도 말하지 않았습니다. 보기엔 얌전한 것 같지만 보통 고집이 아닙니다. 그래서 선생님께 직접 와주십사 부탁드린 겁니다. 모처럼 쉬시는 걸 방해해서 죄송합니다만.

…그런데 아까부터 신경이 쓰인 거지만 피부를 아주 멋지게 태우셨군요. 이 이야기와 직접적인 관계는 없는 일이지만 여름휴가 동안에 어디 다녀오셨습니까?"

"특별한 곳에 간 것은 아닙니다."

그는 여전히 내 얼굴을 자세히 들여다보고 있었다. 마치 내가 문제의 중요한 일부라는 듯한 눈초리로.

나는 호치키스를 다시 손에 들고 작은 부분까지 살펴봤다. 어느 가정, 사무실에나 있는 지극히 평범한 소형 호치키스(거의 완성의 영역에 도달한 싸구려 사무용품)였다.

경비원은 담배를 꺼내 입에 물고 라이터로 불을 붙였다.

그리고 얼굴을 옆으로 돌려 연기를 내뿜었다.

나는 아이 쪽을 향해 부드럽게 물어봤다. "어째서 호치키스인 거야?"

홍당무는 줄곧 바닥을 내려다보고 있다가 조용히 고개를 들고 나를 봤다. 하지만 아무 말도 하지 않았다. 그제야 비로소 나는 그 아이의 표정이 평소와는 완전히 다르다는 사실을 깨달았다. 기묘하게 표정이 없고 눈의 초점이 맞지 않았다. 시선에 깊이가 없었다.

"누가 협박해서 저지른 일 아니야?"

홍당무는 역시 대답하지 않았다. 내가 말한 것을 이해조차 하지 못하는 것 같았다. 나는 포기했다. 지금 여기서 아무리 물어본다 해도 아무것도 알아낼 수 없을 것이다. 이 아이는 문을 닫고 창문을 걸어 잠그고 있다.

"자, 어떻게 할까요. 선생님." 경비원이 물었다. "매장 안을 순찰하고 모니터 카메라로 감시하다가 절도 현행범을 발견하면 이 방으로 데려오는 것이 내가 하는 일입니다. 그 일을 하는 것으로 월급을 받고 있죠. 그다음에 어떻게 하느냐는 또 다른 문제입니다. 특히 상대가 어린아이일 경우에는 처리가 어렵습니다. 어떻게 해야 좋겠습니까, 선생님. 그런 건 선생님이 더 잘 아시겠죠? 아니면, 일단 경찰에 이야기할까요? 나로서는 그렇게 하는 것이 훨씬 편합니다. 아무리 애써도 소용없는 이런 일에 반나절이나 시간을 허비하고 싶지는 않거든요."

사실을 말하면 나는 그때 다른 생각을 하고 있었다. 슈퍼마켓 보안실의 초라한 풍경은 영락없이 그리스 섬의 경찰서를 떠올리게 했다. 그래서 나는 스미레를 생각하지 않을 수 없었다. 그녀의 부재에 대해.

그런 까닭에 그 남자가 내게 무슨 말을 하는 건지 잠시 동안 제대로 이해할 수 없었다.

"애 아빠에게 말해서 아이에게 단단히 주의를 주겠습니다. 도둑질이 범죄라는 걸 잘 알아듣게 하겠어요. 두 번 다시 이런 피해는 끼치지 않겠습니다." 그녀가 억양을 뺀 목소리로 말했다.

"그러니까 세상에 알려지지 않게 해달라는 말씀입니까? 그건 아까부터 몇 번이나 되풀이한 말씀 아닙니까." 경비주임은 하찮다는 듯이 말했다. 그는 재떨이에 담배를 두드려 재를 떨었다. 그리고 다시 내 쪽을 봤다. "하지만 내 입장에서 보면 같은 짓을 세 번씩이나 되풀이한다는 건 아무래도 지나칩니다. 어딘가에서 브레이크가 필요합니다. 선생님은 그 점에 대해 어떻게 생각하십니까?"

나는 심호흡을 하고 의식을 현실 세계로 되돌렸다. 여덟 개의 호치키스와 9월의 일요일 오후로.

나는 말했다. "아이와 이야기를 나눠보지 않고는 뭐라 말할 수 없습니다. 지금까지 문제를 일으킨 적이 없는 아이고, 머리도 나쁘지 않습니다. 어째서 그런 무의미한 도둑질을 했는지 지금으로서는 짐작도 가지 않습니다. 앞으로 시간을 들여 잘 이야기해보겠습니다. 이야기하는 동안에 분명히 뭔가 단서 같은 것이 발견될 겁니다. 폐를 끼쳐서 정말로 죄송합니다."

"글쎄요, 잘은 모르겠지만…." 상대가 안경 너머 깊은 곳에서 눈을 가늘게 뜨고 말했다. "이 아이는—니무라 신이치는—선생님이 담임을 맡고 있는 학생이죠? 그렇다는 건 매일 교실에서 얼굴을 마주친다는 거죠. 그렇죠?"

"그렇습니다."

"4학년이니까 벌써 1년하고 4개월 가까이 선생님 반에 있는 거군요. 아닙니까?"

"그렇습니다. 3학년 때부터 데리고 있습니다."

"반에는 모두 몇 명의 학생이 있습니까?"

"서른다섯 명입니다."

"그럼 꽤 눈에 띄겠군요. 그런데 이 아이가 문제를 일으킬 거라곤 전혀 예상도 하지 못했다, 그런 낌새조차 못 느꼈다 이겁니까?"

"그렇습니다."

"하지만 이 아이는 반년 동안 알려진 것만도 세 번이나 도둑질을 했습니다. 그것도 늘 혼자서 했습니다. 누군가에게 '네가 하라'고 협박을 받은 것도 아닙니다. 필요 때문도 아니고 한때의 충동도 아닙니다. 돈 때문도 아닙니다. 어머니 말씀에 따르면 지나칠 정도로 충분한 용돈을 주고 있습니다. 그렇다면 확신범입니다. 훔치기 위해 훔치는 것이죠. 즉 이 아이는 분명히 '문제'를 안고 있는 겁니다. 그렇죠? 그럴 경우, 뭔가 낌새 정도는 보이는 게 아닐까요?"

"교사로서 말씀드린다면 상습적인 절도 행위는, 특히 아이들의 경우 범죄성보다는 정신적인 미묘한 왜곡에서 오는 경우가 많습니다. 물론 제가 좀 더 주의 깊게 관찰했다면 알 수 있었을지도 모릅니다. 그 점에 대해서는 반성하겠습니다. 하지만 그런 왜곡은 겉으로 보아서는 상당히 예측하기 어려운 문제입니다. 혹은 행위 자체를 행위로서 단독으로 취급해 마땅한 벌을 준다 해도, 그것으로 즉시 고쳐지지도 않습니다. 근본적인 원인을 찾아내 그것을 바로잡지 않는 한 나중이 되면 또 다른 형태로 문제가 나타나게 됩니다. 도둑질이라는 형태로 아이들이 뭔가 메시지를 보내는 경우가 적지 않으니까, 설사 효율이 나쁘다 해도 시간을 두고 대면해서 이야기를 나눌 수밖에 없습니다."

경비원은 담배를 비벼 끄고 입을 반쯤 벌리고는 진기한 동물이라도 관찰하듯 오랫동안 내 얼굴을 응시하고 있었다. 책상 위에 놓인 그의 손가락은 매우 굵었다. 검은 털이 자란 살찐 열 마리의 생물처럼 보였다. 그걸 보고 있자니 숨이 막혔다.

"지금 그 말씀은 대학의 교육학이나 그런 데서 들은 겁니까?"

"꼭 그런 건 아닙니다. 심리학의 초보적인 문제이기 때문에 어느 책에나 씌어 있습니다."

"어느 책에나 씌어 있다?" 그는 내 말을 무표정하게 되풀이했다. 그러고는 수건을 집어 들더니 굵은 목덜미 주변의 땀을 닦았다.

"정신적인 미묘한 왜곡이라는 게 대체 뭡니까? 선생님, 나는 경찰관으로서 아침부터 저녁까지 미묘하지 않게 왜곡된 인간들을 상대하며 살아왔습니다. 이 세상에는 그런 인간들이 가득합니다. 빗자루로 쓸어버릴 만큼요. 그런 인간들의 이야기를 많은 시간을 들여 정성스레 듣고, 그 메시지가 대체 뭔지 진지하게 생각해야 한다면 내 머리가 열 개라도 턱없이 부족할 겁니다."

그는 한숨을 내쉬고 호치키스가 담긴 상자를 다시 책상 아래로 내려놓았다.

"모두 입으로는 그럴듯한 말을 합니다. 아이의 마음은 깨끗하다. 체벌은 안 된다. 사람은 모두 평등하다. 성적으로 사람을 평가할 순 없다. 충분한 시간을 들여 대화를 통해 해결하자. 그런 것에 특별히 신경 쓰지는 않습니다. 하지만 말입니다, 그래서 세상이 조금씩 좋아지고 있습니까? 그렇지 않습니다. 오히려 나빠지고 있습니다. 보세요, 사람이 모두 평등할 리 없지 않습니까. 그런 이야기는 들어본 적도 없습니다. 아시겠습니까? 이 좁은 일본 땅에는 1억 1천만 명이나 되는 사람들이 북적대고 있습니다. 그런데 그 사람들이 모두 평등하다고 칩시다. 그건 지옥입니다.

듣기 좋은 말을 하는 것은 간단합니다. 눈감아주고, 못 본 척하고, 문제를 그대로 뒤로 미루면 되니까요. 풍파를 일으키지 않고, 졸업식 노래를 하고 아이들을 졸업시키면 그것으로 해피엔드겠죠. 도둑질은 아이 마음의 메시지다, 뒷일은 모른다, 그것 참 편하군요. 누가 그 뒤처리를 하게 될까요? 우리입니다. 우리가 하고 싶어서 이런 일을 한다고 생각하십니까? 기껏해야 6,800엔짜리잖아 하는 표정을 당신은 하고 있지만 도둑맞은 쪽의 입장이 되어보세요. 여기엔 백 명이나 되는 사람들이 일하고 있고 모두 1엔, 2엔의 가격 차에 안색을 바꿉니다. 금전등록기의 현금 집계가 백 엔만 틀려도 잔업을 하면서 조사합니다. 이 슈퍼마켓에서 금전등록기를 만지는 아주머니의 시급이 얼만지 아십니까? 어째서 학생들에게 그런 것을 가르쳐주지 않는 거죠?"

나는 잠자코 있었다. 그녀도 잠자코 있었다. 아이도 잠자코 있었다. 경비주임도 어느덧 말하다 지쳤는지 잠시 침묵 속에 몸을 맡기고 있었다. 다른 방에서 전화가 한 번 짧게 울리더니 누군가가 수화기를 집어 들었다.

"그럼 어떻게 하면 좋겠습니까?" 나는 말했다. "본인이 잘못했다고 사과할 때까지 천장에 거꾸로 매달아놓으면 되겠습니까?"

"그것도 나쁘지 않겠죠. 하지만 아시다시피 실제로 그런 짓을 했다가는 당신도, 나도 모가지가 달아날 겁니다."

"그렇다면 시간을 들여 끈질기게 대화를 나눌 수밖에 없습니다. 그게 제 최종적인 의견입니다."

다른 부서의 누군가가 노크도 없이 방으로 들어와서 "나카무라 씨, 보관창고 열쇠 좀 빌려줘"라고 말했다. '나카무라 씨'는 한동안 책상 서랍을 찾아봤지만 열쇠를 발견하지 못했다. "없는데"라고 그가 말했다. "이상하네, 항상 여기에 넣어뒀는데." 중요한 일로 열쇠가 지금 당장 필요하다고 상대가 말했다. 두 사람의 말투로 보아 그것은 꽤 중요한 종류의 열쇠로, 원래 그런 곳에 넣어두어서는 안 되는 물건인 듯했다. 몇 개의 책상 서랍을 모두 뒤졌지만 역시 열쇠는 발견되지 않았다.

그동안 우리 세 사람은 침묵을 지키고 있었다. 그녀는 호소하는 듯한 눈빛으로 나를 바라보고 있었다. 홍당무는 여전히 무표정한 모습으로 바닥을 내려다보고 있었다. 나는 이것저것 끝없는 생각에 잠겨 있었다. 지독하게 더웠다.

열쇠가 필요하다고 한 남자는 포기하고 투덜투덜 불평을 늘어놓으며 어딘가로 가버렸다.

"이제 됐습니다." 나카무라 경비주임이 표정 없는 사무적인 목소리로 말했다. "수고하셨습니다. 이제 끝났습니다. 뒤처리는 선생님과 어머니에게 모두 맡기겠습니다. 하지만 말입니다, 또 같은 일이 일어난다면 그때는 더 귀찮아질 겁니다. 그건 이해하실 수 있죠? 나도 귀찮은 일은 싫습니다. 하지만 일은 일이니까요."

그녀가 고개를 끄덕였고 나도 고개를 끄덕였다. 홍당무는 아무 말도 듣고 있지 않는 듯했다. 내가 자리에서 일어나자 두 사람도 힘없이 나를 따랐다.

"마지막으로 하나 더." 경비원이 자리에 앉은 채 나를 올려다보며 말했다. "이런 말씀을 드리면 실례겠지만 마음먹은 김에 말씀드리죠. 선생님을 보고 있자니 아무래도 뭔가 석연치 않은 점이 있습니다. 젊고, 키 크고, 느낌이 좋고, 피부를 잘 태운 데다 논리도 정연합니다. 말씀하시는 것도 올바르고요. 틀림없이 가정교육을 잘 받았겠죠. 그런데 제대로 말할 수는 없지만 처음 뵈었을 때부터 뭔가 마음에 걸리는 게 있었습니다. 납득 못 할 뭔가가 있습니다. 개인적으로 선생님께 시비를 거는 것은 아닙니다. 그러니까 노여워하지는 마세요. 다만 신경이 쓰일 뿐입니다. 마음에 걸리는 그게 대체 뭘까요?"

"저도 개인적으로 드리고 싶은 말씀이 하나 있는데 괜찮겠습니까?"

"아, 물론이죠. 뭐든지 말씀하세요."

"만약 사람이 평등하지 않다면 당신의 자리는 어디쯤에 있을까요?"

나카무라 경비주임은 폐 속까지 담배 연기를 들이마시고 고개를 젓고 나서 마치 누군가에게 무언가를 밀어붙이듯 시간을 들여 천천히 말했다. "모릅니다. 하지만 걱정 마세요. 적어도 선생님과 같은 자리는 아닐 테니까."

그녀는 슈퍼마켓 주차장에 빨간색 도요타 셀리카를 주차해놓았다. 나는 그녀를 아이에게서 멀리 떨어진 곳으로 불러 먼저 집으로 돌아가 있지 않겠냐고 말했다. 아이와 둘이서 잠시 이야기하고 싶으니까. 아이는 나중에 집으로 데려다주겠다고. 그녀는 고개를 끄덕였다. 뭔가 말하려 했지만 결국 입 밖에 내지 않고 혼자 차에 올라타 핸드백에서 선글라스를 꺼내고 시동을 걸었다.

그녀가 떠나자 나는 홍당무를 데리고 눈에 띄는 밝은 커피숍으로 들어갔다. 에어컨 바람에 숨을 돌리고 나를 위한 아이스티와 아이를 위한 아이스크림을 부탁했다. 셔츠의 목 단추를 풀고 넥타이를 벗어서 웃옷 주머니에 넣었다. 홍당무는 여전히 침묵에 빠져 있었다. 표정도, 눈초리도 슈퍼마켓 보안실에 있었을 때와 변함없었다. 장기적인 방심 상태에 있는 듯이 보였다. 작고 가느다란 손을 무릎 위에 가지런히 올려놓은 채 내 얼굴을 피하듯이 바닥을 보고 있었다. 나는 아이스티를 마셨지만 홍당무는 아이스크림에 전혀 손대지 않았다. 아이스크림이 그릇 안에서 조금씩 녹아갔지만 홍당무는 그걸 깨닫지 못하는 듯했다. 우리는 마주 앉은 채, 마치 마음이 맞지 않는 부부처럼 꽤 오랫동안 침묵을 지켰다. 웨이트리스는 볼일이 있어 우리 테이블로 올 때마다 긴장한 표정을 지어 보였다.

"여러 가지 일이 있다." 꽤 오랜 시간이 흐른 뒤에 내가 먼저 말했다. 뭔가 이야기해야겠다고 생각했기 때문이 아니라 마음속에서 자연스레 나온 말이었다.

홍당무가 천천히 얼굴을 들고 내 쪽을 봤다. 하지만 아무 말도 하지 않았다. 나는 눈을 감고 한숨을 내쉰 뒤에 다시 잠시 동안 조용히 있었다.

"아직 아무에게도 말하지 않았지만 여름방학 때 잠시 그리스에 다녀왔다. 그리스가 어디에 있는지는 알고 있지? 사회 시간에 비디오 교재로 본 적이 있을 거야. 남유럽, 지중해에 있지. 섬이 많고 올리브가 생산돼. 기원전 500년쯤에 고대 문명이 번성했어. 아테네에서는 민주주의가 생겨났고, 소크라테스가 독을 마시고 죽었지. 무척 아름다운 곳이야. 하지만 놀러 간 건 아니야. 친구가 그리스에 있는 작은 섬에서 행방을 알 수 없게 돼서 찾으러 간 거지. 하지만 안타깝게도 찾을 수 없었어. 그 친구는 단지 조용히 사라져버린 거야. 연기처럼."

홍당무는 입을 조금 벌리고 내 얼굴을 보고 있었다. 표정은 아직 굳어 있었지만 눈에는 조금씩 빛이 돌아오고 있는 듯했다. 아이는 분명히 내 말을 귀담아듣고 있었다.

"난 그 친구를 좋아했다. 정말 좋아했어. 누구보다, 무엇보다 소중한 사람이었지. 그래서 비행기를 타고 그리스의 그 섬까지 찾으러 간 거야. 하지만 헛수고였다. 도저히 찾을 수 없었어. 그 친구가 없어져버리면 내겐 이제 아무 친구도 없단다. 단 한 사람도 없어."

나는 홍당무를 향해 이야기하고 있는 게 아니었다. 나 자신을 향해 이야기하고 있을 뿐이었다. 생각하고 있는 것을 말소리로 내고 있을 뿐이었다.

"내가 지금 뭘 가장 하고 싶은지 아니? 피라미드처럼 높은 곳에 올라가는 거야. 되도록 높은 곳이 좋아. 가능하면 주변이 훤히 트인 곳이 좋아. 그 꼭대기에 서서 세상을 빙 둘러보고 어떤 경치가 보이는지, 지금 그곳에서 대체 무엇이 사라져버렸는지 내 눈으로 확인하고 싶은 거야. 아니, 모르겠다. 사실 그런 건, 보고 싶지 않은 건지도 몰라. 사실 난 이제 더 이상 아무것도 보고 싶지 않은 건지도 몰라."

웨이트리스가 다가와 홍당무 앞에서 녹아버린 아이스크림 그릇을 치우고 내 앞에 전표를 놓고 갔다.

"난 어린 시절부터 줄곧 혼자 살아온 것 같은 존재였다. 집에 부모님과 누님이 계셨지만 아무도 좋아할 수 없었지. 가족 어느 누구와도 마음이 통하지 않았어. 그래서 내가 데려온 자식이 아닌가 상상하기도 했었어. 사정이 있어서 어딘가 먼 친척에게서 데려온 게 아닐까 하고. 어쩌면 고아원 같은 곳에서 데려온 것이 아닐까 하고. 하지만 지금 와서 생각해보면 그건 있을 수 없는 일이지. 아무리 생각해도 내 부모님은 갈 곳 없는 고아를 데려다 키울 분들이 아니니까. 어쨌든 내가 가족들과 피가 섞였다는 사실을 납득할 수 없었어. 그보다는 그들이 생면부지의 타인이라고 생각하는 쪽이 더 편했지.

난 먼 곳에 있는 어떤 마을을 자주 상상했다. 그곳에는 한 채의 집이 있고, 그 집에는 나의 진짜 가족이 살고 있어. 작고 초라하지만 마음이 편안한 집이지. 그곳에서는 모두가 자연스럽게 마음이 통하고, 느낀 것을 그대로 말할 수 있어. 저녁이 되면 어머니가 부엌에서 음식을 만드는 소리가 들리고, 따뜻하고 맛있는 냄새가 나. 그곳이 원래 내가 있어야 할 장소였다. 난 늘 그곳을 머릿속에 그리며 그 안에 나를 융화시켰지.

현실의 우리 집에는 개가 한 마리 있었는데, 가족 중에서 그 개만 좋아했어. 잡종이지만 무척 머리가 좋은 개였어. 뭐든지 한 번 가르쳐주면 언제까지나 잊지 않았지. 매일 산책할 때면 둘이 공원에 가서 벤치에 앉아 여러 가지 이야기를 했다. 우리는 서로 마음을 전할 수 있었어. 그게 어린 시절의 나한테 가장 즐거운 시간이었지. 하지만 그 개는 내가 초등학교 5학년 때 집 근처에서 트럭에 치여 죽어버렸어. 그 뒤로 개는 더 이상 키울 수 없었다. 개는 시끄럽고 더럽고 손이 많이 가니까.

개가 죽고 나서 난 방에 혼자 틀어박혀 책만 읽게 되었다. 주위 세계보다는 책 속에 있는 세계 쪽이 훨씬 생생하게 느껴졌거든. 그곳에는 내가 본 적 없는 경치가 펼쳐져 있었어. 책과 음악이 나의 가장 소중한 친구가 됐지. 학교에도 친한 친구가 몇 명 있었지만 마음을 터놓고 이야기할 수 있는 상대는 만날 수 없었어. 매일 얼굴을 마주치면 적당히 이야기하고 함께 축구를 한 것뿐이야. 뭔가 곤란한 일이 있어도 누군가에게 상담한 적은 없어. 혼자 생각하고 결론을 내리고 혼자 행동했지. 하지만 특별히 외롭다고 생각하진 않았어. 그게 당연한 거라고 생각했거든. 사람은 결국 혼자 살아갈 수밖에 없는 존재니까.

하지만 대학생 때 그 친구와 만났고 그러고 나서 조금씩 생각이 바뀌게 되었다. 오랫동안 혼자서 생각하다 보면, 결국 한 명분의 생각밖에 할 수 없다는 사실을 나도 알게 됐지. 외톨이로 지낸다는 게 때로는 굉장히 외로운 생활이라는 사실을 알게 된 거야.

외톨이로 지낸다는 건 비 내리는 저녁에 커다란 강 하구에 서서 많은 물이 바다로 흘러 들어가는 걸 끝없이 바라보고 있을 때와 같은 기분이야. 비 내리는 저녁에 커다란 강 하구에 서서 물이 바다로 흘러 들어가는 걸 본 적이 있니?"

홍당무는 대답하지 않았다.

"나는 있다."

홍당무가 눈을 크게 뜨고 내 얼굴을 바라봤다.

"많은 강물이 많은 바닷물과 뒤섞이는 모습을 보는 게 왜 그토록 외로운 것인지 나도 잘 모른다. 하지만 정말 그래. 너도 한번 보는 게 좋을 거야."

나는 웃옷과 전표를 집어 들고 천천히 일어섰다. 홍당무의 어깨에 손을 대자 그 아이도 일어섰다. 우리는 커피숍을 나왔다.

그곳에서 그녀의 집까지는 걸어서 30분 정도 걸렸다. 나란히 걷고 있는 동안 나와 홍당무는 한 마디도 말하지 않았다.

집 가까운 곳에 작은 강이 있고, 콘크리트로 된 다리가 있었다. 강이라고 부를 만큼 아름다운 곳은 아니다. 배수구를 크게 만들어놓은 것 같은 물줄기다. 이 근처에 밭이 있었을 때는 농업용수로 이용되었을 것이다. 하지만 지금은, 물은 흐리고 약하게 세제 냄새도 났다. 물이 흐르고 있는지 아닌지 그조차도 알 수 없었다. 강바닥에는 여름 잡초가 무성하고, 버려진 만화 잡지가 펼쳐진 채 떨어져 있었다. 홍당무가 다리 한가운데 멈춰 서더니 난간 밖으로 몸을 내밀고 아래를 내려다봤다. 나도 옆에 서서 아래를 내려다봤다. 우리는 오랫동안 그 자세대로 가만히 있었다. 홍당무는 집에 돌아가고 싶지 않은 듯했다. 그 마음을 이해할 수 있었다.

홍당무가 바지 주머니에 손을 집어넣더니 열쇠 한 개를 꺼내서 내게 내밀었다. 흔한 모양의 열쇠로 붉고 큰 플라스틱 명찰이 붙어 있었다. 명찰에는 '보관3'이라고 씌어 있었다. 나카무라 경비주임이 찾았던 보관창고 열쇠인 듯했다. 홍당무는 혼자 방 안에 남겨졌을 때 서랍 안에서 그것을 발견하고 재빨리 주머니에 넣었을 것이다. 아무래도 이 아이의 마음속에는 내 상상이 미치지 않는 수수께끼의 영역이 존재하고 있는 듯했다. 이상한 아이다.

받아서 손바닥에 올려놓고 보니, 그 열쇠에는 수많은 사람들의 사연이 덕지덕지 쌓여 있는 것처럼 느껴졌다. 눈부신 햇빛 아래에서 그것은 한층 더 초라하고 더럽고 왜소하게 보였다. 나는 잠깐 망설였지만, 결심하고 열쇠를 강물 속에 던져버렸다. 작은 물보라가 일었다. 그다지 깊은 강은 아니지만 흐린 물 때문에 열쇠의 행방은 알 수 없게 되었다. 홍당무와 나는 다리 위에 나란히 서서 그 근처의 수면을 잠시 내려다봤다. 열쇠를 처분해버리자 마음이 조금은 가벼워졌다.

"이제 와서 돌려주러 갈 수는 없잖니." 나는 혼잣말을 하

듯 말했다. "그리고 보조 열쇠가 틀림없이 있을 거야. 중요
한 보관창고니까."

  내가 손을 내밀자 홍당무가 살며시 손을 잡았다. 나는 홍
당무의 작고 야윈 손의 감촉을 느꼈다. 그것은 먼 옛날 어디
선가—어디였을까—경험한 적이 있는 감촉이었다. 나는
그 손을 쥔 채 아이의 집까지 걸어갔다.

  집에 도착하니 그녀가 우리를 기다리고 있었다. 그녀는
산뜻한 하얀색의 민소매 블라우스와 스커트로 갈아입고 있
었다. 눈이 빨갛게 부었다. 집에 돌아온 뒤 혼자서 울었을
것이다. 그녀의 남편은 시내에서 부동산 회사를 경영하고
있는데, 일요일은 일이나 골프 때문에 거의 집을 비웠다. 그
녀는 홍당무를 2층 자기 방으로 보내고 나를 거실이 아닌 주
방의 식사용 테이블로 데려갔다. 그곳이 이야기를 나누기에
편하기 때문일 거라고 나는 생각했다. 아보카도 그린색의 커
다란 냉장고와 아일랜드 키친, 동향의 크고 밝은 창문.

  "아까보다 얼굴이 조금 나아진 것 같아요." 그녀가 작은 목
소리로 말했다. "경비원 방에서 처음 저 아이의 얼굴을 봤을
때는 어떻게 해야 좋을지 알 수가 없었어요. 그런 눈을 하고
있는 걸 본 건 처음이에요. 마치 다른 세계에 가버린 것 같았

어요."

"걱정하실 건 없습니다. 시간이 지나면 원래대로 돌아올 겁니다. 그러니까 한동안 아무 말도 하지 말고 그냥 놔두는 편이 좋습니다."

"둘이서 뭐 했어요?"

"이야기를 했습니다."

"무슨 이야기요?"

"대단한 건 아닙니다. 뭐랄까, 나 혼자 멋대로 중얼거린 것뿐이죠. 그냥 이것저것…."

"뭔가 시원한 거라도 마실래요?"

나는 고개를 저었다.

"난 저 아이한테 대체 무슨 말을 해야 좋을지 알 수 없게 되어버렸어요. 그런 느낌이 점점 강해지는 것 같아요."

"억지로 말을 걸 필요는 없습니다. 아이에겐 아이만의 세계가 있죠. 말을 하고 싶으면 저쪽에서 언젠가 말을 걸어올 겁니다."

"하지만 저 아이는 아무 말도 하지 않아요."

우리는 서로의 몸이 닿지 않도록 주의하면서 식사용 테이블을 사이에 두고 마주 앉아 어색하게 대화했다. 교사와 학부모가 문제가 있는 아이에 대해 이야기를 나눌 때 흔히 그렇듯이. 그녀는 식탁 위에서 신경질적으로 두 손가락을 깍지

끼기도 하고 펴기도 하고 움켜쥐기도 했다. 나는 그 손가락이 침대에서 내게 했던 행위를 기억해내지 않을 수 없었다.

학교에는 이번 일을 보고하지 않겠다. 내가 아이와 차분히 이야기해보고 뭔가 문제가 있으면 잘 해결하겠다. 그러니까 당신은 너무 심각하게 생각하지 않는 게 좋다. 저 아이는 머리가 좋고 반듯하니까 시간이 지나면 모든 것이 안정될 것이다. 이런 일은 일과성이다. 중요한 것은 우선 당신이 안정을 찾는 것이다. 나는 그 말이 상대의 머릿속에 스며들 때까지 천천히 부드럽게 반복해서 들려줬다. 그녀는 그것으로 조금 안심하는 듯했다.

그녀는 나를 구니타치의 아파트까지 자동차로 바래다주겠다고 말했다.

"저 아이가 뭔가 눈치챈 건 아닐까요?" 신호를 기다리고 있을 때 그녀가 물었다. 물론 나와 그녀의 관계를 말하는 것이다.

나는 고개를 저었다. "왜 그렇게 생각하죠?"

"아까 혼자 집에서 두 사람이 돌아오길 기다리는 동안에 문득 그런 생각이 들었어요. 특별한 근거는 없지만요. 꽤 눈치가 빠른 아이고, 나와 남편의 사이가 좋지 않다는 것도 당연히 눈치채고 있을 테니까요."

나는 잠자코 있었다. 그녀도 더 이상 아무 말 하지 않았다.

그녀는 내 아파트에서 두 블록 앞에 있는 주차장에 차를 넣었다. 사이드브레이크를 당기고 키를 돌려 엔진을 껐다. 엔진 소리가 사라지고 에어컨 바람 소리가 사라지자 차 안에 거북한 정적이 찾아왔다. 그녀가 지금 당장 내게 안기고 싶어 한다는 것을 느꼈다. 블라우스 안에 있는 그녀의 미끈한 몸을 상상하자 입 안이 말라왔다.

"우리는 그만 만나는 게 좋을 것 같습니다." 나는 결심하고 그 말을 입 밖에 냈다.

그녀는 아무 말도 하지 않았다. 두 손을 핸들에 올려놓은 채 유압계 근처를 뚫어지게 바라보고 있었다. 얼굴에는 표정이 거의 사라져 있었다.

"꽤 많이 생각해봤습니다. 하지만 역시 내가 문제의 일부가 되어서는 안 됩니다. 여러 사람을 위해서도. 문제의 일부이면서 해결의 일부가 될 수는 없습니다."

"여러 사람?"

"특히 당신 아들을 위해."

"그리고 당신 자신을 위해서도?"

"물론 그런 점도 있죠."

"난 어떻게 하고? 나도 그 여러 사람 안에 들어 있나요?"

들어 있다고 대답하고 싶었다. 하지만 간단하게 말로 할 수 없었다.

그녀는 짙은 녹색 선글라스를 벗었다가 생각을 고쳐먹었는지 다시 걸쳤다.

"이런 말을 간단히 하긴 어렵지만 당신과 만날 수 없다는 건 내겐 상당한 고통이에요."

"나도 물론 고통스럽습니다. 앞으로도 이런 식으로 잘 지내는 게 좋다고 생각합니다. 하지만 이건 올바른 것이 아닙니다."

그녀는 크게 숨을 들이마셨다가 내쉬었다.

"올바른 것이란 게 대체 뭔가요? 가르쳐줄래요? 솔직히 말해서 뭐가 올바른 것인지 난 모르겠어요. 올바르지 않은 것이 어떤 것인지는 알아요. 하지만 올바른 것이란 게 뭐죠?"

그 질문에 대해서도 나는 제대로 대답할 수 없었다.

그녀는 그대로 울 것처럼 보였다. 혹은 큰 소리로 고함을 지를 것처럼 보였다. 하지만 거기서 멈췄다. 핸들을 두 손으로 힘껏 쥐고 있을 뿐이었다. 손등이 약간 붉어져 있었다.

"내가 아직 젊었을 때는 많은 사람들이 나한테 다가와 말을 걸었어요. 그리고 여러 가지 이야기를 해줬어요. 즐거운 이야기, 아름다운 이야기, 이상한 이야기. 하지만 어느 시점을 지나고 나니 이젠 아무도 나한테 말을 걸지 않아요. 누구 한 사람도. 남편도, 아이도, 친구도… 모두. 세상에는 더 이상 이야기할 것이 아무것도 없는 것처럼. 가끔씩 내 몸이 반대쪽까지 훤히 비쳐 보이는 게 아닌가 하는 느낌이 들 때도 있어요."

그녀는 핸들에서 손을 떼고 허공으로 들어 올렸다.

"하지만 분명히 당신은 내 말을 이해할 수 없을 거예요."

나는 마음속에서 할 말을 찾았다. 하지만 적당한 말을 찾을 수 없었다.

"오늘 일은 여러 가지로 고마웠어요." 마음을 고쳐먹은 듯 그녀가 말했다. 평소의 안정된 목소리에 가까워졌다. "오늘 일은 나 혼자서는 제대로 처리할 수 없었을 거예요. 무척 힘들었으니까. 당신이 함께 있어줘서 정말 다행이에요. 그건 고맙게 생각해요. 당신은 정말 훌륭한 선생님이 될 수 있을 거예요. 지금도 그렇지만."

그 말에 빈정거리는 뜻이 들어 있는지 생각해봤다. 아마, 틀림없이 들어 있을 것이다.

"아직은 그렇지 않습니다."

그녀는 아주 잠깐 미소를 지었다. 그것이 우리의 마지막 대화였다.

나는 조수석 문을 열고 밖으로 나왔다. 여름날 일요일 오후의 햇살은 이제 완연히 엷어지고 있었다. 가슴이 답답했다. 땅을 딛고 서는데 다리의 감촉이 기묘했다. 자동차 시동이 걸리고 그녀는 나의 개인적인 생활 영역에서 사라져갔다. 영원히. 그녀가 차창을 내리고 조그맣게 손을 흔들었고, 나도 손을 들어 보였다.

아파트로 돌아와 땀으로 더러워진 셔츠와 속옷을 세탁기에 던져넣고 샤워하고 머리를 감았다. 주방으로 가서 만들다 만 점심을 마무리 지어 먹었다. 그런 뒤 소파에 몸을 파묻고 읽다 만 책을 계속해서 읽으려 했다. 하지만 다섯 페이지도 읽을 수 없었다. 나는 단념하고 책을 덮은 뒤 잠시 스미레를 생각했다. 그리고 더러운 강물에 떨어뜨린 보관창고 열쇠를 생각했다. 자동차 핸들을 강하게 움켜쥐고 있는 '걸프렌드'의 두 손을 생각했다. 하루가 겨우 끝나고 이제 정리되지 않은 생각이 남아 있었다. 꽤 오래 시간을 들여 샤워했는데도 내 몸에는 아직 담배 냄새가 배어 있었다. 그리고 손에는 목숨이 붙어 있는 생명체를 힘주어 절단해버린 듯한 생생한 감촉이 남아 있었다.

나는 올바른 행동을 한 것일까?

내가 올바른 행동을 했다고 생각할 수는 없었다. 나는 나 자신에게 필요하다고 생각되는 행동을 한 것뿐이다. 거기에는 큰 차이가 있다.

"여러 사람?"이라고 그녀는 내게 물었다. 거기에는 나도 들어가 있나요?

솔직히 말하면 내가 그때 생각하고 있었던 것은 여러 사람이 아니라 스미레뿐이었다. 그곳에 존재하는 그들이 아니고, 우리도 아닌, 존재하지 않는 스미레뿐이었다.

16

그리스 섬의 항구에서 헤어진 이후 뮤로부터의 연락은 한 번도 없었다. 꽤 기묘한 일이었다. 그녀는 뭔가 판명이 되든 그렇지 않든 스미레의 일로 반드시 내게 연락하겠다고 약속했기 때문이다. 그녀가 나라는 존재를 잊어버렸다고는 생각할 수 없었다. 무슨 사정이 있어서 내게 연락할 수단을 찾지 못했던 건지도 모른다. 뮤에게 전화를 걸어보려고도 생각했다. 하지만 생각해보니 나는 그녀의 본명조차 몰랐다. 회사 이름도, 사무실이 있는 곳도 몰랐다. 스미레는 그런 구체적인 단서를 전혀 남겨주지 않았던 것이다.

스미레의 방 전화는 얼마 동안 같은 부재중 응답 메시지만 들리더니 아예 접속이 끊어져버렸다. 나는 스미레의 부모님 집에 전화를 걸어볼까 생각했다. 하지만 전화번호를 몰랐다. 물론 요코하마의 직업별 전화번호부를 구해서 그녀 아버지의 치과 병원을 조사해보면 연락을 취할 수 있겠지만 그렇게까지 할 마음은 들지 않았다. 도서관에 가서 8월의 신문을 조사해봤다. 스미레에 관한 기사가 사회면에 조그맣게 몇 차례 실려 있었다. 그리스 섬에서 22세의 일본인 여성 여행자가 행방불명되었다. 그 지역 경찰이 수색하고 있다. 그러나 소식은 알 수 없다. 아직도 알 수 없다. 그뿐이었다. 내가 모르는 것은 아무것도 씌어 있지 않았다. 해외에서 행방불명이 되는 여행자는 적은 수가 아니다. 그녀도 그중 한 명에 불과했다.

나는 더 이상 뉴스를 추적하는 것을 그만뒀다. 그녀의 실종 원인이 무엇이든, 그 이후 수사의 진전이 어떻든 한 가지 분명한 점이 있었다. 만약 스미레가 돌아온다면 그녀는 무슨 일이 있어도 내게 연락을 해올 것이다. 내겐 그것이 가장 중요한 포인트였다.

9월이 끝나고 가을이 눈 깜짝할 사이에 지나가더니 겨울이 찾아왔다. 11월 7일은 스미레의 스물세 번째 생일이고, 12월 9일은 나의 스물다섯 번째 생일이었다. 새해가 밝았고 학년이 끝났다. 홍당무는 그 이후 특별한 문제 없이 5학년이 되었고 새로운 반으로 옮겨 갔다. 나는 절도 사건에 대해 홍당무와 더 이상 특별한 이야기를 나누지 않았다. 그 아이의 얼굴을 보고 있으면 더 이상 그런 이야기를 할 필요가 없겠다는 느낌이 들었기 때문이다.

담임이 바뀐 덕분에 '걸프렌드'와 얼굴을 마주칠 기회도 없어졌다. 그것은 내게도, 그녀에게도 고마운 일이라고 생각한다. 모든 것이 이미 과거의 일이 되어버렸으니까. 그래도 가끔 그녀의 따스한 피부가 그리워져서 전화를 걸려고 한 적이 몇 번 있었다. 그런 고비마다 나를 제지한 것은 그 여름날 오후 내 손안에 있었던 슈퍼마켓 보관창고 열쇠의 감촉과 홍당무의 작은 손의 감촉이었다.

나는 가끔씩 어떤 계기로 홍당무를 생각했다. 이상한 아이다. 학교에서 얼굴을 마주칠 때마다 그런 생각을 했다. 그렇게 생각하지 않을 도리가 없었다. 그 가냘프고 온화한 얼굴 깊은 곳에 대체 어떤 생각이 잠복해 있는지 제대로 추측할 수 없었다. 하지만 그 아이가 여러 가지 생각을 하고 있다는 점은 확실했다. 그리고 필요하다면 그것을 재빠르고 정확하게 실행에 옮길 만한 행동력이 그 아이 안에 있었다. 거기에는 깊이감마저 느껴졌다. 어느 날 오후 커피숍에서 마음에 품고 있는 생각을 그 아이에게 솔직히 이야기한 것은 잘한 일이라고 생각했다. 그 아이에게도, 내게도. 아니, 오히려 내게 더. 그 아이는—생각해보면 이상한 이야기지만—그때, 나를 이해하고 받아들여줬다. 용서해준 것이다. 어느 정도.

홍당무 같은 아이는 앞으로 어떤 나날(영원히 계속될 거라고 생각되는 기나긴 성장기)을 거쳐 어른이 될까 하고 생각했다. 그것은 아마도 괴로운 과정이 될 것이 틀림없다. 괴롭지 않은 쪽보다 괴로운 쪽이 훨씬 많을 것이다. 나 자신의 경험을 통해 그 괴로움의 개요를 예측할 수 있다. 그 아이가 누군가를 사랑하게 될까? 그리고 그 누군가는 그 아이를 잘 받아들여줄까? 하지만 말할 것도 없이 그것은 내가 지금 여기서 생각해봤자 소용없는 문제다. 초등학교를 졸업하면 그 아이는 나와 관계없는 더 넓은 세계로 나가버린다. 그리고 나는 나 자신에 대해 생각해야 할 문제를 안고 있다.

나는 레코드 가게로 가서 엘리자베트 슈바르츠코프가 노래하는 『모차르트 가곡집』 CD를 구입하여 그것을 몇 번이고 들었다. 거기에 존재하는 아름다운 정적을 나는 사랑했다. 눈을 감으면 그 음악은 언제나 나를 그리스 섬의 밤으로 데리고 갔다.

스미레가 내게 남기고 간 것은 몇 가지 생생한 기억 외에는(거기에는 내가 그녀의 이사 날 저녁에 느꼈던 격렬한 성욕의 기억도 물론 포함되어 있다) 긴 편지 몇 통과 한 장의 플로피디스크뿐이다. 나는 몇 번씩이나 그 글을 읽었다. 기억만으로 외울 수 있을 정도로 면밀하게 되풀이해서 읽었다. 그것들을 되풀이해서 읽는 동안만큼은 나는 스미레와 함께 시간을 보냈고, 그녀와 마음을 맞출 수 있었다. 그것은 나의 마음을 다른 어떤 것보다도 친밀하게 데워줬다. 막막한 밤의 황야를 벗어나는 기차의 창문을 통해 멀리 농가의 작은 불빛이 보이는 것처럼. 그것은 눈 깜짝할 사이에 등 뒤의 어둠 속으로 빨려 들어가 사라져버린다. 하지만 눈을 감으면 그 불빛의 점은 잠시 동안 망막 위에 어렴풋이 머무른다.

한밤중에 눈을 뜨고 침대를 나와(어차피 쉽게 잠들 수 없다) 일인용 소파에 몸을 묻은 채 슈바르츠코프를 들으며 그 작은 그리스 섬의 기억을 더듬는다. 조용히 책장을 넘기듯 그곳에 있던 정경 하나하나를 회상한다. 인적이 없는 아름다운 백사장과 항구의 노천카페. 웨이터의 등은 땀으로 얼룩져 있다. 나는 뮤의 단정한 옆얼굴을 떠올리고 베란다에서 봤던 지중해의 불빛을 머릿속에 재현한다. 광장에 서 있는 관자형을 당한 불쌍한 영웅. 그리고 한밤중에 산 위에서 들려오던 그리스 음악. 나는 그곳에 있던 마술적인 달빛과 음악의 이상한 메아리를 선명하게 기억해낸다. 그 먼 음악 소리에 잠을 깼을 때 느꼈던 괴리감을. 날카롭고 뾰족한 무엇인가가 무감각한 몸뚱이를 조용히 꿰뚫는 듯한, 실체 없는 한밤중의 고통을.

잠시 감고 있다가 눈을 뜬다. 조용히 숨을 들이마시고 내쉰다. 나는 무엇인가 생각하려다가 아무것도 생각하지 않기로 한다. 그러나 그 사이에는 별 차이가 없다. 사물과 사물 사이, 그리고 존재하는 것과 존재하지 않는 것 사이에서 명료한 차이를 찾아낼 수 없다. 창밖을 내다본다. 하늘이 희부옇고 구름이 흐르고 새가 울고 새로운 하루가 자리에서 일어나 이 별에 사는 사람들의 의식을 주워 모으기 시작할 때까지.

도쿄의 거리에서 딱 한 번 뮤의 모습을 봤다. 스미레가 사라지고 반년 이상이 지난 3월 중순의 따뜻한 일요일이었다. 하늘에는 먹구름이 낮게 드리워져 금세라도 비가 내릴 듯했다. 사람들은 모두 아침부터 우산을 준비하고 있었다. 볼일이 있어서 도심에 사는 친척 집을 방문하는 도중에 메이지야슈퍼 히로오점의 교차로 근처에서 정체된 도로를 지나가는 짙은 감청색 재규어를 발견했다. 나는 택시를 타고 있었고, 재규어는 왼쪽의 직진 차선을 달리고 있었다. 내가 그 차에 눈길을 준 것은 운전하는 사람이 멋진 백발의 여성이었기 때문이다. 티 하나 없는 감청색의 차체와 그녀의 흰머리는 멀리서 봐도 선명한 대조를 이루고 있었다. 나는 검은 머리를 한 그녀밖에 본 적이 없기에 이미지가 하나로 겹쳐지기까지 약간 시간이 걸렸지만, 의심의 여지 없이 뮤였다. 그녀는 예전과 똑같이 아름답고 멋지고 세련되어 보였다. 숨 막힐 듯한 그녀의 흰머리는 쉽사리 사람이 접근하지 못하게 하는, 신화적이라고 표현해도 좋을 만큼 의연한 공기가 감돌고 있었다.

그러나 그곳에 있는 뮤는 그리스 섬의 항구에서 내가 손을 흔들며 헤어진 여자가 아니었다. 겨우 반년 만인데도 그녀는 전혀 다른 사람이 된 것처럼 보였다. 물론 머리 색깔이 다르다는 이유도 있을 것이다. 하지만 그것만은 아니다.

마치 빈 껍질 같다—그것이 그녀에 대해 가장 먼저 느낀 인상이었다. 뮤의 모습은 사람들이 한 명도 남김없이 떠나버린 뒤의 방을 연상시켰다. 뭔가 매우 중요한 것이(그것은 회오리바람처럼 스미레를 숙명적으로 끌어당겨 페리 갑판에 있는 내 마음을 흔들어놓은 무엇인가였다) 그녀 안에서 최종적으로 소멸해 있었다. 거기에 남아 있는 가장 중요한 의미는 존재가 아니라 부재였다. 생명의 온기가 아닌 기억의 정체였다. 그 머리의 순수한 흰빛은 내게 피할 수 없는, 세월에 표백된 인골人骨의 색깔을 상상하게 했다. 나는 잠시 동안 들이마신 숨을 제대로 내쉴 수가 없었다.

뮤가 운전하는 재규어는 내가 타고 있는 택시와 앞서거

니 뒤서거니 하고 있었지만 그녀는 내가 바로 옆에서 자기를 보고 있다는 사실을 눈치채지 못했다. 나도 굳이 말을 걸지 않았다. 무슨 말을 해야 좋을지 몰랐고, 재규어의 창문은 굳게 닫혀 있었다. 뮤는 핸들에 두 손을 올려놓고 등을 곧게 편 채 멀리 앞쪽의 풍경에 정신을 집중하고 있었다. 뭔가를 깊이 생각하는 중인지도 모른다. 아니면 카스테레오에서 흘러나오는 「푸가의 기법」(바흐의 곡:옮긴이)에 귀를 기울이고 있는 건지도 모른다. 그녀는 처음부터 끝까지 눈처럼 차가운 표정을 흩뜨리지도 않고, 눈도 거의 깜박이지 않았다. 이윽고 신호가 녹색으로 바뀌자 감청색 재규어는 곧장 아오야마 방향으로 나아갔고, 내가 탄 택시는 그곳에 남아 우회전 차례를 기다렸다.

우리는 이렇게 각자 지금도 살아가고 있는 거라는 생각이 들었다. 아무리 심하게 치명적으로 자신을 잃어버렸다 해도, 아무리 중요한 것을 빼앗겼다 해도, 또는 겉에 한 장의 피부만 남긴 채 완전히 다른 사람으로 바뀌어버렸다 해도, 우리는 이렇게 묵묵히 삶을 보낼 수 있는 것이다. 손을 뻗어 정해진 양의 시간을 끌어모아 그대로 뒤로 보낼 수 있다. 일상적인 반복 작업으로서―경우에 따라서는 매우 솜씨 있게. 그렇게 생각하자 매우 우울한 기분이 되었다.

그녀는 일본에 돌아왔지만 아무래도 내게 연락할 수 없었을 것이다. 그보다는 침묵을 지키고 기억을 끌어안은 채 어딘가 이름 없는 시골로 사라져버리기를 바랐을 것이다. 나는 그렇게 상상했다. 뮤를 책망할 마음은 들지 않았다. 물론 미워하지도 않는다.

그때 문득 머리에 떠올린 것은 한국 북부의 산속 마을에 세워져 있다는 뮤 아버지의 동상이었다. 나는 그곳에 있는 작은 광장과 낮은 집들과 흙먼지를 뒤집어쓴 동상을 상상했다. 그곳에는 항상 강한 바람이 불고 모든 나무가 비현실적으로 굽어 있다. 왜 그런지 모르겠지만 그 동상은 내 마음속에서 재규어의 핸들에 손을 올려놓고 있던 뮤의 모습과 하나로 겹쳐졌다.

모든 사물은 아마도 어딘가 먼 장소에서 미리 은밀하게 상실되는 것인지도 모른다고 나는 생각했다. 적어도 서로 겹쳐지는 하나의 모습으로서 그것들은 상실되어야 할 조용한 장소를 지니고 있는 것이다. 우리는 살면서 가느다란 실을 당겨 모으듯 그것들이 합치되는 것을 하나하나 발견해갈 뿐이다. 나는 눈을 감고 그곳에 있었던 아름다운 것들의 모습을 하나라도 더 기억해내려 했다. 그것을 내 손안에 움켜쥐려 했다. 설령 그것이 아주 짧은 시간 동안의 목숨밖에 가지지 못했다고 해도.

　나는 꿈을 꾼다. 내게는 그것이 단 하나의 올바른 행위인
것처럼 느껴지는 경우가 종종 있다. 꿈을 꾸는 것, 꿈의 세계
에 사는 것—스미레가 글로 표현했듯이. 하지만 그것이 오
래 계속되지는 않는다. 어느 틈엔가 각성이 나를 사로잡는다.
　나는 한밤중 세 시에 눈을 떠, 불을 켜고 몸을 일으킨 뒤
머리맡에 있는 전화기를 바라본다. 전화 부스 안에서 담배
에 불을 붙이고 내 전화번호를 누르고 있는 스미레의 모습
을 상상한다. 머리카락은 헝클어져 있고, 사이즈가 지나치
게 큰 남성용 헤링본 재킷을 입고, 짝짝이 양말을 신고 있
다. 그녀는 얼굴을 찡그리고 가끔씩 담배 연기에 숨 막혀 한
다. 번호를 제대로 끝까지 누르는 데 시간이 걸린다. 하지만
그녀의 머릿속에는 내게 말해야 할 것들로 가득 차 있다. 아
침까지 떠들어도 끝나지 않을지도 모른다. 가령 상징과 기
호의 차이에 대해. 전화기는 당장이라도 울리기 시작할 것
처럼 보인다. 하지만 울릴 일은 없다. 나는 다시 누운 채 계
속 침묵하는 전화기를 언제까지고 바라본다.

　그런데 어느 순간 전화벨이 울리기 시작한다. 내 눈앞에
서 정말로 울리기 시작한 것이다. 그것은 현실 세계의 공기

를 진동시키고 있다. 나는 즉시 수화기를 집어 들었다.

"여보세요."

"나야, 돌아왔어." 스미레가 말했다. 아주 쿨하게. 아주 사실적으로. "여러 가지 문제가 많았지만 그래도 어쨌든 돌아왔어. 호메로스의 『오디세이아』를 50자 이내로 줄이면 그렇 듯이."

"그거 잘됐네."

나는 아직 제대로 믿기지 않는다. 그녀의 목소리가 들린다는 사실이. 이것이 정말로 일어난 일일까?

"그거 잘됐네?" 스미레가 (아마) 얼굴을 찡그리고 말했다. "뭐야 그게? 난 피가 날 정도로 죽을 고생을 하고, 여러 가지 일을 잔뜩 겪고, 일일이 설명하자면 끝이 없지만, 이렇게 돌아왔는데 당신은 그 정도 말밖에는 할 수 없는 거야? 정말 눈물 나네. 잘되지 않았으면 내 입장은 대체 뭐가 되는 거야? '그거 잘됐네'라고? 믿을 수 없어, 정말. 그따위 정감 있고 근사한 기지가 넘치는 말은 더하기, 빼기를 간신히 터득한 당신 반 아이들을 위해 남겨둬."

"지금 어디야?"

"내가 지금 어디 있냐고? 어디에 있을 것 같아? 그립던 옛날의 고전적인 전화 부스 안이야. 금융 사기 회사와 텔레폰 클럽 광고가 잔뜩 붙어 있는 초라한 정사각형 전화 부스 안.

하늘엔 곰팡이가 슨 것 같은 색깔의 반달이 걸려 있고, 바닥
엔 담배꽁초가 어지럽게 널려 있어. 주위를 둘러봐도 마음
을 따뜻하게 해줄 만한 건 어디에도 보이지 않아. 교환 가능
하고 어디까지나 기호적인 전화 부스. 그런데 장소가 어디
더라? 지금은 잘 모르겠어. 모든 게 너무 기호적이고… 당
신도 잘 알잖아. 내가 장소 감각은 영 젬병이라는 걸. 말로는
잘 설명할 수 없어. 그래서 항상 택시 기사한테서 싫은 소리
를 들어. '대체 어디로 가자는 겁니까?' 하지만 그렇게 먼 곳
은 아닌 것 같아. 아마도 꽤 가까운 곳인 것 같아."

"마중 나갈게."

"그렇게 해주면 나야 기쁘지. 장소를 잘 알아보고 다시 전
화할게. 어차피 지금은 동전도 부족하고. 기다려."

"네가 무척 보고 싶었어."

"나도 당신이 무척 보고 싶었어. 당신과 만나지 못하게 되
고 나서야 제대로 알게 됐어. 행성이 눈치껏 일렬로 늘어서
준 것처럼 분명하게 이해할 수 있었어. 내겐 당신이 정말 필
요하다는 걸. 당신이 나 자신이고, 내가 당신 자신이라는
걸. 그래, 난 어딘가에서 어딘지 영문 모를 곳에서 무엇인가
의 목을 잘라버렸다고 생각해. 식칼을 들고 돌과 같은 마음
을 갖고. 중국인들이 문을 만들 때처럼 상징적으로. 내가 말
하는 거 이해할 수 있어?"

"이해할 수 있을 것 같아."

"여기로 마중 나와줘."

갑자기 전화가 끊어졌다. 나는 수화기를 손에 든 채 한참 동안 그걸 바라보고 있었다. 수화기라는 물체 자체가 하나의 중요한 메시지인 것처럼. 그 색깔과 모양에 뭔가 특별한 의미가 담겨 있는 것처럼. 그러다가 생각을 고쳐 수화기를 제자리로 돌려놓는다. 나는 침대에서 몸을 일으키고 다시 전화벨이 울리기를 기다린다. 벽에 기대어 눈앞에 펼쳐져 있는 공간의 한 점에 초점을 맞추고 천천히 소리 없는 호흡을 계속한다. 시간과 시간의 매듭을 계속 확인한다. 전화벨은 좀처럼 울리지 않는다. 약속 없는 침묵이 언제까지나 공간을 가득 채우고 있다. 그러나 나는 서두르지 않는다. 이제는 서두를 필요가 없다. 나는 준비가 되어 있다. 나는 어디로든 갈 수 있다.

그렇지 않아?

그럼.

나는 침대에서 내려온다. 햇볕에 바랜 낡은 커튼을 걷고 창문을 연다. 창밖으로 고개를 내밀고 아직도 어두운 하늘을 올려다본다. 거기에는 틀림없이 곰팡이가 슨 것 같은 어슴푸레한 색깔의 반달이 떠 있다. 그렇지, 그래, 이제 된 거야. 우리는 같은 세계의 같은 달을 보고 있는 거야. 우리는 확실히 한 가닥의 줄로 현실과 이어져 있는 거야. 이제 나는 그 줄을 살살 앞으로 끌어당기기만 하면 되는 거야.

나는 손가락을 활짝 펼치고 양 손바닥을 물끄러미 바라본다. 거기서 피의 흔적을 찾는다. 하지만 피의 흔적은 없다. 피 냄새도 없고 피가 엉겨 붙은 흔적도 없다. 그것은 아마도 어딘가로 조용히 스며들어버린 것이다.

절대 고독 속의 기이한 사랑을 그린 명작

『스푸트니크의 연인』은『상실의 시대』와『국경의 남쪽, 태양의 서쪽』에 이어 무라카미 하루키가 발표한 러브스토리 3부작의 완결판으로 알려져 있다.『상실의 시대』는 작가 스스로 "100% 연애소설"이라고 칭하며, 젊은이의 순수하고 어쩌면 비현실적인 사랑을 그린 작품이다. 그의 두 번째 러브스토리인『국경의 남쪽, 태양의 서쪽』은 현실 세계에서 찾아볼 수 없는 기이하고 신비한 사랑을 테마로 엮어냈다. 그리고 세 번째 이야기인『스푸트니크의 연인』은 지구 최초로 생명체(개)가 타고 우주로 나간 위성인 스푸트니크로 상징되는, 질풍노도처럼 격렬하고 변화무쌍하게 전개되는 한 남성과 두 여성 간의 삼각관계를 그린 소설이다.『국경의 남쪽, 태양의 서쪽』과 같은 분위기를 자아내면서『상실의 시대』의 변주곡 같다는 평가를 받기도 했다.

『스푸트니크의 연인』에서 특히 흥미로운 것은 한국인 여성 '뮤'가 여주인공 '스미레'보다 열일곱 살이나 나이가 많은 제2의 여주인공으로 등장한다는 점이다. 하루키의 장편소설에는 외국인이 주인공으로 등장하는 예가 거의 없는데, 굳이 17세 연상의 한국인 여성으로 설정한 것은 아주 예외적이라고 할 수 있다.

하루키의 회고담에 의하면, 이 소설은 어느 날 문득 생각이 떠올라 아무 목적도 없이 휘갈겨 쓴 원고지 3매 정도의 짧은 스케치에서 비롯됐다고 한다.

스물두 살의 봄, 스미레는 난생처음 사랑에 빠졌다. 광활한 평원을 가로지르며 돌진하는 회오리바람처럼 격렬한 사랑이었다. 그것은 지나가는 땅 위의 형태가 있는 모든 사물들을 남김없이 짓밟고, 모조리 하늘로 휘감아 올리며 아무 목적도 없이 산산조각 내고 철저하게 두들겨 부쉈다. 그리고 고삐를 추호도 늦추지 않고 바다를 가로질러 앙코르와트를 무자비하게 무너뜨리고, 가련한 한 무리의 호랑이들과 함께 인도의 숲을 뜨거운 열로 태워버렸으며, 페르시아 사막의 모래폭풍이 되어 어느 곳엔가 있는 이국적인 성곽 도시를 모래 속에 통째로 묻어버렸다. 그것은 멋지고 기념비적인 사랑이었다. 사랑에 빠진 상대는 스미레보다 열일곱 살 연상으로, 결혼한 사람이었다. 거기에 덧붙인다면 여성이었다. 그것이 모든 것이 시작된 장소이자 (거의) 모든 것이 끝난 장소였다.

하루키는 이 글을 『스푸트니크의 연인』의 서막을 여는 문장에 거의 그대로 옮겨 썼다. 거기서부터 어떤 이야기를 전개시켜나갈 것인지는 하루키 자신도 전혀 예상치 못했다고 한다. 하지만 그는 다른 어느 소설보다도 이 소설을 즐겁게 써나갔으며, 후에 상상력의 알파와 오메가를 총동원한 소설이라고 회고했다.

또한 그는 그 아름다운 경치에 매혹되어 즐겨 찾았던 그리스의 풍광들을 아주 세밀한 묘사를 통해 작품 구석구석에 보석처럼 깔아놓고, 이 소설을 읽은 독자들이 "이렇게 멋있고 아름다운 그리스에 무척 가고 싶다고 느낀다면, 내가 이 소설을 엮어낸 목적의 일부가 구체적으로 달성된 것인지도 모른다"고 작품 해제에서 밝힌 바 있다.

하루키 작품 세계의 전기를 이룬 소설

『스푸트니크의 연인』은 다음과 같은 측면에서 중요한 의미를 찾을 수 있다.

첫째, 하루키 문체상의 중요한 변화와 실험이 이 작품을 통해 이루어졌다는 점이다. 1995년 일본에서 옴진리교 사교 집단이 불특정 다수의 시민을 살상한 지하철 사린 가스 테러가 발생했을 당시, 일본 열도는 일대 공포의 도가니에 빠졌다. 하루키 역시 이 사건으로 큰 충격을 받고 피해자와 유가족에 대한 인터뷰와 다각적인 취재를 통해 다큐멘터리『언더그라운드』,『약속된 장소에서』와 가와이 하야오와의 대담집을 펴냈다.

이 기간의 체험을 통해 하루키는 '안이한 언어화를 거부할 정도의 체험이 아니면 실제 체험이라고 할 수 없다'는 생각에서 '자신의 체험을 언어화라는 흔히 있는 논리 과정을 되도록 회피하고, 스토리라는 다른 체계로 송두리째 전환한 후, 총체적으로 감지할 수 있는 모습으로서 세상에 제시한다'는 인식의 일대 전환을 하게 된다. 이러한 생각을 하루키는 2003년 발간된『무라카미 하루키 전집』의『스푸트니크의 연인』작품 해제에서 이렇게 밝히고 있다.

내가『스푸트니크의 연인』을 쓰면서 한 가지 확고하게 결심한 것은 내가 종전까지 써온(무기로서 사용해온) 어떤 종류의 문체에 결별을 고하려 했다는 점이다. 구체적으로 말하면 내가 결별하려고 한 것은 결국 이 작품의 서두에서 시도한 것과 같은 '비유의 범람' 같은 것이었을지도 모른다. 나는 『스푸트니크의 연인』을 통해 그러한 나의 문장이 갖는 몇 가지 수사적인 특징을 되도록 보이지 말아야 한다고 결심했다. … 나의 문체 속에 '돌출한' 부분을 우선 제거하고 버릴 필요가 있었다. 장기적으로 보면 나의 문장을 보다 심플하고, 보다 중립적이고, 보다 많이 반복해서 사용할 수 있고, 보다 보편적인 것으로 전환하지 않으면 안 되었다. 바꿔 말하면 소설의 역동성을 문체의 레벨에서 스토리의 레벨로 점차 이행시키는 것이 필요하게 되었다.

둘째, 이러한 사유의 과정을 통해 하루키의 작품 세계가 이전보다 더욱 복선화되어 관점의 폭과 깊이라는 측면에서 한 단계 더 높은 작품의 완숙성을 지향하게 됐다는 점이다.
이 소설에서 새롭게 나타난 경향은 첫째, 주인공의 나이가 처음으로 종전까지 상용해온 작가 자신의 연령대에서 젊은 세대로 바뀌어 설정되었으며 둘째, 종전의 도시 소설에서는 주인공이 자영업자이거나 프리랜서 작가이거나 자유직이 태반이었던 관성에서 벗어나, 초등학교 교사 같은 평범하고 일반적인 소시민이 주인공으로 등장한다는 점이다. 이 소설의 주인공인 '나'는 24세 혹은 25세이며, 그 당시 하루키의 나이는 50세였다. 그동안 하루키는 '나'를 화자

로 한 작품에서 주인공의 나이를 자신의 나이와 비슷한 연
령대로 하거나 이십대의 자신을 회상하는 형태를 빈번하게
써왔다. 데뷔작『바람의 노래를 들어라』부터『국경의 남쪽,
태양의 서쪽』까지가 그랬다. 그러나『스푸트니크의 연인』
을 계기로,『신의 아이들은 모두 춤춘다』를 관통하며 주인
공의 나이가 점점 하향 곡선을 그리더니『해변의 카프카』에
이르러서는 15세까지 내려간다. 즉『스푸트니크의 연인』에
서의 '나'는 기존의 '나'에서 일대 전환을 한 '나'를 그려낸
것이다.

『상실의 시대』와의 유사성

이 소설이『상실의 시대』와 비슷한 점은 '이쪽 세계'와
'저쪽 세계'로 나눠진 두 개의 사랑 이야기라는 것이다.『상
실의 시대』에서는 두 명의 여성을 대상으로 한 주인공 와타
나베의 삼각관계의 사랑을 그리고 있다. 하나는 자살한 친
구의 애인 나오코에 대한 환상적인 사랑이고, 다른 하나는
현실적인 여성 미도리와의 사랑이다. '이쪽'의 세계와 '저
쪽'의 세계라는 이원적인 구성을 취하고 있다는 점에서『상
실의 시대』와『스푸트니크의 연인』이 서로 비슷하다는 것
을 느낄 수 있다. 전자의 와타나베와 나오코의 사랑과, 후자

의 뮤와 스미레의 사랑은 '저쪽'의 세계와 연결되어 있으며, 와타나베와 미도리의 사랑과 마찬가지로 '나'와 스미레의 사랑은 '이쪽' 세계와의 연결을 의미한다.

또한 『상실의 시대』에서는 두 여성에 대한 '나'의 애틋한 사랑이 대비적으로 묘사되는데, 『스푸트니크의 연인』에서는 스미레에 대한 '나'의 일방적인 사랑과, 뮤에 대한 스미레의 일방적인 사랑이 서로 대비되어 그려져 있다.

그 각기 다른 사랑이 대위법적으로 전개되며 일어나는 '이쪽' 세계와 '저쪽' 세계의 충돌이 두 소설의 기본 골격을 이루고 있다. 특히 흥미로운 점은 실종되었던 '나'가 공중전화 부스에서 돌아왔다는 소식을 미도리에게 전하며 지금 그곳이 어디냐는 미도리의 질문에 '어딘지 모르는 데 있다'고 대답하는 『상실의 시대』의 라스트신과, 실종되었던 스미레가 공중전화 부스에서 돌아왔다고 '나'에게 알리며 지금 전화하고 있는 곳이 어디냐는 물음에 '어딘지 모르는 데 있다'고 대답하는 『스푸트니크의 연인』의 라스트신이 쌍둥이처럼 닮았다는 것이다.

다만 『상실의 시대』의 '나'의 전화는 '이쪽 세계'로 생환한 것이라고 느껴지는 반면, 『스푸트니크의 연인』의 스미레의 전화는 '저쪽 세계'에서 걸려온 것이 아닐까 하고 느껴지는 점은 또 다른 감상 포인트다.

절대 고독과 상실, 그리고 치유에 관한 이야기

『스푸트니크의 연인』은 내용적인 측면에서도 인간 존재의 절대적인 고독과 소외, 상실과 단절의 아픔을 그 어떤 소설보다도 더 가슴 저리게 나타내고 있다는 점에서 각별한 의미를 찾을 수 있다. 소설의 표제로 등장하는 스푸트니크는 러시아어로 '동반자'라는 뜻인데, 이 소설에서는 끝없는 우주의 어둠 속에서 외톨이로 지구를 맴도는 인공위성으로 인간의 고독과 소외를 비유하고 있다.

스푸트니크호의 우주견 라이카는 개 한 마리가 들어갈 공간밖에 없는 위성 안에서 작은 창을 통해 지구의 모습을 죽을 때까지 하염없이 바라보아야 했는데, 인간 역시 궁극적으로는 이와 동일한 존재라고 보아야 할 것이다. 이보다 더 절대적인 고독은 있을 수 없다. 이러한 고독과 단절이라는 주제는 작가가 삽입한 몇 가지의 에피소드와 뒤섞이며 끝없이 변주된다. 고양이에게 먹혀버린 70세 여성의 이야기가 실린 신문 기사가 그렇고, '나'의 유년 시절 묘사와 뮤가 중학교 입학식이 끝나고 수녀에게서 들은 무인도에서의 표류 이야기 역시 그렇다. 또한 끝부분에 나오는 '홍당무'라는 아이의 이야기는 고독과 단절이 극에 달할 때 그 고통에 대한 반작용이 어떤 형태(도벽)로 나타나는가를 보여준다.

그러나 이는 결국 성숙에 이르기 위한 불가피한 과정이며, 닫힌 회로 속을 맴도는 과정 자체가 곧 삶의 모습이자 본질이라고 작가는 말한다.

인간은 "지구의 인력을 단 하나의 끈으로 삼아 하늘을 계속 돌고 있는 스푸트니크의 후예"들이다. 그러나 작가는 지구와 위성이 인력의 끈으로 이어지듯이 서로에 대한 사랑을 통해 고독과 단절을 이겨낼 수 있다고 말한다. 고독과 단절, 소외와 절망이 오랜 인고의 시간을 거친 끝에 사랑과 회복이라는 큰 구원의 안식에 도달한다는 순례적이고 구도적인 주제가 여러 에피소드와 함께 씨줄과 날줄로 교묘히 엮여서 다양하게 변주되며 큰 감동을 자아낸다.

작가는 '참된 사랑이 곧 구원'이라는 희망의 메시지를 '나'의 마지막 독백을 통해 이렇게 전달한다.

그렇지, 그래, 이제 된 거야. 우리는 같은 세계의 같은 달을 보고 있는 거야. 우리는 확실히 한 가닥의 줄로 현실과 이어져 있는 거야. 이제 나는 그 줄을 살살 앞으로 끌어당기기만 하면 되는 거야. (본문 337쪽)

스푸트니크의 연인

1판 1쇄 2010년 3월 30일
2판 2쇄 2024년 8월 30일

지은이 무라카미 하루키
옮긴이 임홍빈

펴낸이 임지현
펴낸곳 (주)문학사상
주소 경기도 파주시 회동길 363-8, 201호(10881)
등록 1973년 3월 21일 제1137호

전화 031) 946-8503
팩스 031) 955-9912
홈페이지 www.munsa.co.kr
이메일 munsa@munsa.co.kr

ISBN 978-89-7012-093-5 03830